# Hochmut

# *Hochmut*

Ein Psychothriller von

*MARK FRANLEY*

Covermotiv: 29september und jessicahyde shutterstock.com
Covergestaltung: Traumstoff Buchdesign traumstoff.at
Korrektorat und Satz durch die text + taler GmbH

Impressum:
Mark Franley
c/o AutorenServices.de
Leipziger Straße 116 a
36037 Fulda
mail: mark.franley@mailbox.org

Printed in Germany by Amazon Distribution GmbH, Leipzig

Informationen zum Autor und dessen Werken finden Sie unter:

www.mark-franley.de
http://www.facebook.com/MFranley

ISBN 978-1503029439

# – 1 –

Das Knarren der alten Holztreppen suggerierte den Eindruck von Normalität, einer Normalität, die es in Martins Leben nicht mehr gab. So müde wie er selbst war, gab das Holz bei jedem seiner langsamen Schritte nach und entspannte sich anschließend wieder. Fast so als wäre es froh, seine Last nicht mehr tragen zu müssen.

Es war nicht sein Körper, der zu kraftlos für den Weg hinauf in den Dachboden war, vielmehr war es das Leben selbst, welches er nicht mehr begriff. Alles war ihm entglitten, erst Maria, dann sein Job, anschließend sein letzter Freund; und bald, sehr bald, würde ihn auch die kleine Jasmin verlassen.

All diese Veränderungen kamen nicht von heute auf morgen, es begann schleichend, steigerte sich und war noch lange nicht zu Ende. Doch im selben Maße, wie die Realität eine andere wurde, schärfte sich sein Blick für die Wahrheit. All das, was man sein Leben lang irgendwie hinnahm, wurde immer mehr zu einer unerträglichen Erkenntnis.

Martin öffnete die dünne Holztür und trat auf den Dachboden. Staub wirbelte auf, schien sich in einem der dünnen Lichtstrahlen zu sammeln, um anschließend einen wilden Tanz zu vollführen. Der dicke Strick hing dagegen unbeteiligt von einem der oberen Balken und wartete geduldig auf seine Aufgabe.

*Staub.* Martin hielt den Gedanken fest. *Maria war Staub, und auch Jasmin würde sich bald mit dem Staub ihrer Mutter vereinen.*

Martins Blick streifte den dicken Knoten in der Mitte des Seils, was ihm für die Dauer eines Wimpernschlages das Gefühl von Sicherheit gab, dann durchquerte er den kargen Raum bis zur hintersten, dunkelsten Ecke.

Alles war so, wie er es verlassen hatte. Natürlich, wer sollte auch etwas verändern?

Begleitet von einem stummen Gebet zündete er die beiden Kerzen an, kniete sich auf die Waschbetonplatte und nahm die erste der Klammern, die andere als Sadomaso-Spielzeug verwendeten. Der Schmerz war nichts gegen den Sturm in seinem Inneren, ganz im Gegenteil, er half ihm, den Sturm für einige klare Gedanken lang zu bändigen. Klammer zwei und drei folgten, es waren die guten, die mit kleinen Stacheln am Ende. Zufrieden blickte er auf sein Blut, das als dünnes Rinnsal an seinem Bauch hinunterlief und sich dort sammelte, wo er sich früher mit Maria vereint hatte und von wo auch der Samen für Jasmin herstammte.

Martin schloss die Augen und wartete. Der mentale Absturz dauerte nur Sekunden, wobei er in seinem Geist erst einige innere Barrieren durchbrach, in einen See aus Blut eintauchte und schließlich auf der unnatürlich grünen Wiese aufwachte.

Endlich war er zurück, das war seine Welt. Es war die Welt, in die er gehörte und in der das Band der Liebe alles miteinander verband.

Maria tanzte mit Jasmin durch das hohe Gras, wirbelte sie in die Luft und fing sie wieder auf. Das vergnügte Quietschen seiner Tochter wurde von einer Böe bis zu ihm getragen und zauberte ein endloses Lächeln in sein Gesicht. Martin sah, wie sich das leichte Sommerkleid seiner Frau im Wind an ihren Körper schmiegte und ihre Konturen sichtbar wurden.

Jasmin löste sich von ihrer Mutter, rannte ausgelassen im Slalom durch die hohen Mohnblumen auf ihn zu und breitete ihre kurzen Ärmchen aus. Kurz bevor sie ihren Vater erreichte, hatte Maria sie eingeholt. Mit einem Griff unter die Achseln hob sie ihre Tochter in die Höhe, ließ sie kurz durch die Luft fliegen und eine Sekunde später landeten beide in einem Meer aus Frühlingsblumen ... ein Spiel, das ihr Leben besiegeln sollte.

Martins Gedanken lösten sich aus der Szene, tauchten erneut in den See aus Blut und durchbrachen all die Barrieren von der anderen Seite, um schließlich wieder in dieser falschen Realität zu landen. Sein schneller Atem brachte die Kerzenflammen zum Flackern, doch er wusste, dass diese Flammen nie wirklich erlöschen würden. Ohne etwas zu spüren, entfernte er die Klammern, beugte sich über die erste Kerze und nahm deren Flamme in seinem Mund auf. Um die Liebe von Mutter und Tochter zu vereinen, beugte er sich anschließend über die zweite Flamme und wiederholte das Prozedere, verharrte einen Augenblick, um das Geschehene wirken zu lassen, und verließ den Dachboden.

Nachdem er kurz geduscht hatte, empfing ihn das Erdgeschoss seines Hauses mit dem leisen Zischen des Sauerstoffs, der in Jasmins Nase geleitet wurde. Auch wenn ihm die Ärzte davon abgeraten hatten, stand Jasmins Krankenbett direkt am größten Wohnzimmerfenster und die nötigen Gerätschaften möglichst weit weg davon. In den wenigen Augenblicken des Bewusstseins, die ihr Gott noch schenkte, sollte sie wenigstens hinaus zu seiner Schöpfung sehen können.

Ihr kleiner, ausgemergelter Körper zeichnete sich kaum

noch unter der weißen Zudecke ab, die nur ihr friedlich schlafendes Gesicht unbedeckt ließ. Obwohl Martin Angst hatte, sie aufzuwecken, musste seine Hand ihre feuchte, kalte Haut berühren, wobei ihm schmerzhaft bewusst wurde, wie wenig Leben noch in ihr war.

»Sie dürfen das nicht, wir müssen Ihre Tochter hierbehalten«, hallte die Stimme des Chefarztes durch seinen Geist. Doch er hatte den Mann nur angesehen und ihn gefragt: »Würden Sie hier sterben wollen?« Widerwillig hatte man Jasmin zu ihm nach Hause verlegt und immer wieder betont, keinerlei Verantwortung übernehmen zu wollen.

Bei dem Gedanken daran lachte Martin verzweifelt auf. *Niemand hatte für irgendetwas Verantwortung übernommen. Nicht der Arzt, nicht diese Firma und auch kein Richter.*

Der Druck seiner Hand war bei diesem Gedanken fester geworden, und Jasmin gab ein leises Stöhnen von sich. »Alles gut, mein Schatz«, versuchte er sie zu beruhigen und strich ihr dabei sanft über ihr langes rotes Haar, doch sie hielt ihre Augen offen und er sah das Unausweichliche in ihrem Blick.

»Nein«, flehte er leise, »nicht jetzt schon.«

Jasmins Lippen formten ein Wort, doch kein Laut verließ ihren Mund.

»Jasmin, bitte …« Obwohl er wusste, dass es nichts brachte, fiel sein Blick auf den kleinen Monitor unter ihrem Bett. Die angezeigten Wellen waren noch immer gleichmäßig, doch ihr Abstand wurde merklich länger. Er schaltete das Gerät ab, zog das Hütchen von ihrem Finger und nahm ihre winzige Hand in seine eigene.

Jasmins Augenlider schlossen sich langsam, öffneten sich wieder und für einige lange Sekunden wurde ihr Blick so klar, wie er früher einmal war. Obwohl Martin ihr die Erlösung wünschte, konnte er ein kurzes Gefühl der Hoffnung nicht unterdrücken, doch ihre Lippen formten ein letztes »Papa« und verstummten dann für immer.

Alles in Martin bebte. Er wollte schreien und hatte doch die sinnlose Angst, sie noch einmal zu wecken. Sie, die kleine Jasmin, sollte doch schlafen ... so lange schlafen, bis sie sicher bei ihrer Mutter angekommen war und ihr niemand mehr etwas antun konnte.

Stunde um Stunde verging. Und in jeder Sekunde glaubte er spüren zu können, wie das Leben aus ihr floss. Sie wurde so kalt, so furchtbar kalt ...

# – 2 –

»Aus der Erde sind wir genommen, zur Erde sollen wir wieder werden, Erde zu Erde, Asche zu Asche, Staub zu Staub.« Martin hatte keine Tränen mehr, als der Pfarrer die letzten Worte sprach.

Jasmin hatte es geschafft – und nun, da sie sicher bei ihrer Mutter war, konnte ihn nichts mehr aufhalten. Der Pfarrer beendete die Zeremonie, verabschiedete sich und ließ ihn alleine zwischen den Bäumen des Trauerwaldes zurück.

Das Zwiegespräch zwischen ihm und seinen Lieben dauerte noch bis in die Dämmerung hinein, doch dann war er sich sicher. Gott hatte ihm einen Auftrag gegeben, und er würde diesen Auftrag annehmen.

Gegen 20 Uhr erhob er sich vom Waldboden, verneigte sich vor dem Bild seiner Familie und verließ diese Seite der Welt.

Seine Transformation war fast abgeschlossen, er konnte es spüren. Seine Augen zeigten ihm nun die Wahrheit über diese Gesellschaft, seine Ohren hörten die Wahrheit, welche in jedem geheuchelten Satz mitschwang, und selbst seine Nase nahm wahr, was sich hinter einem vordergründigen Wohlgeruch verbarg.

Drei Monate hatte Jasmins Krankheitsverlauf gedauert, es waren drei intensive Monate gewesen. Jedes Stadium ihres Verfalls hatte ihn näher an seine Aufgabe gebracht.

Mit jeder Zurückweisung der Gesellschaft wurde ihm klarer, was zu tun war.

*Kein Mensch interessierte sich mehr für den anderen, Egoismus und Habgier waren für Millionen die neue Religion geworden. Nur derjenige, der Hunderte Freunde in sozialen Netzwerken hatte, war etwas wert. Der Obdachlose auf der Straße hatte jedes Recht auf Leben verwirkt, und der alten, einsamen Frau wünschte man einen schnellen Tod, dann musste man sich als Nachbar keine Gedanken mehr über sie machen.*

*Jeder wusste, dass man von der Politik belogen wurde, doch was interessierte es die Made im Speck, wenn einen Meter weiter eine andere Made verhungerte. Diese Gesellschaft war krank, aber das wurde nicht etwa als Problem gesehen, denn so konnte man ihr wenigstens ein Heil verheißendes Gift verkaufen und sich die Taschen füllen. Kauft dies, so geht es euch besser, schluckt das, dann seid ihr Mainstream, aber um Gottes willen hinterfragt nichts, denn sonst müssen wir euch leider an den Pranger stellen.*

Nach zwei Stunden Fahrt war Martin zurück in Nürnberg, allerdings hatte ihn sein Navi auf dem Weg nach Hause in einen Ortsteil gelotst, in dem er noch nie gewesen war. Die einzige Tankstelle, an der er vorbeikam, war bereits geschlossen, da er aber immer genug Kleingeld einstecken hatte, suchte er einen Zigarettenautomaten, vor dem er gut anhalten konnte. Zwischen den alten Häusern waren kaum Menschen zu sehen, und wenn doch, waren es Jugendliche in seltsamen Klamotten.

Ohne auf das Halteverbotsschild zu achten, parkte er seinen Wagen vor einer mit Graffiti besprühten Hauswand, an der ein ebenso verunstalteter Automat hing. Nach dem dritten Versuch behielt der Automat endlich sein Kleingeld und warf eine Schachtel L&M aus. Martin hatte sie noch nicht ganz aus dem engen Schacht gefummelt, als eine Stimme hinter ihm forderte: »Wir hätten auch gerne so eine Packung.« Ohne sich davon ablenken zu lassen, zog er die Zigaretten endgültig aus der Klappe und drehte sich dann erst um.

Obwohl die drei Typen einen halben Kopf größer waren, sahen sie in seinen Augen fast schon lächerlich aus. Die absichtlich zu groß gekauften Klamotten hingen wie Lumpen an ihren schlaksigen Körpern, und der Flaum des ersten Bartwuchses ließ sie nicht gerade bedrohlicher wirken ... genau das, was er brauchen konnte.

»Also, was ist?«, fragte der Junge, der ihm am nächsten stand. »Hast du auch eine Packung für uns?«

Alle drei kamen einen Schritt näher und nahmen ihm damit jede Möglichkeit zur Flucht, doch Martin wollte gar nicht fliehen.

Da ihm das Messer, das einer der Typen hinter seiner Hand verborgen hielt, durchaus aufgefallen war, setzte er ein Lächeln auf und antwortete ruhig: »Ich kenne das, nichts ist schlimmer, als wenn einem als Raucher die Zigaretten ausgehen. Wenn ihr mich kurz mein Geld aus dem Auto holen lasst, kann ich jedem von euch welche kaufen.«

»Willst du uns verarschen, Alter?« Offenbar konnten auch die anderen beiden sprechen, da sie den Satz fast gleichzeitig sagten.

Martin runzelte die Stirn. »Ihr seid zu dritt, es ist ziemlich dunkel hier und ich bin alleine. Glaubt ihr, ich riskiere meine Gesundheit für ein paar Zigaretten?«

Alle drei warfen sich einen unschlüssigen Blick zu, dann sagte der, der ihn als Erster angesprochen hatte: »Also gut, aber du holst dein Geld durch die Beifahrerseite, nicht dass du uns noch abhaust.«

»Alles klar«, stimmte Martin zu und trat zwischen den anderen beiden hindurch, öffnete die Tür und zog eine kurze Eisenstange unter dem Beifahrersitz heraus. Laut sagte er: »Ah, hier ist es ja«, und hielt mit der anderen Hand seine Geldbörse in die Höhe.

Der erste Schlag kam ansatzlos und traf den Messerträger auf den K.-o.-Punkt an der Schläfe. Dieser riss noch einmal fassungslos die Augen auf und sank anschließend einfach in sich zusammen. Der zweite Typ brauchte einige Sekunden, um zu realisieren, was gerade passiert war, schaffte es aber gerade noch, Martins nächstem Schlag auszuweichen. Offenbar hatte er den Griff zur Hosentasche geübt, denn plötzlich hatte auch er ein Butterflymesser in der Hand und ließ die beiden Griffhälften gekonnt nach hinten klappen. Der eigentliche Anführer hielt sich dagegen noch etwas im Hintergrund, was Martin irritierte. Allerdings hatte er keine Zeit, darüber nachzudenken. Der Angriff des Jungen kam schnell, und nur mit Mühe gelang es Martin, die Messerhand so abzulenken, dass sie statt seines Arms die Verkleidung der Autotür traf und sich dort hineinbohrte. Martin zögerte nicht. Das kurze Stahlrohr beschrieb einen Bogen in der Luft, traf beim ersten Schlag den Unterarm seines Angreifers und brach dort mindestens einen Knochen. Anschließend zog er das Rohr mit aller Kraft nach oben und zerschmetterte das schmale Kinn des Jungen. Dessen Schmerzensschrei verstummte in einer Welle aus Blut, das erst seinen Mund füllte und sich nach dem Sturz auf den Boden seinen Weg nach außen bahnte.

»Leg das Rohr weg, du Arsch⍰« Die Stimme des dritten Jungen klang erstaunlich fest, und als er etwas aus dem Schatten der Hauswand trat, wusste Martin auch warum.

»Leg das Rohr weg.« Die Mündung eines kleinen Revolvers zeigte genau auf seine Stirn.

Mit dem, was nun folgte, hatte der Junge nicht gerechnet. Martin hielt das Rohr so, dass ein Ende auf seiner Schulter lag, und ging so weit auf ihn zu, bis der Lauf der Waffe nur noch wenige Zentimeter von seinem Gesicht entfernt war. Dann sah er ihm in die Augen und fragte, als wären sie in einem amerikanischen Krimi: »Und was nun? Pustest du mir jetzt mein verdammtes Hirn aus dem Kopf?«

Dem Jungen war seine Nervosität deutlich anzumerken. Er machte einen Schritt zurück und schrie mit zu hoher Stimme: »Ich habe dich gewarnt, leg endlich dieses Scheißrohr weg⍰«

Martin breitete die Arme aus. »Aber warum denn, du kannst mich doch jederzeit erschießen.« Anschließend machte er einen weiteren Schritt auf den Jungen zu und schlug das Rohr, ohne auszuholen, auf den Revolver, der ein kurzes metallisches Klicken von sich gab. Einen Wimpernschlag lang war Martin selbst überrascht, bis er begriff, dass die Waffe überhaupt nicht geladen war.

Der Junge stieß einen Fluch aus und wollte sich aus der Affäre ziehen, doch wieder war das Rohr schneller. Der erste Schlag auf die Kniescheibe ließ ihn straucheln, wodurch sein Kopf in eine ideale Höhe geriet und unter dem Eindruck des zweiten Schlages nach hinten gerissen wurde. Mit fassungslos aufgerissenen Augen blickte er Martin entgegen, doch dieser hatte einen Auftrag, und der hatte hiermit begonnen.

# – 3 –

»Das hätte sich der Chef auch verkneifen können.«

»Was meinst du?« Sabrina sah ihren Kollegen von der Seite an. Vor allem bei nächtlichen Streifenfahrten war Kommissar König immer ihr Lieblingskollege gewesen. Er stand kurz vor dem Ruhestand und ging alles etwas besonnener an. Auch oder gerade weil sie selbst gerne einmal über das Ziel hinausschoss, arbeiteten sie immer gut zusammen, und so manche kritische Situation wäre ohne seine Erfahrung sicher anders ausgegangen.

Nun warf auch König einen kurzen Blick zu ihr herüber, konzentrierte sich aber schnell wieder auf die Straße. »Na, an deinem letzten Tag vor der Versetzung noch eine Nachtschicht wäre wirklich nicht nötig gewesen.«

Sabrina zuckte mit den Schultern. »Kommt für mich nicht überraschend. Der Chef und ich, wir sind nie besonders warm miteinander geworden.«

»Aber er hat dich für die Kripo vorgeschlagen«, wandte König ein.

»Vermutlich nur, damit er mich los ist.« Weiter kam Sabrina nicht, da das Funkgerät erst einen Signalton von sich gab und anschließend die gelangweilte Stimme des Diensthabenden in der Zentrale erklärte: »Überfall auf ein paar Jugendliche in Langwasser Nord. Thomas-Mann-Straße. Ein Anwohner hat Schreie gehört.«

Sabrina bestätigte und König schaltete das Blaulicht ein.

Zwei Minuten später bogen sie in die angegebene Straße, und das Erste, was ihnen auffiel, war, dass für diese Uhrzeit seltsam wenige Leute auf der Straße waren. Beide kannten diese Ecke von Nürnberg, und gerade in so milden Nächten wie heute saßen immer wieder Jugendliche in kleinen Gruppen zusammen.

König schaltete das Blaulicht wieder ab und ließ den Wagen langsam die Straße entlangrollen.

»Siehst du etwas?« Sabrina wollte gerade verneinen, als sie in einer ziemlich dunklen Ecke etwas glänzen sah und nur »Halt mal an« antwortete.

Ohne auszusteigen, ließ sie ihr Fenster nach unten fahren und leuchtete mit der Taschenlampe eine komplett beschmierte Mauer entlang. Erst schien alles normal, dann erfasste der Lichtkegel erst eine kleine Waffe und zwei Meter weiter das kaum noch zu erkennende Gesicht eines Jugendlichen.

»Ach du Schande.« Auch Königs Augen waren dem Licht gefolgt. Er griff sich seine eigene Lampe, öffnete den Verschluss seines Holsters und bestimmte: »Warte, bis ich auf deiner Seite bin.« Anschließend schaltete er die Innenraumbeleuchtung ab und öffnete die Fahrertür.

Sabrina hatte inzwischen das Funkgerät genommen und mit den Worten »Wir brauchen hier einen Krankenwagen und einen Notarzt …« begonnen, als sie stockte. Mehr zur Eigensicherung leuchtete sie, während sie sprach, auch das nähere Umfeld ab und starrte plötzlich in die offenen Augen eines weiteren Opfers.

»Was brauchen Sie? Bitte wiederholen Sie Ihre Anforderung«, kam es aus dem Lautsprecher, doch Sabrina brauchte einen Augenblick, um das Gesehene zu verarbeiten. Erst nach einer weiteren Aufforderung antwortete sie: »Wir brauchen zwei Krankenwagen, einen Notarzt und die Spurensicherung. Ich sehe vom Wagen aus zwei Opfer liegen, eines ist möglicherweise tot. König und ich steigen jetzt aus und sehen uns die Sache näher an, dann melden wir uns wieder.«

Nun war auch der Mann in der Zentrale bei der Sache. Deutlich ernster sagte er: »Alles klar, ich schicke Verstärkung und den Rettungswagen ... Passt auf euch auf.«

Noch während sie das Fahrzeug verließ, zog Sabrina ihre Waffe und nickte König als Zeichen für ihre Bereitschaft zu. Die kleine Seitenstraße lag fast komplett im Dunkeln, da man die einzige Laterne, die in Reichweite stand, mit einem Stein zerstört hatte. Von seiner Partnerin abgesichert, ging Kommissar König zu dem ersten Opfer, kauerte sich hin und versuchte, einen Puls zu finden. Nach wenigen Sekunden ließ er von ihm ab, schüttelte den Kopf und ging zu dem zweiten Jugendlichen, den Sabrina als Erstes entdeckt hatte. Jetzt, direkt über ihm stehend, konnte er das ganze Ausmaß der Verletzungen sehen. Nicht nur das Gesicht wies zahlreiche Wunden auf, auch auf den Schultern und am Hals war die Haut an einigen Stellen aufgesprungen. Was allerdings eine weitere Untersuchung unnötig machte, war eine tiefe Einkerbung am Hinterkopf, die der Junge unmöglich überlebt haben konnte. König war sicher, dass sich der Täter entweder massiv gewehrt hatte oder außer sich vor Hass gewesen war.

»Scheiße.«

König war sofort in Abwehrstellung und sah fragend zu seiner Partnerin. Sabrina deutete mit einem Nicken zu einer Stelle in zehn Metern Entfernung, auf der der Lichtkegel ihrer Lampe ruhte. Dieses Mal gab es kein weiteres Opfer zu sehen, doch der Blutfleck und einige Schleifspuren waren deutliche Hinweise, dass es noch einen Dritten erwischt haben musste.

König entspannte sich etwas, schluckte den schlechten Geschmack hinunter und murmelte: »Das war keine Schlägerei, sondern ein Massaker. Lass uns die Gegend sichern und dann deine zukünftigen Kollegen holen.«

# – 4 –

Martin glitt zurück in seinen normalen Bewusstseinszustand und fand sich auf seinem Dachboden auf den Waschbetonplatten kniend wieder. Die schwere Eisenstange lag blutbefleckt vor ihm und brachte jede einzelne Erinnerung zurück, was eine kurze Panik in ihm auslöste. Nicht weil er ein schlechtes Gewissen hatte – für diese drei Jungs wäre in einer neuen Gesellschaftsordnung sowieso kein Platz gewesen. Ein viel größeres Problem war, dass man ihn nun suchte.

Nach einem kurzen Gebet für seine Lieben erhob er sich und warf einen Blick auf seine Uhr, die 6 Uhr morgens anzeigte. Sein Autokennzeichen hatte sich offenbar niemand gemerkt, sonst wären sie längst hier gewesen.

Zu seinem Plan zurückkehrend, nahm er die Bilder von Maria und Jasmin aus dem Schrein und stieg die Holztreppe hinunter. Einen Augenblick lang hatte er die abstruse Idee, auch den Strick mitzunehmen, doch wenn es so weit war, würde er sicher eine Möglichkeit finden.

Obwohl er sich vorgenommen hatte, nur das Nötigste einzupacken, war die Reisetasche am Ende voll und er brauchte eine zweite für seinen Laptop und die externe Festplatte mit den Zugangsdaten, die seine eigentliche Waffe waren. Dieser Gewaltausbruch am vorherigen Abend hatte ihm zwar gutgetan und war auch nötig gewesen, doch es entsprach nicht dem, was ihm vorschwebte. Mit nackter

Gewalt war es unmöglich, sein Ziel zu erreichen, zumindest nicht mit Gewalt, die von ihm alleine ausging. Wenn sein Plan aufging, würde er sich zurücklehnen und das Schauspiel genießen können. Er würde diese ach so moralische Gesellschaft zurück zu ihrem wahren Kern führen, und dann würde sich zeigen, wer sein Leben wirklich verdient hatte.

Ohne ihn noch einmal anzusehen, stieg Martin über den toten Jugendlichen, zündete im Wohnzimmer zwei Kerzen an, öffnete das extra am Gasherd angebrachte Ventil und verließ das Haus.

Wie er jetzt erst feststellte, hatte er seinen Wagen in der Nacht auf der anderen Straßenseite geparkt. Offenbar war ihm nach der Tat nicht bewusst gewesen, in welcher Gefahr er schwebte. Wenn ihn auch nur einer der Anwohner beobachtet hatte, lief längst eine Fahndung nach seinem Nummernschild, doch das war jetzt nicht mehr zu ändern.

Er trat an das Gartentürchen und eine Flut von Bildern stürzte auf ihn ein. Wenn er früher von der Arbeit gekommen war, hatte Jasmin nur darauf gewartet, dass er dort auftauchte, und war ihm in die Arme gelaufen. Für einen Augenblick war er versucht, noch einmal die Arme auszubreiten, doch seine Jasmin gab es nicht mehr.

Martin musste sich zur Ordnung rufen. Er hatte keine Ahnung, wie lange das Gas bis ins Wohnzimmer brauchen würde, und wenn der große Knall kam, sollte er nicht mehr in der Nähe sein. Er schüttelte sich kurz, fast so, als könnte man damit dunkle Gedanken loswerden, und machte einen Schritt auf die Straße. Links war alles ruhig, doch von rechts konnte man ein sich näherndes Motorengeräusch hören. *Jetzt kommen sie, um mich zu holen,* schoss es ihm durch den Kopf, und tatsächlich bog einer der blau-weißen Streifenwagen in die kleine Seitenstraße ein.

Martin hatte keine Wahl. Wenn er jetzt panisch wurde, würde er auffallen, und zurück zum Haus konnte er sowieso nicht mehr. Der Wagen kam näher und er tat so, als wäre alles normal. Die beiden Beamten im Inneren sahen ihn an, dann deutete der Fahrer in seine Richtung und stoppte den Wagen, woraufhin der Beifahrer sein Fenster herunterließ.

Martin stellte seine beiden Taschen ab und versuchte zu lächeln, doch es fühlte sich gespielt an.

»Guten Morgen«, grüßte der Beamte auf der Beifahrerseite höflich, musterte Martins Taschen und sagte dann: »Ich will Sie nicht lange aufhalten, aber können Sie uns sagen, ob hier ein älterer Herr im Schlafanzug vorbeigekommen ist? Er wird seit heute Morgen drüben im Altersheim vermisst.«

Martin hörte seinen Puls im Ohr rauschen und seine eigenen Worte klangen eigenartig fern. Trotzdem schaffte er es, seinen Kopf zu schütteln und zu antworten: »Nein, ich habe niemanden gesehen.«

Der Beamte kniff kurz die Lippen zusammen und bedankte sich, doch als sein Kollege schon losfahren wollte, hielt er diesen zurück und sah Martin prüfend an. Da Martin offenbar fragend zurückblickte, fragte der Beamte: »Ist alles o. k. mit Ihnen? Sie sehen sehr blass aus.«

Martin spürte, wie seine Beine weich wurden, riss sich aber zusammen und antwortete: »Nein, alles bestens. Mir wird oft gesagt, dass ich krank aussehe. Außerdem komme ich gerade vom Urlaub zurück, und Fliegen ist überhaupt nicht mein Ding.« Gleichzeitig dachte er: *Vor allem, wenn hinter mir jeden Augenblick ein Haus in die Luft fliegen könnte.*

»Dann ist es gut«, erwiderte der Beamte und die beiden fuhren davon.

Martin zwang sich, noch so lange stehen zu bleiben, bis der Streifenwagen am Ende der Seitenstraße abgebogen war, dann stürmte er zur Garage. Da ihn die Beamten gesehen hatten, war seine einzige Chance, als tot zu gelten, wenn sein eigenes Auto noch vor der Tür stand. Er riss das Garagentor auf, warf die Taschen achtlos auf die Rückbank des alten Fiat seiner Frau und fuhr los. Draußen blieb er noch einmal kurz stehen, warf das Tor wieder zu und raste davon.

Obwohl er schon einige Hundert Meter weit gekommen war, spürte er, wie die Druckwelle seines explodierenden Hauses das Auto erfasste. Ohne sich darum zu kümmern, fuhr er weiter, bog auf einen nahen S-Bahn-Parkplatz ein und stellte sich in die letzte Reihe.

Bewaffnet mit seinem Taschenmesser, hebelte er die Nummernschildhalterung eines in Polen angemeldeten Fahrzeuges auf und brachte die Kennzeichen an seinem Fiat an, den er bereits kurz nach dem Tod seiner Frau abgemeldet hatte. Anschließend montierte er das hintere Kennzeichen eines rückwärts geparkten Fahrzeuges an dem polnischen vorne an und hoffte so, etwas mehr Zeit zu haben, bevor die Sache bemerkt wurde. Zwei, drei Stunden sollten reichen, bis er sein Ziel erreicht hatte. Das Versteck hatte er sorgsam ausgewählt und auch für die Entsorgungsmöglichkeit eines Fluchtwagens gesorgt, nur dort ankommen musste er noch.

# – 5 –

»Schau mal, Mama, da ist er wieder«, rief Pauline aufgeregt und rannte auch schon los. Trotz der schweren Einkaufstasche folgte Laura ihrer Tochter.

Wie immer ging die eigentliche Faszination gar nicht von dem Mann aus, sondern vielmehr von einem Papagei, der waghalsige Kunststückchen an seinen Stangen zeigte und dabei einige Wörter krächzte.

Ungeduldig wartete Laura, bis der Vogel sein kurzes Programm durch hatte und sie ihre Tochter endlich von dem Schauspiel wegzerren konnte. Fast im Laufschritt erreichten sie wenig später den Altbau in Nürnbergs Nordstadt und bereiteten das kalte Abendessen vor.

»Warum hast du dich so hübsch gemacht, Mama?« Während Pauline auf ihrem Brot herumkaute, sah sie fasziniert dabei zu, wie die langen Ohrringe ihrer Mutter im abendlichen Sonnenlicht funkelten.

Laura blickte erst aus dem Fenster, über die Dächer der alten Wohnhäuser, die der Bombardierung von Nürnbergs Innenstadt getrotzt hatten, schluckte den Rest ihres Abendessens hinunter und antwortete unsicher: »Ich habe dir doch von Jürgen erzählt.«

»Ist das der, den du letzte Woche kennengelernt hast?«

Laura nickte. »Ja, genau. Er ist wirklich sehr nett, und da

er schon ganz gespannt auf dich ist, kommt er uns nachher besuchen.«

Paulines Gesichtsausdruck verfinsterte sich. »Aber ich dachte, wir schauen uns später diese Kinderseite im Internet an.«

»Vielleicht mag Jürgen sich das ja auch ansehen?«, versuchte Laura die Situation zu entschärfen und fügte als kleinen Anreiz hinzu: »Außerdem finde ich, dass du mit deinen acht Jahren auch schon ein bisschen alleine rumklicken kannst.«

»Aber es macht viel mehr Spaß, wenn man es sich zusammen ansieht«, beschwerte sich Pauline, doch ihre Mutter ging nicht weiter darauf ein und begann stattdessen damit, den Tisch abzuräumen.

Wie von Pauline befürchtet, hatte ihre Mutter auch nach dem Abendessen kaum Zeit für sie. Schließlich musste, wie sie sagte, die Wohnung perfekt aufgeräumt sein, wenn Jürgen das erste Mal zu Besuch kam. Laura schaltete ihrer Tochter nur schnell den Laptop ein, öffnete den Internetbrowser und die Website, die auf dem kleinen Flyer des Clowns angegeben war. Nach einigen Klicks auf die richtigen Links überließ sie ihrer Tochter das Feld und führte ihre Hausarbeit zu Ende.

Die vielen bunten Bilder, Animationen und Tiergeschichten auf dem Monitor zogen Pauline sofort in den Bann, sodass sie nicht einmal mehr mitbekam, dass die Türklingel Jürgens Erscheinen ankündigte. Erst als ihre Mutter aus dem Flur herüberrief: »Pauline, kommst du mal bitte«, riss sie sich schweren Herzens von einem der Filmchen über kleine Hundewelpen los und ging zu ihr hinüber.

Trotz des schwachen Lichts im Flur der Wohnung sah sie gerade noch, wie der fremde Mann ihrer Mutter etwas zuflüsterte und etwas verlegen zu ihr heruntersah. Pauline blieb in der Tür stehen, wusste aber nicht, wie sich verhalten sollte, bis ihre Mutter die Initiative ergriff. Sie machte eine Geste in Richtung ihrer Tochter und sagte an Jürgen gewandt: »Und das hübsche Mädchen hier ist meine Tochter Pauline.«

Die meisten Leute, die ihr vorgestellt wurden, gingen in einem solchen Augenblick in die Hocke und gaben ihr die Hand, doch dieser Jürgen machte nur eine winkende Handbewegung, blieb dabei im Schatten und sagte: »Hallo, Pauline.« Nachdem er anscheinend selbst gemerkt hatte, dass das etwas dürftig war, fügte er noch hinzu: »Schön, dich zu treffen. Deine Mutter hat schon viel von dir erzählt.«

Pauline gab dem Mann die Hand, sagte ebenfalls »Hallo« und stutzte. Mit etwas zur Seite geneigtem Kopf stellte sie fest: »Du siehst ein bisschen aus wie der Clown drüben am Supermarkt.« Für eine Sekunde herrschte Stille in dem Flur, bis ihre Mutter lächelnd zu dem Mann blickte und entschuldigend sagte: »Meine Tochter hat ein bisschen viel Fantasie.«

Pauline akzeptierte ihren Irrtum mit einem Schulterzucken und fragte: »Darf ich wieder an den Laptop?«

Laura zögerte einen Augenblick, erlaubte es aber durch ein Nicken. »Wir sind in der Küche, wenn du etwas brauchst.«

Nachdem sich Pauline sämtliche Filmchen und Minispiele der Seite einmal angesehen hatte, wurde die Sache langsam langweilig und sie begann diese Wörter, die sich veränderten, wenn man mit dem Mauszeiger darüberfuhr, näher anzusehen. Besonders ein Wort hatte es ihr angetan, doch leider musste man, nachdem man auf das Wort »Chat« geklickt hatte, irgendwelche Eingaben machen, um weiterzukommen. Unschlüssig, was sie nun tun sollte, stand sie auf und beschloss, ihre Mutter zu fragen.

Kurz bevor sie die Küche erreichte, erschütterte ein heftiger Hustenanfall den kleinen Körper. Pauline blieb kurz stehen und wartete darauf, dass dieser abklang, dann betrat sie die Küche. Die beiden hatten ihr Gespräch unterbrochen und Laura sah ihre Tochter mitfühlend an. »Brauchst du etwas, mein Schatz? Dein Lungenspray steht drüben auf dem Wohnzimmertisch.«

Pauline schüttelte den Kopf und machte noch einen Schritt in die Küche. »Auf der Seite muss man etwas hineinschreiben, aber ich weiß nicht was.«

Laura strich sich die Bluse glatt und fragte: »Was willst du denn machen?«

»So ein Spiel, das Chat heißt.«

»Was für ein Ding?« Laura konnte mit dem Wort, das ihre Tochter »CHAT« aussprach, nichts anfangen, als dieser Jürgen zu lachen begann und feststellte: »Sie meint bestimmt einen Chat, eine Unterhaltung.«

»Ach, das heißt Unterhaltung«, stellte Pauline enttäuscht fest. »Ich dachte, das ist ein Spiel.«

Nun war dieser Jürgen offenbar in seinem Element. »Nein, kein Spiel. In einem Chat treffen sich viele Leute und schreiben sich gegenseitig oder schicken sich lustige Bilder ... Du kannst doch schon schreiben, oder?«

Pauline nickte eifrig. »Ich bin in Deutsch die Beste in meiner Klasse.«

»Das sollte sie aber noch nicht machen. Wer weiß, wer sich dort herumtreibt«, mischte sich nun Laura ein.

»Aber ich will«, beschwerte sich Pauline und schickte das ultimative Argument gleich hinterher: »Das machen die anderen aus meiner Klasse auch, ich wusste nur nie, was die meinten, wenn sie vom CHATTEN ... nein ... Chatten redeten.«

»Auf welcher Seite willst du denn chatten?«, fragte Jürgen, bevor ihre Mutter etwas sagen konnte.

»Die heißt ... ähhh ... Mein-Mini-Club, oder so ähnlich.«

Jürgen, der nun aufgestanden war, zwinkerte in Richtung Paulines Mutter. »Da kannst du beruhigt sein, die Seite ist sicher«, worauf Laura ein leichtes Schmunzeln über das Gesicht huschte und sie log: »Ich würde mich eh gerne ein bisschen hinlegen ...« Nun drehte sie sich wieder zu ihrer Tochter. »Meinst du, das bekommst du dann alleine hin? Nicht dass du uns alle fünf Minuten brauchst.«

Pauline nickte eifrig: »Ich schaff das schon.«

»Na gut«, stimmte Laura zu und fragte Jürgen: »Könntest du ihr den Zugang schnell einrichten? Ich müsste sowieso mal ins Bad.«

Pauline konnte diesen Jürgen immer noch nicht leiden und war froh, als er das Wohnzimmer wieder verließ. Etwas verloren saß sie vor dem Laptop und sah sich all die anderen Nicknames an, deren Status sich immer wieder veränderte. Mal stand da: Blümchen unterhält sich, dann wieder: Blümchen hat Zeit.

Paulines eigenes Profil, das Jürgen unter dem Namen Pauli angelegt hatte, wirkte gegen all die anderen etwas leer. Dort stand: *Du hast 0 Freunde; Du hast 0 Unterhaltungen; Du hast 0 Nachrichten.*

Etwas enttäuscht wechselte sie in einen sogenannten offenen Chatraum und scrollte die Namensliste herunter. Offenbar hatten viele Kinder das Bedürfnis, sich nach irgendwelchen Blumen zu benennen. Pauline wollte das Fenster gerade schließen, als sie auf einen Namen stieß, der sich von den anderen abhob. Verziert mit dem Bild eines winzigen Luftballons stand da: Boo der Clown, Mitglied seit drei Minuten.

Nicht so recht wissend, ob sie das überhaupt durfte, warf Pauline noch einen Blick in das leere Wohnzimmer und klickte dann auf »Chat eröffnen«. Wenn dieser Boo der Clown hier auch neu war, würde er sich bestimmt freuen, gleich jemanden kennenzulernen.

Einige Sekunden lang passierte nichts und sie überlegte schon, auf »Beenden« zu klicken, als sich eine Sprechblase öffnete und die Worte »Hallo, Pauli, schön, dass du mich besuchst« erschienen. Da Pauline nicht so recht wusste, was sie nun tun sollte, tippte sie mühsam »Hallo« ein.

Dieses Mal ging es schneller und der Clown fragte: »Hast du mich über den Zettel, den mein Papagei verteilt hat, gefunden?«

Über Paulis Gesicht huschte ein Lächeln und sie tippte eifrig: »Ja, bist du wohl der Clown, der immer vor dem Supermarkt steht?«

Statt einer Antwort erschien nun erst das kleine Bild einer Schachtel, die sich plötzlich öffnete und wo der Kopf eines Clowns heraussprang. Anschließend dauerte es einige Sekunden und es erschien die Frage: »Möchtest du meinen Papagei Bobo einmal über eine Kamera sehen?«

Natürlich wollte sie das und antwortete: »Ja, gerne.«

Die Antwort ließ nicht lange auf sich warten: »Dann klick doch einfach einmal auf diese unterstrichene Zeile, und wenn sich ein kleines Fenster öffnet, klickst du auf ›Programm ausführen‹.«

Pauline tat, was er geschrieben hatte, und erschrak ein bisschen, da sich kurz hintereinander einige kleine Fenster öffneten und wieder schlossen, doch irgendwann war der Spuk vorbei und über dem Monitor ging ein kleines Lämpchen an. Keine zwei Sekunden später meldete der Clown: »Sehr schön, nun kann ich dir Bobo zeigen ... Du bist übrigens sein Lieblingsfan vor dem Supermarkt.«

Pauli stockte kurz. Woher wusste der Clown, wer sie war? Er konnte sie doch gar nicht sehen. Doch gerade als sie diese Frage eintippen wollte, bildete sich fast wie aus dem Nichts eine kleine viereckige Box auf dem Monitor und Bobo krächzte sein vertrautes »HALLO«.

»Hallo, Bobo«, antwortete Pauline leise und hatte ganz vergessen, dass er sie ja gar nicht hören konnte.

Nachdem sie dem Tier eine Zeit lang zugesehen hatte, verschwand die Box wieder und der Clown fragte: »Möchtest du einmal zusehen, wenn ich Bobo kleine Kunststücke beibringe?«

»Na klar«, antwortete Pauli begeistert und schrieb dann noch: »Kann ich das denn durch die Kamera sehen?«, doch die Antwort enttäuschte sie.

»Nein, das geht so leider nicht. Da müsstest du schon richtig dabei sein.«

Pauli überlegte eine Weile, da ihr aber nichts einfiel, schrieb sie: »Das geht leider nicht. Ich muss gleich nach der Schule in den Hort und von dort holt mich immer meine Mutter ab.«

»Dann komm doch mit deiner Mutter«, erschien prompt am Monitor, aber Pauli kniff die Lippen zusammen und tippte: »Das geht, glaube ich, nicht ... die kann dich nicht leiden.«

Es folgte erst ein »Hmmmm«, dann der Vorschlag: »Und wenn wir uns übermorgen treffen? Da ist Samstag und du darfst doch bestimmt schon alleine rausgehen.«

Eigentlich hätte Pauline den Papagei gerne gleich besucht, aber ihre Mutter hätte das bestimmt wieder verboten. Schweren Herzens schrieb sie: »Na gut, und wo kann ich Bobo sehen?«

Wieder folgte erst ein kleines lustiges Bildchen, gefolgt von den Worten: »Ich bin um 10 Uhr auf dem Parkplatz vor dem Supermarkt. Bis dann ... Bobo freut sich schon auf dich.«

Noch bevor Pauli antworten konnte, schloss sich erst das Chatfenster, dann öffneten sich wieder lauter kleine Fenster und seltsame Balken liefen von links nach rechts über den Bildschirm. Gerade als sie anfing, sich Sorgen zu machen, schloss sich alles wieder und der Monitor zeigte nur noch die blaue Oberfläche mit den kleinen Symbolen, die man anklicken konnte.

# – 6 –

Hauptkommissar Jänke drehte sich zum wiederholten Male auf seinem Bürostuhl um die eigene Achse, wobei sein Blick bei jeder Umdrehung über die Schlagzeile flog. In übergroßen Buchstaben stand da: »SELBSTMORD, MORD und das Auto eines EX-POLIZISTEN«.

Zwei Tage war es nun her, dass sie Köstners Auto aus dem See gezogen hatten und nicht er selbst, sondern ein mehrfach Vorbestrafter tot darin gesessen hatte. Jänke konnte einfach nicht glauben, dass sein Ex-Kollege so dumm gewesen war, diesen Verbrecher in seinem eigenen Auto in einem See zu versenken. Auch wenn dieser Tote eine junge Frau in den Selbstmord getrieben hatte und Köstners Hass riesig gewesen sein muss, er hätte es sicher besser gemacht.

Hinzu kam, dass man bis jetzt kaum verwertbare Spuren gefunden hatte. Selbst wenn man von Köstner als Mörder ausging, würde es für keine Verurteilung reichen. Allerdings hatte Jänke selbst noch keine Idee, wer sonst als Täter infrage kam, und Mike Köstner konnte er nicht fragen, denn der war zusammen mit seiner Freundin seit Wochen wie vom Erdboden verschwunden.

Tom Jänke beendete die letzte Drehung auf seinem Stuhl, nahm die Zeitung von seinem Schreibtisch und verließ das Büro.

»Ist der Chef da?«

Steinbachs Sekretärin blickte kurz von ihrem Monitor auf, drückte anschließend auf eine Taste ihres Telefons und sprach leise in den Hörer. Dann nickte sie Jänke zu. »Sie können hineingehen.«

Dieser bedankte sich, klopfte zwei Mal an die Tür des Leiters der Mordkommission und trat, ohne eine Aufforderung abzuwarten, in Steinbachs Büro.

»Sie haben es auch gelesen«, bemerkte Jänke, als er dieselbe Zeitung auf Steinbachs Tisch liegen sah.

Sein Chef nickte und sah ihn mit müden Augen an. »Natürlich, einer quatscht immer. Ich hätte nur nicht gedacht, dass die Informationen so schnell nach außen dringen.«

»Und was halten Sie davon?«

Steinbach deutete auf den Artikel. »Davon? Oder von der Sache als Fall?«

Jänke setzte sich auf einen der beiden Stühle vor dem Schreibtisch seines Chefs, blickte kurz zum Fenster hinaus und begann: »Auch wenn ich Mikes Freund bin, kenne ich ihn natürlich noch nicht so lange wie Sie, kann mir aber absolut nicht vorstellen, dass er so etwas tun würde.« Er ließ eine kurze Pause folgen, bevor er fragte: »Mike hat doch lange unter Ihnen gearbeitet. Was denken Sie?«

Steinbachs Augen verengten sich für einen kurzen Augenblick und Tom dachte schon, sein Chef würde gleich in die Luft gehen, doch dieser entspannte sich wieder und sagte leise: »Jeder, aber nicht Mike Köstner. Als er hier noch Dienst tat, hat er sich vielleicht nicht immer an die Regeln gehalten, doch Mike bringt keinen Menschen um und versenkt ihn dann in seinem eigenen Auto.« Nun wurde seine Stimme doch etwas lauter. »Wenn überhaupt, hätte er es in Notwehr getan und uns dann verständigt. Erstens begeht er keinen Mord, und zweitens weiß er, wozu unsere

Spurensicherung fähig ist.«

»Aber warum ist er untergetaucht?«, hakte Jänke nach und hoffte, den Bogen nicht zu überspannen. Er wusste, dass die Freundschaft zwischen Mike und Karl Steinbach auch nach dessen freiwilligem Ausscheiden aus dem Polizeidienst bestanden hatte und dass Karl nichts auf Mike kommen ließ.

Steinbach reagierte ruhiger als befürchtet und antwortete nur knapp: »Er hatte sicher seine Gründe.«

Tom atmete einmal durch und fragte das Unvermeidliche: »Und wie gehen wir jetzt vor? Wir können weder die Tatsache, dass die Leiche in Mikes Auto lag, noch diesen Zeitungsartikel ignorieren, und solange Mike verschwunden bleibt, wirft das kein gutes Bild auf ihn.«

Steinbach wusste das natürlich, hatte sich aber seit zwei Tagen um eine Entscheidung gewunden. Nun sah er seinem Kommissar in die Augen und verfügte mit einem leisen Seufzen: »Machen Sie aus der Vermisstenanzeige einen Fahndungsbefehl.«

Jänke wollte diesen Schritt genauso wenig wie sein Chef, doch es half nichts. Hinzu kam, dass er sich nicht vorstellen konnte, dass es seinem Freund gefallen würde, ewig untergetaucht zu bleiben. Egal was das Problem war, sie mussten es lösen, und Mike wusste vielleicht noch gar nichts von den Anschuldigungen, die gegen ihn vorlagen.

Tom verabschiedete sich von seinem Chef und leitete die nötigen Schritte ein. Den Fahndungsbefehl versah er mit dem Vermerk »Als Zeuge gesucht«, dann schickte er ihn ab, ging hinunter zu seinen früheren Kollegen von der KTU, die gerade Köstners Auto untersuchten, und erkundigte sich nach dem Stand der Dinge.

# – 7 –

Mike musste sich regelrecht gegen die Sturmböen stemmen, um die wenigen Meter zwischen Jennis Auto und dem Haus in den Dünen zu überwinden. Der erste Sturm des Frühlings hatte Dänemarks Nordküste fest in seinem Griff und zerrte an allem, was sich ihm in den Weg stellte.

Der Kontrast konnte kaum größer sein. Er hier draußen im kalten Wind, der von der noch eisigen Nordsee kam, und Jenni hinter der großen Glasscheibe im warmen Wasser des Innenpools.

Irgendwie schaffte er es, auch die letzten Meter zu überwinden und gleichzeitig den Hausschlüssel aus der Hose zu ziehen, ohne dass es ihm die Tüte mit den Brötchen und die deutsche Tageszeitung aus den Händen wehte.

Auch wenn sie sich hier ziemlich sicher fühlten, die Tür blieb niemals unverschlossen. Mike zitterte den Schlüssel ins Schloss, schob sich in das Innere des Hauses und atmete erst einmal tief durch, bevor er seine Jacke und die Schuhe auszog. Anschließend warf er Zeitung und Brötchen in die Küche, zog sich aus und ging hinüber zu Jenni, die ihn erst mit einem Schmunzeln von oben bis unten musterte und dann vorwurfsvoll fragte: »Wolltest du nicht Frühstück machen?«

Mike verdrängte den Gedanken an seine ermordete Frau, mit der er fast die gleiche Situation erlebt hatte, und ließ sich in das warme Wasser gleiten. Doch ganz so einfach war es immer noch nicht, denn die Bilder seiner früheren Familie würden ihn wohl sein ganzes Leben lang begleiten. Erst als Jenni mit zwei Schwimmzügen bei ihm war und ihre Beine ohne Vorwarnung um seine Hüfte schlang, wechselte sein Kopf von der Vergangenheit zurück in die Realität.

Noch immer etwas abwesend sah er ihr in die Augen und flüsterte: »Ich bin froh, dass ich dich habe.«

Jenni kannte Mike lange genug, um zu wissen, was ihn gerade beschäftigte und dass er im Augenblick nicht ganz bei ihr war. Sie löste sich von ihm und wollte gerade das Becken verlassen, als er sich regelrecht auf sie warf und schimpfte: »Wirst du wohl hierbleiben, so leicht kommst du mir nicht davon.«

Lachend versuchte sie sich aus seinem Griff zu winden, doch er zog ihr die Beine weg und beide tauchten unter. Das Wasser spülte alles Düstere weg, und als Mike wieder auftauchte und Jenni ansah, glaubte er sehen zu können, wie sehr sie ihn liebte. Aus einem weiteren kurzen Gerangel wurde schnell mehr. Irgendwann fanden ihre Lippen zueinander, und allein die nackte Haut des anderen zu spüren genügte, um alles andere zu vergessen.

In den letzten Wochen hatten sie sich hier oft und meist auch ziemlich wild geliebt, heute jedoch ließen sie sich Zeit und genossen die gegenseitigen Berührungen. Je stärker draußen der Sturm das Gras niederdrückte und an den Scheiben des Hauses rüttelte, desto intensiver vereinigten sich Mike und Jenni. Ohne auf seinen Protest einzugehen, löste sich Jenni irgendwann von ihm, stieg aus dem Wasser und bedeutete Mike, ihr zu folgen.

In den ersten Tagen hier hatten beide immer wieder nervös nach draußen geblickt, doch inzwischen fühlten sie sich sicher genug, um sich auch in dem Glasanbau nackt zu bewegen. Das nächste Haus war einen guten Kilometer entfernt, und sonst umgaben ihr Grundstück nur die grasbewachsenen Dünen und ein Stück weiter das Ufer der Nordsee.

Noch bevor Mike Jenni eingeholt hatte, lag sie schon unter ihrer Bettdecke und hob diese kurz an, um ihn mit darunter zu lassen. Ihre noch feuchte Haut zu spüren war zu viel für ihn. Ohne sich selbst zügeln zu können, drängte er ihr entgegen und sie nahm ihn bereitwillig in sich auf.

Eine Stunde später, Mike wollte gerade in sein Brötchen beißen und gleichzeitig die Zeitung lesen, hielt er erst in seiner Bewegung inne, legte das Essen weg und sagte schließlich: »Ach du Scheiße.«

»Was ist?« Da Jenni ihn nicht ansah, dachte sie zuerst, er habe einfach etwas Schlimmes gelesen. Als er ihr allerdings keine Antwort gab, hob sie doch den Blick und erschrak. Mikes gerade noch entspannter Gesichtsausdruck wirkte wie eingefroren und die Hand, in der er die Zeitung hielt, zitterte leicht.

»Was ist denn los?«, wiederholte sie ihre Frage, doch Mike machte nur eine abwehrende Geste und seine Augen folgten weiter den Buchstaben unter der Schlagzeile. Da Jenni nicht warten wollte, umrundete sie den Tisch, stellte sich hinter ihn und las selbst. Dann legte sie ihre Hände auf seine Schultern und sagte leise: »Du unter Mordverdacht, wie kann das sein?«

Ohne etwas wahrzunehmen, starrte Mike aus dem Fenster. Wie hatte er glauben können, dass diese Auszeit hier irgendetwas ändern könnte? Solange dieser Wodan frei herumlief, waren die Wochen hier nicht mehr als eine kurze Verschnaufpause.

Dieser Psychopath spielte mit ihm und Mike hatte keine

Ahnung warum. Nach der Nacht im Keller der alten Industrieanlage hatte er lange darüber nachgedacht, ob er seinen Ex-Kollegen einen Tipp geben sollte, wer letztlich hinter dem Selbstmord der jungen Frau steckte und aus welchem lächerlichen Grund sie sterben musste. Aber was hätte es geändert? Er hatte keine Beweise, und außerdem hoffte er, dass Wodan Döring endlich Ruhe geben würde. Wäre es nur um ihn selbst gegangen, er hätte sich dem gestellt. Doch Dörings Drohung bezüglich Jenni war mehr als deutlich gewesen und Mike hatte nicht den geringsten Zweifel, dass dieser Mann einen Weg gefunden hätte, sie mit in seine kranken Fantasien einzubeziehen. Hier schienen sie sicher, doch Mike war lange genug Polizist, um zu wissen, dass sie nun nicht mehr bleiben konnten, und wenn das mit dem Fund seines alten Autos kein Zufall war, dann wusste das auch Döring.

»Mike?«, sagte Jenni nun schon zum zweiten Mal und rüttelte leicht an seiner Schulter.

Verwirrt blickte er nach oben und brauchte einige Sekunden, bis sein Verstand wieder wusste, wo er war.

Jenni sah ihn mit ängstlichem Blick an und tippte zugleich auf die Zeitung. »Das warst du doch nicht, oder? Du hast mir doch erzählt, dass du den Mann nur niedergeschlagen hast.«

Bevor Mike antworten konnte, musste er sich erst die trockenen Lippen benetzen, dann sagte er kraftlos: »Nein, das war ich nicht, aber das ändert nur wenig.«

»Hör auf, in Rätseln zu sprechen.« Er konnte die Angst in ihrer Stimme hören, denn er hatte ihr damals alles erzählt und sie wusste von der Gefahr.

Mike nahm ihre Hände, schob Jenni ein wenig zur Seite und bat: »Setz dich, bitte.« Sie tat, was er wollte, und sah ihn erwartungsvoll an.

Mike schluckte noch einmal und begann zu erzählen:

»Auch wenn ich diesen Typen mehr als hasste, schlug ich ihn nur nieder. Ich nahm das Geld, welches er von Döring als Bezahlung bekommen hatte, um unsere Flucht zu ermöglichen, und verließ den Keller. Ich kann es mir nicht anders erklären, als dass Wodan Döring noch einmal zurückgekommen ist. Er hat offenbar seinen eigenen Mann erschossen, ihn in mein Auto gesetzt und in diesem See versenkt.«

»Aber wozu?«

Mike kniff kurz die Lippen zusammen. »Vermutlich wollte er etwas gegen mich in der Hand haben, falls ich ihn an den Pranger stelle. Er musste wissen, dass ich kaum Beweise habe, doch auch wenn ich nur noch Ex-Polizist bin, hat mein Wort eine gewisse Glaubwürdigkeit. Ganz anders sieht es natürlich aus, wenn man mich mit einem Mord in Verbindung bringt.«

Jenni dachte kurz über das Gehörte nach, runzelte aber die Stirn. »So weit könntest du recht haben, aber warum gerade jetzt? Kein Mensch weiß, wo wir sind, und geredet hast du auch nicht?«

Mike machte eine ratlose Geste, zündete sich eine Zigarette an und antwortete: »Letztlich spielt das erst einmal keine Rolle. Ich muss zurück nach Nürnberg.«

»Warum das?«, fragte Jenni erschrocken.

Mike nahm noch einen tiefen Zug, bevor er erklärte: »Weil wir bisher nur als vermisst gemeldet waren und es dadurch kaum Nachforschungen gab. In Deutschland verschwinden jedes Jahr Tausende Menschen, das wird von den Behörden nicht sonderlich ernst genommen, schon gar nicht von den ausländischen. Ganz anders sieht es aber aus, wenn man mit einem Mord in Verbindung gebracht wird. Die Sache fällt sicher in Karls Zuständigkeit, und ob er will oder nicht, er wird den Fahndungsbefehl gegen mich unterschreiben müssen, und damit bin ich international gesucht.«

»Dann lass sie dich doch erst einmal finden«, warf Jenni verzweifelt ein.

Mike schüttelte den Kopf. »Bis jetzt könnte ich nur als Zeuge gesucht werden, doch mit jedem Tag der Flucht mache ich mich nur noch mehr verdächtig. Es ist besser, ich kläre die Dinge so schnell wie möglich, und vielleicht finden sich doch noch Beweise gegen Döring, dann brauchen wir das alles nicht mehr.«

# – 8 –

»Wo ist Ihre Freundin jetzt?«, war die letzte Frage des Staatsanwaltes, doch Mike verweigerte die Aussage. Auch wenn ihn Jenni unbedingt mit nach Nürnberg begleiten wollte, hatte er darauf bestanden, dass er sich hier erst einmal ein Bild von der Situation machen wollte und sie so lange in Dänemark blieb.

Dann war er in den Wagen gestiegen, nach Nürnberg gefahren und hatte sich ohne jeden Umweg gestellt.

Sein Ex-Chef, Karl Steinbach, sah den Staatsanwalt an und fragte: »Haben Sie noch Fragen?« Als dieser den Kopf schüttelte, standen die drei Männer auf und verließen das Verhörzimmer.

»Und, Herr Steinbach, was halten Sie von Köstners Aussage?« Staatsanwalt Immler hatte sich auf eine Tischkante gesetzt und blickte nun durch die einseitig verspiegelte Scheibe, hinter der Köstner saß und auf seine Einschätzung wartete.

Karl, der ebenfalls durch die Scheibe sah, zuckte mit den Schultern und antwortete: »Ich weiß zwar, dass Sie mich für befangen halten, aber für mich klang das, was Mike erzählt hat, sehr glaubwürdig. Hätte er den Mann damals in Notwehr töten müssen, hätte er sich gestellt, und wozu dieser Wodan Döring fähig ist, wissen Sie selbst.«

»Warum nehmen wir Döring nicht genauer unter die Lupe?«, mischte sich Jänke ein. »Wenn Mike recht hat, müssten sich doch diese Filme finden lassen. Ich kann mir nicht vorstellen, dass Döring so einen Aufwand betreibt und das Material hinterher löscht. Wenn ich es richtig verstanden habe, diente diese Stalking-Geschichte nur dazu, ein paar gut zahlenden Leuten Befriedigung zu verschaffen.«

Immler runzelte die Stirn. »Das wird schwer. Im Grunde haben wir keinerlei Beweise, und nur wegen Köstners Aussage unterschreibt mir kein Richter einen Durchsuchungsbefehl. Was macht dieser Wodan Döring eigentlich beruflich?«

»Er ist Chefentwickler bei Game-Byte, einer Firma, die Videospiele herstellt und die seit Dörings Einstellung enorme Erfolge feiert. Offenbar trifft Döring mit seinen kranken Fantasien genau den Nerv der ebenso gestörten Spieler.«

Staatsanwalt Immlers Miene verdunkelte sich, wobei er seinen Finger drohend auf Tom richtete. »Mit solchen Äußerungen sollten Sie etwas vorsichtiger sein. Mein Junge hat gerade ein Spiel dieser Firma zum Geburtstag bekommen. Und Sie wollen mein Kind doch sicher nicht als gestört bezeichnen, oder?«

Tom hob abwehrend die Hände. »Natürlich nicht. Ich kann diesen gewaltverherrlichenden Spielen nur nichts abgewinnen.«

Beide schwiegen eine Minute, bevor Karl Steinbach wieder zum eigentlichen Thema zurückkehrte, den Staatsanwalt ansah und fragte: »Und was machen wir nun mit Mike?«

Dieser warf einen letzten Blick in den Nebenraum und verfügte: »Ich muss zwar noch mit dem Richter sprechen, aber ich gehe nicht davon aus, dass man Herrn Köstner etwas anlasten kann. Sie können ihn gehen lassen, aber er soll das Land nicht verlassen und sich zur Verfügung halten.«

»Und was ist mit der Presse?«

Immler fuhr sich mit der Hand durch sein kurzes Haar. »Der sagen Sie, dass kein Ex-Polizist an diesem Mord beteiligt war und wir unsere Ermittlungen fortsetzen.«

»Fast wie früher«, stellte Mike fest, als er sich eine halbe Stunde später auf einen der beiden Stühle vor Steinbachs Schreibtisch gesetzt hatte und sich umsah. Über Karls Gesicht huschte ein fast wehmütig wirkendes Lächeln, dann nahm er selbst Platz und sah seinen früheren Kollegen an. Auch an Mike waren die gemeinsamen Dienstjahre nicht spurlos vorbeigegangen, was sich vor allem an den Fältchen neben den Augen und einigen grauen Haaren zeigte. Doch im Gegensatz zu ihm selbst hatte es Mike immer geschafft, seine Figur im Griff zu behalten, und die letzten Wochen hatten ihm sichtlich gutgetan.

Karl verdrängte die Gedanken und fragte stattdessen: »Wie sicher bist du dir mit deiner Anschuldigung gegen Wodan Döring?«

Mike trank einen Schluck Kaffee und antwortete ernst: »Absolut sicher. Er war zusammen mit dem Toten, den ihr gefunden habt, in diesem Keller und er hat damit gedroht, dass nach meinem Tod Jenni die Nächste wäre, die er für seine perversen Spiele nutzen würde.«

Karl nickte. »Natürlich glaube ich dir und ich verstehe auch, dass ihr dann erst einmal abgehauen seid. Die Frage ist nur, wie es jetzt weitergehen soll. Weder in deinem alten Auto noch an der Leiche fanden sich bisher verwertbare Beweise gegen Döring. Der Staatsanwalt kann noch nicht einmal einen Durchsuchungsbefehl erwirken, da es nur deine Aussage gibt.«

»Was ist mit dieser Fabrikhalle?«, fiel ihm Mike ins Wort. »Ich war dort, Dörings Handlanger war dort und auch Döring selbst war dort.«

»Das klären wir gerade.« Karl sah hinüber zu der altertümlichen Wanduhr. »Eigentlich müsste das Team der Spurensicherung schon dort sein, ich habe sie direkt nach deiner Aussage losgeschickt.«

Ohne sich weiter zu erklären, griff Karl zu seinem Telefon, drückte auf einen Knopf und ließ sich von seiner Sekretärin mit dem Leiter des Teams verbinden. Anschließend wechselte er einige Worte mit dem Angerufenen, wobei sich seine Miene immer mehr verfinsterte. Nachdem er aufgelegt hatte, warf er einen Blick aus dem Fenster und sagte mit dumpfer Stimme: »Die Halle gibt es nicht mehr. Dort, wo sich deiner Beschreibung nach der Keller befinden sollte, ist jetzt der frisch betonierte Parkplatz einer neu gebauten Firma, die Hundefutter herstellt.«

Mike dachte kurz über das Gehörte nach und beschloss: »Dann verschwinde ich wieder. Weder kann ich Jenni noch länger alleine lassen noch kann ich sie herholen. Solange dieser Psychopath als freier Mann durch die Gegend läuft, bräuchte sie 24 Stunden Schutz.«

Karl kniff erst die Lippen zusammen und fragte anschließend: »Ist Jenni im Ausland?«

Mike deutete ein Nicken an.

Sein Ex-Chef atmete durch und erwiderte mit fester Stimme: »Dann hast du ein Problem! Staatsanwalt Immler hat bestimmt, dass du dich zur Verfügung halten musst und das Land nicht verlassen darfst. Du weißt am besten, dass ich das nicht ignorieren kann.«

»Dann rede ich eben noch einmal mit ihm, und wenn er es nicht einsieht, verschwinde ich so oder so. Ich riskiere lieber einen Haftbefehl, als dass ich einen weiteren Menschen verliere«, schwankte Mikes Stimme zwischen Wut und Verzweiflung.

»Mike, bitte«, versuchte Karl beruhigend zu klingen, »ich

bin mir sicher, wir finden eine Lösung. Hole deine Freundin her und ich kümmere mich darum, dass dieser Döring weiß, dass wir ihn im Auge haben.«

Mike dachte kurz über den Vorschlag nach, erhob sich und gab Karl die Hand. »Ich bleibe bis morgen früh in Nürnberg, dann entscheide ich mich. Kann ich dich hier erreichen?«

Karl nickte. »Ab 8 Uhr bin ich hier. Pass auf dich auf.«

Als Mike gegangen war, startete Karl das Textverarbeitungsprogramm und bereitete sich auf die bevorstehende Pressekonferenz vor.

# – 9 –

Nach der langen Zeit in dem Ferienhaus inmitten der Dünen kam sich Mike in seiner Wohnung regelrecht eingeschlossen vor. Angefangen von den festen Steinwänden bis hin zu dem Verkehrslärm wirkte alles bedrückend und erzeugte das Gefühl, ganz schnell wieder hinauszumüssen. Mike kippte alle Fenster, um den muffigen Geruch aus den Räumen zu bekommen, zog sich frische Wäsche an und ging zum nächsten Supermarkt, da er noch nicht einmal mehr irgendeine Konserve zu Hause hatte.

Während die Fertigpizza im Ofen lag, verfolgte er Karls Auftritt, der in einem der Regionalsender übertragen wurde. Auch wenn sich sein Freund alle Mühe gab, ihn selbst nicht zu erwähnen, konnte sich jeder denken, dass Mike sich gestellt hatte. Schließlich hatte jemand herausgefunden, dass es das Auto eines Ex-Polizisten war, in dem man die Leiche gefunden hatte, und man brauchte nur eins und eins zusammenzuzählen. Folglich würde nun auch Döring wissen, dass er wieder zurück war.

Mike war froh, sich bei Jenni durchgesetzt zu haben und sie in Sicherheit zu wissen, doch wie das alles weitergehen sollte, wusste er nicht. Schließlich konnte er nicht sein restliches Leben vor einem Psychopathen weglaufen, nur weil man keine Beweise gegen ihn hatte.

Nach dem Ende der Pressekonferenz schaltete er den Fernseher aus, nahm die Pizza aus dem Ofen, setzte sich an den Esstisch und kaute lustlos auf dem Teig herum, wobei er im Kopf seine Optionen durchging.

Wie gerne hätte er Jenni angerufen, doch sie hatte nur noch ein Notfallhandy, das sie nur einschalten würde, wenn wirklich etwas passierte.

Nach der Pizza trank er noch die zwei Flaschen Bier, die er sich vom Einkauf mitgebracht hatte, und legte sich anschließend in sein Bett. Die lange Fahrt und die anschließende Vernehmung hatten ihre Spuren hinterlassen, und so fand er schnell in einen tiefen Schlaf.

Am nächsten Morgen erwachte Mike sehr früh, und da er davon ausging, gleich wieder abzureisen, begann er schon einmal damit, einige Dinge zu regeln, wobei er nicht drum herumkam, auch seinen Kontostand zu überprüfen. Auch wenn er in den letzten Wochen aus Sicherheitsgründen keinen Cent abgehoben hatte, liefen die Kosten für die Wohnung weiter. Eigentlich hätte er es im Kopf rechnen können, trotzdem übertrug er den Kontostand von seinem Bankprogramm in den virtuellen Taschenrechner und teilte ihn durch die monatlichen Fixkosten. Das traurige Ergebnis lautete 2,5. Knapp zehn Wochen, dann musste er sich entscheiden, ob er hierher zurückkehrte und Geld verdiente oder seine Wohnung kündigte und irgendwo anders ein neues Leben begann.

Schlecht gelaunt schloss er das Programm, fuhr den Rechner herunter und wollte sich gerade einen Kaffee machen, als die Türklingel Besuch ankündigte.

Mike zuckte kurz zusammen und überlegte für den Bruchteil einer Sekunde, ob er seine Waffe aus dem Schlafzimmer holen sollte, beschloss dann aber, es bleiben zu lassen, drückte auf den Knopf der Gegensprechanlage und fragte schlicht: »Ja?«

Aus dem Gerät antwortete Tom Jänkes blechern klingende Stimme: »Seit wann so vorsichtig?«

Mike erwiderte nichts, betätigte den Türöffner und wartete an der offenen Tür, bis Tom sich die Stufen in den zweiten Stock hochgequält hatte. Irgendwie sah sein Ex-Partner seltsam aus. Einerseits wirkten seine Gesichtszüge völlig übermüdet, andererseits schien Tom bester Laune zu sein. Fröhlich kam er auf ihn zu, klopfte Mike auf die Schulter und sagte: »Gut, dass du noch hier bist⍰«

»Was ist passiert?«, erkundigte sich Mike. »Hast du endlich mal bei einer Frau übernachten dürfen? So wie du aussiehst, würde ich darauf tippen, dass dich jemand die ganze Nacht wach gehalten hat.«

Tom ignorierte die Anspielung, drängte sich an Mike vorbei und ging direkt in dessen Küche, wo er verkündete: »Ich brauche erst mal einen Kaffee, du hast doch hoffentlich einen hier.«

Mike schloss die Wohnungstür, folgte seinem Freund und stellte eine Tasse unter den Vollautomaten. Nachdem beide mit ihren Tassen an dem Esstisch saßen und einen Schluck getrunken hatten, fragte Mike erneut: »Also, was ist passiert?«

Nach einem breiten Grinsen begann Tom endlich zu erzählen: »Du kannst Jenni wieder herholen.«

»Und warum kann ich das?« Mike wurde langsam ungeduldig.

»Weil keine Gefahr mehr besteht.« Tom konnte es nicht sein lassen und trank erst einen weiteren langen Schluck, bevor er die Sache auflöste. Er stellte die Tasse ab, lehnte sich zurück und erzählte: »Als wir uns gestern verabschiedet hatten, ließ mir deine Aussage keine Ruhe. Ich wies die

KTU an, dein Auto noch einmal und speziell nach Spuren von Wodan Döring zu untersuchen, was allerdings erfolglos blieb. Zeitgleich informierte ich auch noch die Gerichtsmedizin, und tatsächlich – ich weiß nicht, ob du dich daran erinnern kannst, aber der Tote aus deinem Auto trug eine schwere Goldkette um den Hals.«

Mike nickte. »Ja, ich weiß.«

»Natürlich hatte man die Kette schon untersucht und auch Teile von Fingerabdrücken darauf entdeckt, allerdings waren die Ausschnitte zu klein, um in der Datenbank abgeglichen werden zu können. Aber, und jetzt kommt es, bei einem direkten Vergleich mit Dörings Abdrücken, die wir ja durch seinen Gefängnisaufenthalt haben, zeigte sich eine hundertprozentige Übereinstimmung mit den Bruchstücken auf der Kette.«

»Reicht das für eine Verhaftung?«, warf Mike ein.

»Würde es ...«, Tom machte eine kurze Pause, »nur leider ist der Vogel ausgeflogen. Kurz nach dem Selbstmord von Sabine Lange kündigte er seinen Job und kaufte sich ein Ticket nach Kuba. Ich habe die ganze Nacht recherchiert ... er ist dort tatsächlich angekommen und nun von dort aus als freier Mitarbeiter für den Spielehersteller tätig.«

»Liefern die aus?«, fragte Mike, obwohl er die Antwort kannte, und so schüttelte Tom auch den Kopf. »Nein, aber er kann auch nicht mehr zurück. Egal wo er Europa betreten würde, man würde ihn verhaften.«

»Und du bist dir sicher, dass er immer noch in Kuba ist?« Mike war immer noch skeptisch.

»Bin ich. Die dortigen Behörden wissen sogar, wo er wohnt, doch offenbar zeigt er sich sehr großzügig und keiner der Beamten hat ein Interesse daran, dass sich das ändert.«

Mike dachte eine Weile darüber nach, erhob sich und sagte: »Dann lass uns fahren.«

»Wohin?« Tom verstand nicht.

»Na, zum Staatsanwalt, oder glaubst du, ich lasse Jenni einen Tag länger als nötig alleine in Dänemark?«

Nun zog sich ein Grinsen über Toms Gesicht. »Heißt das, du holst sie und ihr kommt zurück?«

Auch Mike konnte sich ein Grinsen nicht verkneifen und nickte. »Das heißt es wohl.« Und während er die Worte sagte, spürte er, dass es die richtige Entscheidung war. Nürnberg war und blieb seine Heimat. Sicher hätte er auch irgendwo auf der Welt leben können, doch wirklich glücklich wäre er wohl nie geworden. Und noch ein anderer Gedanke keimte in ihm, aber dafür war es noch zu früh.

# – 10 –

»Hast du heute etwas vor?« Laura sah ihre Tochter an und fand, dass sie heute weniger blass aussah.

»Pauline?«

Durch Pauline ging ein leichtes Zucken, aber wenigstens blickte sie jetzt ihre Mutter an.

»Wo sind denn deine Gedanken heute?«, hakte Laura nach, doch ihre Tochter schien erst über die Frage nachdenken zu müssen, bis sie endlich antworte: »Ich habe gerade an die Schule gedacht. Wir haben einen neuen Jungen in der Klasse und der ist ein richtiger Blödian.«

»Was macht er denn?«

»Haare ziehen, Bein stellen, Sachen verstecken«, zählte Pauline auf und versuchte auch gleich ihre Frage in dem Thema zu verpacken: »Kann ich nachher zu Lisa? Wir wollen uns etwas überlegen, um ihm einen Streich zu spielen?«

Laura zog ein betroffenes Gesicht. »Aber ich dachte, wir machen uns einen schönen Samstagvormittag.« Doch sie konnte den großen Augen ihrer Tochter nichts abschlagen, daher sagte sie gespielt traurig: »Dann sitze ich hier eben ganz alleine herum«, was ein Strahlen in Paulines Gesicht erzeugte.

Nachdem sie zusammen den Frühstückstisch abgeräumt hatten, fragte Laura: »Wann und wo wollt ihr euch denn treffen?«

»Um zehn am Spielplatz.«

Laura warf einen Blick auf die Uhr. »Das ist ja gleich. Na los, noch Zähne putzen, dann kannst du raus. Bist du bitte um 13 Uhr wieder hier?! Oma erwartet uns später noch zum Kaffee.«

»Alles klar«, rief Pauline und hatte auch schon ihre Zahnbürste im Mund.

Zehn Minuten später gab sie ihrer Mutter noch einen Kuss auf den Mund und war schon zur Tür hinaus. Laura setzte sich an den Laptop und sah sich die neuesten Einträge bei Facebook an.

Trotz des Laufschrittes schaffte es Pauline nicht ganz rechtzeitig, um Punkt 10 Uhr am Supermarkt zu sein. Der Platz, an dem der Clown sonst immer gestanden hatte, war heute leer und sie dachte schon, ihn verpasst zu haben, als sie am hinteren Ende des Parkplatzes ein rotes Band durch die Luft wirbeln sah.

Da inzwischen ein leichter Nieselregen eingesetzt hatte und die Leute hektisch ihre Einkaufswagen durch die Gegend schoben, brauchte Pauline ein bisschen, bis sie den Clown erreicht hatte. Die einzigen Zuschauer seiner kleinen Show waren zwei kleine Jungs, die gerade protestierend von ihren Eltern weggezogen wurden, sodass Pauline nun ganz alleine vor ihm stand. Schüchtern fragte sie: »Wo ist denn Bobo heute?«

Der Clown legte das bunte Band zur Seite, sah sie mit seinen weiß geschminkten Augen an und verzog seinen Mund zu einem Lächeln, das Pauline irgendwie Angst machte. Doch dann beugte er sich zu ihr herunter, griff mit seiner Hand hinter ihren Kopf und zog mit den Worten »Du musst die kleine Pauline sein« eine kleine Plastikrose hervor, die er ihr überreichte.

Pauline musste kichern. »Ja, die bin ich. Du wolltest mir doch heute zeigen, wie du Bobo seine Kunststücke beibringst.«

Der Clown nickte übertrieben, wobei feine Wassertröpfchen von seiner knallroten Perücke auf ihr Gesicht spritzten und sie erneut zum Kichern brachten, dann sagte er: »Hab ich nicht vergessen, aber das ist kein Wetter für einen Papagei. Bobo ist da sehr empfindlich, darum wartet er in meinem Wagen auf dich.«

Paulines Gesicht verfinsterte sich ein wenig. »Da darf ich aber nicht mitgehen. Auch wenn du ein Clown bist ... meine Lehrerin hat uns gerade erst erzählt, wie gefährlich das ist.«

Wieder lächelte der Clown, dieses Mal wirkte es nicht bedrohlich, und er erwiderte: »Da hast du aber eine sehr kluge Lehrerin erwischt. Meine hat uns so etwas früher nicht gesagt.« Nun legte er den in einem weißen Handschuh steckenden Finger vor den Mund und tat so, als würde er verbissen nachdenken. Irgendwann streckte er den Finger in die Luft und sagte euphorisch: »Ich weiß, wie wir es machen ...«

»Und wie?«, fragte Pauline, da er nicht gleich weiterredete.

»Du bleibst einfach draußen stehen und ich übe mit Bobo im Auto. So wird er nicht nass und du kannst trotzdem zugucken. Was hältst du davon?«

Sie dachte einen Augenblick über den Vorschlag nach und nickte: »Ja, von außen zugucken darf ich bestimmt.«

»Prima«, stieß der Clown begeistert aus, »komm mit, ich stehe da drüben auf dem Parkplatz neben den Häusern. Die vom Supermarkt meinten, dass ich den Leuten, die einkaufen wollen, sonst den Parkplatz wegnehme.«

Anschließend stieg er von seinem kleinen runden Podest herunter, drehte es um, verstaute seine restlichen Utensilien darin und hängte es mit einem Riemen über seinen

Rücken. Als er damit fertig war, sah er zu Pauline herunter und fragte: »Und, wollen wir? Bobo wartet bestimmt schon auf uns.«

Nachdem sie eine Weile schweigend nebeneinander hergegangen waren, begann er damit, immer wieder kleine Gegenstände scheinbar aus dem Nichts auftauchen zu lassen, und so sehr sie sich auch anstrengte, es gelang ihr nicht ein Mal zu erkennen, woher die Dinge in seiner Hand plötzlich kamen. Sie überquerten den Spielplatz, auf dem sie schon als ganz kleines Kind gespielt hatte, durchquerten ein kleines Wäldchen, und gerade als Pauline ein wenig skeptisch wurde, sagte er: »Gleich sind wir da. Hier einen Parkplatz zu finden ist ja schwerer, als sich unsichtbar zu machen.«

»Du kannst dich unsichtbar machen?«, fragte Pauline erstaunt.

Der Clown blieb stehen und antwortete fast schon beleidigt: »Aber natürlich! Ich kann auch dich unsichtbar machen.«

Pauline runzelte die Stirn. »Glaub ich nicht. Niemand kann das.«

Nun beugte er sich zu ihr herunter und flüsterte: »Weil niemand außer mir ein Zaubertuch hat.«

»Es gibt keine Zaubertücher«, antwortete sie überzeugt.

»Pah, dann glaube es mir halt nicht«, stieß er beleidigt aus. »Ich kann das Tuch nur Kindern zeigen, die auch daran glauben, sonst verliert es seine Wirkung.«

Pauline sagte erst einmal nichts, doch irgendwann siegte ihre Neugierde und sie gestand: »Na gut, ein bisschen glaube ich ja daran.«

Wieder blieb der Clown stehen, sah sie prüfend an und bestimmte: »O. k., ich zeige es dir. Aber du musst wegsehen, wenn ich es aus meiner Geheimtasche hole.«

Nach einem kurzen Zögern drehte sie sich tatsächlich weg und widerstand trotz des Raschelns hinter sich der Versuchung, ein bisschen zu gucken. Erst als die viel zu langen roten Schuhe links und rechts von ihr auftauchten, drehte sie den Kopf. Noch bevor sie sich darüber wundern konnte, warum der Clown sich direkt hinter sie gestellte hatte, drückte er ihr das weiße Tuch fest aufs Gesicht. Um schreien zu können, benötigte sie Luft, und ihr blieb nichts anderes übrig, als diesen seltsam süßen Duft einzusaugen. Zuerst dachte sie, brechen zu müssen, doch noch bevor ihr Magen reagieren konnte, kamen die Schatten, um sie abzuholen. So plötzlich, als hätte jemand die Fäden einer Marionette durchgeschnitten, entwich jede Spannung aus ihrem Körper und auch der letzte Rest ihres Bewusstseins tauchte in eine tiefe, aber nicht beunruhigende Dunkelheit.

Der Clown sah sich noch einmal um, wartete im Schutz der Bäume, bis ein Parkplatzsuchender das Wäldchen passiert hatte, und war dann mit wenigen Schritten an seinem Wohnmobil.

Den Papagei ignorierend, legte er Pauline vorsichtig auf sein Bett, kontrollierte, ob alle Vorhänge zugezogen waren, und begann mit den Vorbereitungen.

Fast als würde er eine zweite Identität ablegen, streifte Martin das bunte Clownskostüm herunter, nahm die Perücke ab und wusch sich die dicke Schminke aus dem Gesicht. Was darunter zum Vorschein kam, war alles andere als ein lustiges Gesicht. Nicht nur die letzten Wochen und Monate hatten etwas an ihm verändert, auch die kurze Flucht und die Ungewissheit, wie viel die Polizei wegen der drei Jugendlichen herausgefunden hatte, nagten an ihm. Andererseits schien die Gasexplosion in seinem Haus den gewünschten Effekt gehabt zu haben. Soweit er aus der Presse wusste, ging man davon aus, dass der Eigentümer das Opfer der Flammen geworden war, auch wenn man in dem Trümmerhaufen kaum menschliche Überreste gefunden hatte.

Martin trocknete sich das Gesicht ab, legte das Handtuch zur Seite und stellte sich vor das Bett, auf dem die kleine Pauline lag. Zärtlich und mit schlechtem Gewissen strich er ihr eine Haarsträhne von der Stirn, kontrollierte die Lage ihrer Zunge und legte anschließend ihr dünnes Ärmchen frei.

Obwohl er sich früher bei der Bundeswehr geweigert hatte, seinen Kameraden eine Nadel in den Arm zu stechen, hatte er es vor einigen Monaten lernen müssen. Erst bei seiner Frau, dann bei seiner Tochter war ihm die Tätigkeit bald in Fleisch und Blut übergegangen, sodass er jetzt auch bei der kleinen Pauline keine Schwierigkeiten hatte.

Wenige Augenblicke später war der Zugang gelegt und das starke Beruhigungsmittel tropfte langsam aus dem Beutel in einen Schlauch und schließlich in den noch jungen Organismus, der es fast schon gierig aufzunehmen schien. Anschließend fixierte er noch Paulines Zunge, um ein Ersticken zu verhindern, nahm die vorbereitete Tasche und verließ das Wohnmobil.

# - 11 -

Nach einem weiteren Blick auf die Uhr beschloss Laura, noch eine halbe Stunde zu warten und dann erst bei Paulines Freundin anzurufen. Schließlich wollte sie nicht als überängstliche Mutter, die ständig ihrer Tochter hinterherspioniert, dastehen. Mit gemischten Gefühlen füllte sie etwas Kaffee in die Maschine, kippte Wasser hinein und schaltete das Gerät ein. Trotz des leisen Blubberns und Zischens hörte sie einen Ton, der nicht dazu passte.

Wieder ertönten ein leiser Signalton und das kaum wahrnehmbare Rauschen eines Lüfters.

Unsicher trat Laura erst in den kurzen Flur, dann in das Wohnzimmer, wo sie erstaunt feststellte, dass der Bildschirm ihres Laptops blau leuchtete. Nun blickte sie sich erst im Wohnzimmer um, rief noch einmal: »Pauline?«, und kontrollierte die restlichen Zimmer, doch ihre Tochter war nicht hier.

Ein weiterer Blick auf den Laptop zeigte ihr, dass jetzt auch noch der Mediaplayer geöffnet worden war, dieser aber noch nichts anzeigte.

Laura konnte die Gänsehaut nicht verhindern ...

Mit einem Blick auf das kleine leuchtende LED neben der Laptopkamera war sie an die nächste Wand zurückgewichen und blickte sich nun alarmiert um.

Gerade als sie den Mund öffnen und ein weiteres Mal nach

ihrer Tochter rufen wollte, startete sich auf ihrem Laptop eine Art Präsentation und die blechern klingende Stimme eines Mannes befahl: »Kommen Sie doch näher, Frau Bock.«

Laura zuckte zusammen, schaffte aber keine Bewegung.

Nun klang die Stimme genervt: »Es wäre wirklich besser, wenn Sie jetzt herüber zum Laptop kommen würden. Sie, ich und Ihre Tochter haben nicht ewig Zeit.«

Lauras Gedanken rasten. Dieser Sprecher konnte sie offenbar durch die eingebaute Kamera des Laptops sehen, doch diese Erkenntnis machte die Umstände nicht weniger gruselig. Sie verdrängte diesen Gedanken, und erst jetzt realisierte sie, was der Mann gesagt hatte ... Pauline hat nicht ewig Zeit ... und mit einem Mal fühlte sie sich wie mit Blei ausgegossen. Gegen die aufkommende Übelkeit ankämpfend, schaffte sie irgendwie einen kleinen Schritt auf den Laptop zu und die leise Frage: »Was ...«, sie musste schlucken, »was ist mit Pauline?«

»Sie schläft«, lautete die simple Antwort, was ihre Übelkeit noch verstärkte. Trotzdem regte sich Widerstand in ihr und ihr Kopf weigerte sich, diese Aussage einfach so anzunehmen. Mit bockiger Verzweiflung lachte sie auf und konnte die Worte nicht zurückhalten: »Ja, klar. Es ist früher Nachmittag und meine Tochter schläft. Suchen Sie sich jemanden anderen, den Sie verarschen können.« Irgendwie gaben ihr die eigenen Worte Mut. Mit überraschender Resolutheit überwand sie die wenigen Meter bis zum Laptop und hatte die Bildschirmklappe schon in der Hand, als auf dem zuvor schwarzen Bildbereich ein Bild auftauchte.

Gegen sich selbst ankämpfend, hielt Laura in der Bewegung inne, als brauchte sie einen Augenblick, um zu realisieren, was sie da sah. Das darauf folgende »Nein« war mehr ein Stöhnen als ein Wort und ihre Hände begannen zu zittern. Wie sie nun feststellte, war, dass das Bild gar kein

Bild war, sondern der Blick durch eine Filmkamera. Pauline lag auf einem weißen Bettlaken, atmete kaum erkennbar und ihr unschuldiges Gesicht sah beinahe zu friedlich aus.

Ihre erste Bewegung galt dem Monitor. Als könnte sie Pauline auf diese Weise trösten, strich sie über die kalte Oberfläche des Gerätes. Erst als ihr bewusst wurde, wie unsinnig das war, trat sie einen Schritt zurück und forderte hysterisch: »Lass deine schmutzigen Hände von meiner Tochter. Ich rufe jetzt die Polizei und die bekommt dich hoffentlich noch vor mir zu fassen ... sonst gnade dir Gott⍰«

Laura wischte sich einen Schweißtropfen von der Stirn und blickte sich hektisch nach dem Telefon um, doch dann fiel ihr ein, dass dieser Irre sie vermutlich noch immer durch die Kamera sehen konnte. Mit einer schnellen Bewegung zum Laptop nahm sie dessen Klappe in die Hand und drückte sie nach unten. Erneut bildeten sich einige Tropfen auf ihrer Stirn, aber sie war froh, dass er sie jetzt nicht mehr beobachten konnte. Normalerweise müsste das Gerät nach dem Schließen in den Standby-Modus gehen, doch dieses Mal war etwas anders, denn die kleine grüne LED blieb grün, und auch seine Stimme bestätigte diesen Umstand. Fast emotionslos sagte er: »Ich gebe dir genau fünf Sekunden, um den Monitor wieder zu öffnen und dich mir zu zeigen, sonst wird deine Kleine für den Ungehorsam ihrer Mutter bezahlen. Fünf ... vier ... drei ...«

Nun begannen auch Lauras Hände zu schwitzen, rutschten ab, krallten sich unter die Klappe und schafften es gerade noch rechtzeitig, diese wieder nach oben zu ziehen.

»Sehr schön! Und jetzt höre mir genau zu ...«, forderte die Stimme aus den kleinen Lautsprechern. »Die Regeln sind ganz einfach. Ab jetzt wirst du immer im Bereich der Kamera bleiben. Du nimmst den Laptop, hältst ihn auf dich gerichtet und gehst damit zu deiner Wohnungstür.«

Laura rührte sich nicht und dachte stattdessen über Alternativen nach, als die Stimme donnerte: »Los jetzt, worauf wartest du?«

Sie zuckte zusammen, wischte sich die nassen Hände an ihrer Hose ab und nahm das Gerät so, dass das kleine Kameraauge am oberen Rand des Monitors auf sie zeigte.

Auch wenn sie es nicht gedacht hätte, schaffte sie es trotz ihrer weichen Knie bis vor die Wohnungstür, wo sie unschlüssig stehen blieb und fragte: »Ich bin da, und jetzt?«

Die Stimme räusperte sich und befahl: »Jetzt öffnest du die Tür, nimmst die Papiertüte von eurem Schuhregal und gehst wieder in dein Wohnzimmer.«

Den Laptop auf nur noch einer Hand jonglierend, tat Laura, was von ihr gefordert wurde, und kehrte mit der schmucklosen Biomülltüte an den Wohnzimmertisch zurück.

Die nächste Forderung erfolgte umgehend: »Stell den Laptop so, dass ich dich und die Tüte sehen kann, schließe ihn an den Strom an und höre mir dann gut zu.«

Auch diesem Befehl leistete Laura Folge, sah jedoch, dass ihr Telefon genau neben dem Stromkabel lag. Fast schon unterwürfig sagte sie: »Wenn ich den Strom anschließen soll, muss ich kurz aus dem Bild gehen. Ist das in Ordnung?«

Nach einigen Augenblicken des Schweigens folgte die Antwort: »Ich gebe dir wieder fünf Sekunden.«

Laura trat aus dem Bild, griff zu dem Telefon und drückte auf die Eins, was einen kurzen, aber markanten Piepton zur Folge hatte.

Seine Reaktion erfolgte nur einen Wimpernschlag später, und statt zu schreien, sprach er aufreibend leise: »Komm sofort wieder nach vorne und sieh dir an, für was du dich gerade verantwortlich gemacht hast.«

Noch während sie den Tisch umrundete, versuchte sie

ihn zu beschwichtigen und erklärte mit flehender Stimme: »Ich bin nur an eine Taste gekommen. Bitte, bitte ... tun Sie ihr nichts.« Zitternd fiel ihr Blick auf den Monitor und Tränen schossen ihr in die Augen. Er hatte Pauline das T-Shirt ausgezogen und dort, wo sonst ihr Bauchnabel war, lag jetzt ein kleines Skalpell, neben dem sich eine feine rote Linie quer über ihren Oberkörper zog.

Lauras Kopf weigerte sich, das Unfassbare zu akzeptieren, und sie zwang sich dazu, sich von dem Monitor abzuwenden. Eigentlich wollte sie ihm etwas sagen, doch so wie ihre Gedanken war auch ihre Atmung völlig außer Kontrolle geraten und ein Gefühl des Erstickens trat ein. Laut nach Luft ringend, drangen seine Worte kaum noch zu ihr durch, sodass er diese lauter wiederholen musste: »Laura?« Sie riss sich zusammen und deute ein Nicken an. »Das war die letzte Warnung. Entlang dieser Linie werde ich bei deinem nächsten Ungehorsam schneiden. Hast du das verstanden?«

Er hat es nicht getan, er hat es nicht getan ... sie musste diesen Gedanken einige Male wiederholen, bis er angekommen war und sie erschöpft antworten konnte: »Ich habe es verstanden.«

Ohne ihr eine Pause zu gönnen, befahl er: »Dann sieh jetzt nach, was in der Tüte ist.«

Laura zwang ihre Finger zur Ruhe, zog das dicke Papier auseinander und runzelte die Stirn, da das Erste, was sie sah, ein Brillenetui zu sein schien. Nun fast schon neugierig, zog sie die längliche Schachtel heraus und drehte diese unsicher in den Händen.

»Mach es auf«, forderte die Stimme. Laura gehorchte, konnte sich aber keinen Reim darauf machen, da es sich tatsächlich um eine Brille handelte, wenn auch um keine normale.

Wieder meldete sich die Stimme: »Jetzt nimm sie heraus, drücke auf den kleinen Knopf an der Seite und setze sie auf.«

Erst als sie den kleinen Schriftzug auf dem Bügel erkannte, schwante ihr langsam, was das Ganze sollte. Erst vor wenigen Tagen hatte sie einen Bericht über diese neue Google-Brille gesehen und wusste, dass diese sowohl über einen Lautsprecher als auch eine Kamera verfügte. Ohne wirklich eine Wahl zu haben, tat sie, was er verlangte. In den ersten Sekunden zeigte der kleine eingebaute Monitor vor ihrem Auge nur das, was sich vor der Kamera befand, dann schaltete das Bild um und zeigte ihre Tochter.

»Wie du siehst, habe ich die Kontrolle darüber, also komm nicht auf dumme Gedanken«, tönte es blechern aus dem Laptop. »Und jetzt mach weiter. Die Akkulaufzeit der Brille beträgt ungefähr zwei Stunden, bis dahin solltest du meinen Auftrag ausgeführt haben, sonst bekommst du deine Tochter vielleicht etwas verstört zurück.«

»Ist gut«, antwortete Laura und wollte die Brille wieder abnehmen, doch er griff sofort ein und sagte laut: »Stopp! Die Brille bleibt ab jetzt, wo sie ist, und wage es nicht, sie auch nur für eine Sekunde abzunehmen.« Es folgte eine kurze Pause, dann die Anweisung: »Nun nimmst du dein Handy, schaltest die Bluetooth-Funktion ein und führst das Programm aus, das ich dir per SMS geschickt habe.«

Als Laura auch dies ausgeführt hatte, forderte die Stimme: »Hole jetzt den zweiten Gegenstand aus der Tasche.«

Wieder griff sie in die Papiertüte und dieses Mal berührte ihre Hand einen kalten, sich metallisch anfühlenden Gegenstand. Laura zog ihn heraus und starrte ungläubig auf den kleinen Revolver, der nun in ihrer Hand lag. Ängstlich fragte sie: »Was soll ich damit?«, doch Paulines Entführer antwortete nur: »Jetzt ziehst du dir eine Jacke an, steckst die Waffe so ein, dass man sie nicht sehen kann, und dann verlässt du das Haus. Alles Weitere werde ich dir auf dem Weg sagen … Ach, und ich möchte, dass du jeden Handgriff mit deinen Augen verfolgst, damit ich es sehen kann. Jeden Versuch, mit anderen in Kontakt zu treten, wird deine Tochter büßen müssen. Wenn du alles verstanden hast, solltest du langsam anfangen. Wie gesagt, der Akku hält nicht ewig.«

»Aber warum ich?«, fragte sie verzweifelt.

Dieses Mal kam die Antwort erst nach einigen Augenblicken und sie lautete schlicht: »Du wirst es erfahren.«

## - 12 -

»Und wohin jetzt?«, fragte Laura leise, obwohl niemand in der Nähe war. Sie hatte das Haus verlassen und stand nun unschlüssig in dem leichten Nieselregen, der sich auch auf den Brillengläsern absetzte.

»Jetzt ...«, antwortete er, »jetzt gehst du einfach zu deiner Arbeit.«

»Aber in der Praxis ist heute niemand. Wir haben samstags geschlossen«, widersprach sie.

»Tu, was ich dir sage«, kam es scharf aus der Brille und auf dem kleinen Monitor erschien für einige Sekunden das Bild ihrer Tochter, auf deren Bauchnabel noch immer das Skalpell lag. Laura verzichtete auf eine Reaktion und folgte stattdessen dem Weg bis zur Straße, dieser bis zu der großen Kreuzung und bog dort in die Fußgängerzone der Innenstadt ein. Immer darauf bedacht, den zahlreichen Samstagseinkäufern möglichst aus dem Weg zu gehen, nutzte sie, wo es ging, die kleineren Gassen, in denen es keine Geschäfte gab und kaum jemand unterwegs war. Nach etwa zehn Minuten erreichte sie das Ufer der Pegnitz und ging weiter flussaufwärts bis zur großen Brücke. Als würde die kleine Waffe in ihrer Jackentasche irgendeinen Schutz bieten, hielt sie ihre Hand fest darum geschlossen, immer darauf bedacht, nicht an den Abzug zu kommen.

Ohne es zu merken, war Laura langsamer geworden,

was er prompt mit einem »Weiter jetzt⍰« quittierte. Sie überquerte die Brücke, bog an der nächsten Ecke ab und sah schon von Weitem das große Schild mit der Aufschrift »Fachpraxis für ästhetische Medizin«.

»Klingeln«, lautete sein Befehl, als sie vor dem Haus stehen geblieben war. Laura entspannte sich etwas, da um diese Zeit ohnehin niemand hier sein würde und der Typ die Sache abbrechen musste. Ohne zu zögern drückte sie auf den großen Messingknopf und wartete. Nach einer Minute befahl er erneut: »Noch einmal«, doch wieder rührte sich nichts.

»Ich sagte Ihnen doch, dass wir am Samstag geschlossen haben«, versuchte sie ihn zur Umkehr zu bewegen und wollte sich gerade von der Tür abwenden, als sie die Stimme ihres Chefs hinter sich hörte: »Frau Bock?«

Laura drehte sich um. Ihr Chef kam zügigen Schrittes auf sie zu, warf einen irritierten Blick auf ihre Brille und fragte dann: »Hat man Sie auch angerufen? Angeblich soll irgendwo bei uns Wasser auslaufen.«

»Bestätige ihm das«, flüsterte die Stimme in ihrem Ohr und sie stammelte: »Hallo, Herr Dr. Klausen. Nein … äh … ich meine ja, keine Ahnung, woher die meine Nummer hatten.«

Offenbar hatte man ihren Chef gerade aus einer Runde Golf geholt. Unter anderen Umständen hätte Laura über sein Aussehen gelacht, doch heute nahm sie dies nur am Rande wahr.

Nichts ahnend sagte dieser, heute ungewohnt locker: »Ja, es ist manchmal erschreckend, wie viel andere über uns wissen.« Anschließend zog er einen kleinen Schlüsselbund aus der Hose und fragte, diesmal in dem gewohnt herrischen Ton: »Aber da Sie nun ja schon einmal hier sind, können Sie mit mir zusammen in der Praxis nach dem Rechten sehen, ich kann meinen Golfpartner schließlich nicht ewig warten lassen.«

Laura, an diesen Ton gewöhnt, folgte ihrem Chef ins Innere des Gebäudes und wartete, bis er hinter ihnen wieder abgeschlossen hatte. Dann bestimmte er: »Ich würde sagen, Sie kontrollieren die Praxisräume und ich sehe mich oben in den Büros um.«

»Was soll das, wieso mein Chef?«, flüsterte Laura, nachdem sie in eines der hinteren Behandlungszimmer gegangen war. Doch statt einer Antwort fragte er: »Gibt es in der Praxis einen zentralen Server oder kann jeder Rechner ins Internet?«

»Nur der in der Rezeption«, antwortete sie verwirrt.

»Dann gehen Sie jetzt dorthin und schalten diesen ein«, kam es aus der Brille, deren Akkustatus inzwischen auf 40 Prozent gesunken war. Laura tat, was er verlangte.

»Und jetzt holen Sie die Waffe heraus, drehen den kleinen Hebel nach vorne und stellen sich in die Ausgangstür.«

Wie schon in ihrer Wohnung konnte Laura nicht verhindern, dass ihre Hände zu schwitzen begannen. Nachdem sie diese an ihrer Hose abgewischt hatte, zog sie die kleine Waffe aus ihrer Tasche, fand den Hebel und legte ihn um. Doch dann sagte sie: »Sie glauben doch nicht ernsthaft, dass ich auf meinen Chef schießen werde.«

Zu einer weiteren Diskussion darüber kam es nicht. In der oberen Etage wurde eine Tür geschlossen und Schritte ertönten auf der Treppe.

»Machen Sie ihm klar, wie Ihre Situation ist und dass Sie es ernst meinen«, befahl die Stimme in ihrem Ohr. »Er soll sich an den PC setzen und tun, was ich Ihnen sagen werde.«

Im selben Augenblick erschien Dr. Klausen auf dem letzten Treppenabsatz, kam schwungvoll die letzten Stufen herunter und begann den Satz: »Oben ist alles normal, haben Sie etwas ...« Sein Blick fiel erst auf die Waffe, dann sah er sie an, wobei er wieder einen Schritt zurückwich und seine Hände ein wenig hob. Mit dem Versuch, die Situation ins Lächerliche zu ziehen, sagte er gespielt locker: »Frau Bock, so schlecht habe ich Sie doch wirklich nicht bezahlt.«

Laura brauchte einen Moment, da ihr Mund völlig trocken geworden war. Selbst über ihre ruhige Stimme überrascht, erklärte sie: »Das ist kein Spiel, Herr Dr. Klausen. In dieser Brille sind ein Kopfhörer, eine Kamera und ein Monitor. Der Mann, der sie mir gegeben hat, hat meine Tochter entführt und gibt mir jetzt Befehle ...« Laura konnte die Tränen nicht verhindern, sprach aber ruhig weiter: »Wenn ich nicht mache, was er sagt, wird er meiner Tochter etwas antun.« Bisher war nicht wirklich etwas passiert, doch nun wurde Laura bewusst, in welcher Lage sie tatsächlich steckte. Dieser Irre hatte sie komplett in seiner Hand. Wieder kam ihr das Bild ihrer Tochter in den Sinn und lauter als gewollt befahl sie ihrem Chef: »Setzen Sie sich an den PC in der Rezeption.«

Nun war Dr. Klausen deutlich ernster, machte aber keine Anstalten, sich zu bewegen.

»Jetzt⍰« Laura hob die Waffe ein Stück höher und zielte damit direkt auf sein Gesicht. Nun kam Bewegung in ihren Chef und er trat, wenn auch widerwillig, durch die kleine Schwingtür, setzte sich vor die Tastatur und sah sie fragend an.

»Stellen Sie sich hinter ihn. Schnell, ich will sehen, was er macht«, zischte es aus der Brille.

Wieder folgte sie der Anweisung und bekam auch gleich die nächste: »Jetzt soll er das E-Mail-Programm öffnen.« Sie gab es weiter und Dr. Klausen tat es. Keine fünf Sekunden später meldete das Programm den Eingang einer neuen Nachricht und die Stimme sagte: »Er soll sie öffnen und den Anhang auch.«

Auch das tat Klausen, wenn auch erst nach einigem Zögern.

Wie schon auf Lauras Laptop, begannen sich einige Programme zu installieren und Dr. Klausen griff nach der Maus, doch Laura gab wieder, was sie hörte: »Wenn Sie eingreifen, muss ich Sie erschießen.«

Hilflos musste Dr. Klausen dabei zusehen, wie sich wie von Geisterhand die Facebook-Praxisseite öffnete und Beiträge gepostet wurden. Danach öffnete sich das Bearbeitungsprogramm der normalen Praxis-Homepage und auf der Startseite erschienen übergroß die Worte: »Dr. Klausen bekennt sich schuldig, dass durch seine illegale Zusammenarbeit mit der Pharmaindustrie Menschen gestorben sind.«

Das Fenster mit der Homepage verschwand und wieder öffnete sich das E-Mail-Programm. Ungläubig sah Dr. Klausen dabei zu, wie eine vorgefertigte E-Mail erschien, zahlreiche Empfängeradressen hinzugefügt wurden und der Mauszeiger auf »Senden« klickte. Dies mit anzusehen war offenbar zu viel für den Arzt. Wütend griff er nun doch zur Maus und brüllte: »Sagen Sie diesem Scheißkerl, dass ich mir das nicht bieten lasse.«

Laura wich bis an die Wand zurück, hob die Waffe an und antwortete mit zitternder Stimme: »Er sagt, ich soll Sie jetzt erschießen.« Fassungslos erstarrte Dr. Klausen in seiner Bewegung, drehte sein blasses Gesicht in ihre Richtung und sah ihr ängstlich in die Augen. »Das werden Sie doch nicht tun, oder? Ich bin mir sicher, wir finden einen Weg, um Ihre Tochter zu retten.«

Der kleine Monitor an der Brille wurde kurz dunkel, dann zeigte er erst Paulines Gesicht, das ob der Umstände irrational friedlich aussah. Anschließend zoomte das Bild heraus und zeigte eine Hand, in der das Skalpell nur wenige Millimeter über ihrer Haut ruhte.

»Drück ab«, forderte die Stimme, doch außer einem

Zittern brachte Laura nichts zustande, und als sie die erste Träne salzig zwischen ihren Lippen schmeckte, wimmerte sie unverständlich: »Ich kann doch keinen Menschen erschießen.«

Die Hand auf dem Monitor der Brille senkte sich, bis die kleine Klinge des Skalpells die Haut auf Paulines Gesicht berührte. Erneut erreichten sie seine Worte, doch es war, als würde er ihr diese von ganz weit weg zurufen: »Drück jetzt ab, du spielst mit dem Leben deiner Tochter!«

Verschwommen erkannte Laura, dass ihr Chef mit dem Bürostuhl inzwischen so weit, wie es ihm möglich war, zurückgerollt war und seine Hände abwehrend vor das Gesicht hielt. Während sich ihr Finger langsam krümmte, rief er noch: »Bitte nicht«, dann folgte der Knall.

Laura wusste nicht, was sie mehr mitnahm: das kleine unscheinbare Loch in Dr. Klausens Stirn oder der kurze, fassungslose Ausdruck auf seinem Gesicht, bevor er nach vorne zusammensackte und leblos vom Stuhl rutschte.

Nach einigen Augenblicken der Stille sagte die Stimme in ihrem Ohr: »Sehr schön, jetzt kannst du nach Hause gehen. Du möchtest bestimmt da sein, wenn deine Tochter aufwacht ... aber lass die Brille noch auf.«

Unfähig, noch irgendetwas zu empfinden, verließ Laura die Praxis und folgte dem Weg zurück zur Brücke, ging erneut den Weg am Ufer der Pegnitz entlang und wollte gerade abbiegen, als er befahl: »Stopp!« Wie eine Marionette blieb Laura stehen und wartete. »Jetzt wirfst du erst die Waffe bis zur Mitte des Flusses, und wenn ich dir mein Okay gebe, die Brille hinterher.«

Ohne den Weg richtig wahrzunehmen, fand sich Laura irgendwann vor ihrer Wohnungstüre wieder. Kraftlos öffnete sie die Tür, trat ein und hörte ein leises Wimmern, das ihre letzten Kraftreserven weckte.

Ihre kleine Pauline lag zugedeckt in ihrem kleinen Himmelbett und schien gerade aufzuwachen. Ängstlich hob Laura ihre Zudecke hoch und knöpfte die kleine Bluse auf, doch wie Paulines Gesicht schien auch ihr restlicher Körper ohne einen Kratzer zu sein.

# - 13 -

Eigentlich dachte Sabrina Faust, sich in den Gängen des Nürnberger Hauptpräsidiums auszukennen, dennoch musste sie ausgerechnet zwei Putzkräfte nach dem Weg zur Mordkommission fragen. Dort endlich angekommen, ließ die Sekretärin sie auch noch einige Minuten warten, bis sie endlich zu ihrem neuen Chef vorgelassen wurde. Sie klopfte an die Tür, wartete, bis »Herein?«gerufen wurde, und trat in das Büro, in dem sich gleich zwei Männer befanden.

Karl Steinbach musterte sie kurz, erhob sich etwas schwerfällig aus seinem Stuhl und umrundete den Schreibtisch. Erst dachte sie, etwas falsch gemacht zu haben, doch dann entspannte sich sein Gesichtsausdruck und er sagte mit ausgestreckter Hand: »Sie müssen unsere Verstärkung sein.«

»Kriminalkommissarin Faust«, bestätigte sie und gab ihm ebenfalls die Hand.

Karl löste seine Hand aus ihrem festen Händedruck und stellte sich ebenfalls vor. Anschließend deutete er auf den anderen Mann, der sich ebenfalls erhoben hatte, und sagte: »Das ist Ihr neuer Partner, Hauptkommissar Jänke.«

Nachdem auch seine beiden Untergebenen sich begrüßt hatten und Sabrina sich neben Tom gesetzt hatte, ließ sich Karl ebenfalls nieder und das Lächeln verschwand von seinem Gesicht. »Tja, was soll ich sagen, Frau Faust, ich hätte Ihnen gerne einen offizielleren Einstand bereitet, aber ich fürchte, Sie werden noch nicht einmal Zeit haben, Ihren Schreibtisch einzuräumen. Eigentlich hatte ich dieses Gespräch extra auf den Samstag gelegt, damit wir etwas Ruhe haben, aber leider wird auch an den Wochenenden gemordet. Wir haben vor 15 Minuten die Meldung hereinbekommen, dass ein Arzt tot, vermutlich erschossen, in seiner Praxis liegt, und eigentlich nur noch auf Sie gewartet. Da wir bisher nur die Angaben von zwei Streifenpolizisten haben, würde ich vorschlagen, Sie fahren gleich mit Tom, ich meine mit Herrn Jänke, dorthin und sehen sich das an.«

Da Sabrina zögerte, hakte Karl nach: »Oder ist das heute ein Problem?«

»Was?«, fragte sie, schob den Gedanken an ihre gerade geplatzte Verabredung mit ihrer Freundin beiseite und schüttelte den Kopf. »Ja ... ich meine nein, natürlich ist das kein Problem.«

Schmunzelnd erhob sich Jänke. An die neuen Arbeitszeiten bei der Mordkommission hatte er sich auch erst gewöhnen müssen, und seine Ex-Freundin hatte sich nie daran gewöhnen können.

»Das nenne ich einen Einstand«, begann Tom, nachdem er den BMW gestartet hatte und auf die Hauptstraße abbog.

»Wie meinen Sie das?«, fragte Sabrina und überprüfte dabei, ob ihr Zopf noch richtig saß, was Tom aus den Augenwinkeln verfolgte. »Na, noch nicht einmal richtig angekommen und schon mitten in einer Mordermittlung.«

»Aber Sie wissen doch noch überhaupt nicht, ob es Mord war. Vielleicht hat der Mann sich ja auch selbst erschossen.« Da war sie wieder, ihre vorlaute Klappe, und das, obwohl sie sich vorgenommen hatte, diese wenigstens am Anfang zu halten.

Tom warf einen überraschten Blick zu ihr hinüber und

Sabrina dachte, sich jetzt schon in die Nesseln gesetzt zu haben, doch ihr neuer Partner nickte anerkennend und erwiderte locker: »Gut mitgedacht! Wie lange sind Sie schon in unserem Verein?«

Sabrina musste kurz nachdenken. »Nach der Ausbildung zwei Jahre auf der Straße und ein halbes Jahr Zusatzausbildung als sogenannter Cybercop.«

»Internetkriminalität«, übersetzte Tom mit anerkennendem Tonfall und fügte hinzu: »Bitte nicht falsch verstehen, aber dann ist mir auch klar, warum unser Chef sich für einen jüngeren Kandidaten entschieden hat. Auch unsere Ermittlungen verlagern sich immer mehr ins Internet und einige der älteren Kollegen können, oder wollen, dieser Entwicklung nicht mehr ganz folgen.«

Sabrina wollte gerade etwas antworten, doch Tom steuerte das Auto auf einen Gehweg, stellte den Motor ab und verkündete: »Hier sind wir auch schon.«

Tom Jänke grüßte die beiden Streifenpolizisten, welche sich neben dem Eingang zu der Arztpraxis postiert hatten, öffnete die Tür mit dem Fuß, um nichts berühren zu müssen, und streifte sich dann erst die dünnen Gummihandschuhe über. Da Sabrina, die hinter ihm eintrat, etwas unsicher wirkte, fragte er: »Brauchen Sie auch welche?«

Diese antwortete kleinlaut: »Ja, bitte, ich habe heute nicht damit gerechnet und daher keine eingesteckt.«

Tom reichte ihr ein Paar Handschuhe und drang tiefer in das Innere der Praxis vor. Sie mussten nicht lange nach dem Toten suchen, da sich eine inzwischen braun gewordene Masse aus Blut, Knochensplittern und Hirn über den halben Empfangsraum verteilt hatte.

Tom wusste, wie unspektakulär Einschusslöcher aussehen konnten, die Austrittsöffnung bekam er zum Glück nicht allzu oft zu Gesicht. Immer auch seine neue Partnerin im Blick, umrundete er den Empfangstresen, ging durch die kleine Schwingtür und musste sich kurz abwenden. Da das Opfer nach vorne übergekippt war, präsentierte es förmlich das, was von seinem Hinterkopf übrig geblieben war, und das sah aus, als hätte jemand ein Stück aus dem Kopf herausgerissen.

»Achtung ...«, wollte Tom seine Partnerin noch warnen, doch es war zu spät. Den Blick fassungslos auf das Opfer gerichtet, fragte sie erschüttert: »Sehen wir so etwas oft?«

Erstaunt stellte Tom fest, dass dies die einzige Reaktion auf den Anblick blieb und sie sich nicht einmal abwendete. Dann schüttelte er den Kopf. »Zum Glück nicht, ich möchte mich auch gar nicht daran gewöhnen müssen.«

Nachdem sie sich in beiden Stockwerken umgesehen hatten, aber außer der Leiche keine weiteren Anhaltspunkte für den Tathergang finden konnten, verließen sie die Praxis wieder und überließen dem Team der KTU das Feld.

»Und was nun?« Da Sabrina keinerlei Erfahrungen mit den Ermittlungsmethoden der Kripo hatte, wartete sie auf eine Anweisung von Jänke. Dieser blieb vor seiner Fahrertür stehen und fragte zurück: »Was würden Sie jetzt tun?«

Sabrina dachte einen Augenblick nach. »Mich in der Gegend umhören, ob jemand etwas mitbekommen hat, und mit den Angestellten der Praxis reden.«

»Und genau das machen wir jetzt«, bestätigte Tom und wies sie an: »Sie funken die Zentrale an. Die sollen versuchen, die Namen und Adressen der Angestellten herauszubekommen, und bis die so weit sind, hören wir uns hier um.«

Statt einer Antwort zog Sabrina ihr übergroßes Smartphone aus der Tasche und begann etwas einzutippen. Jänke sah ihr eine kurze Weile dabei zu und fragte schließlich: »Und was wird das jetzt?«

Ohne den Blick zu heben erklärte Sabrina: »Wenn ich der Zentrale gleich die Namen nennen kann, geht es sicher schneller. Das gesamte Team dieser Praxis wird sicher auf deren Homepage vorgestellt.« Noch immer auf ihr Gerät konzentriert, fand sie schließlich die richtige Seite, öffnete sie und stieß ein »Ach du Scheiße⍰«aus.

»Was ist?«, fragte Tom irritiert, doch Sabrina war schon auf dem Weg um das Auto herum. »Das müssen Sie sich ansehen. Ich glaube, der Fall ist gerade komplizierter geworden.« Sie hielt ihrem Partner das Smartphone vor das Gesicht und Jänke las laut, was in übergroßen Buchstaben quer über der Startseite der Homepage stand: »Dr. Klausen bekennt sich schuldig, dass durch seine illegale Zusammenarbeit mit der Pharmaindustrie Menschen gestorben sind.«

Tom dachte kurz darüber nach und bestimmte schließlich: »Ich informiere den Chef und Sie fragen die Namen der Angestellten ab.«

# - 14 -

»O. k., alles klar, wartet noch mit der Befragung«, waren Jänkes letzte Worte. Er legte auf, steckte das Handy weg und sagte an Sabrina gewandt: »Wir können uns die Suche sparen, die Täterin hat sich gestellt und sitzt bei Steinbach im Präsidium.«

»Wie jetzt, so einfach?«, wunderte sich Sabrina.

»Nein, nicht so einfach, es scheint wohl eine ziemlich seltsame Sache zu sein. Aber mehr wollte mir der Chef am Telefon nicht sagen.«

Nur eine Dreiviertelstunde nachdem sie das Büro verlassen hatten, klopften sie erneut an die Tür der Leiters der Mordkommission, doch statt einem »Herein« öffnete Karl die Tür von innen und sagte ohne jede Begrüßung: »Kommt mit, das müsst ihr euch anhören, so etwas habe ich während meiner ganzen Amtszeit noch nicht gehört.«

Neugierig folgten ihm Jänke und Faust bis zu dem Verhörzimmer, in dem noch vor kurzem Jänkes Freund Mike Köstner seine Aussage gemacht hatte. Steinbach nickte dem Beamten vor der Tür zu, worauf dieser die Tür öffnete und sie hineinließ.

Hinter dem Tisch mit der Kamera und dem Mikrofon saß eine eher zierliche Frau, die Tom auf Anfang dreißig schätzte und deren Schminke sich in einem katastrophalen

Zustand befand. Ihre rechte Hand hatte sie zitternd um einen Pappbecher mit Kaffee gelegt, und als die drei eintraten, sah sie ihnen mit ängstlichem Blick entgegen.

»Das ist Frau Laura Bock«, stellte Steinbach die Frau vor, »und das sind die Kollegen Hauptkommissar Jänke und Kriminalkommissarin Faust«, worauf die Frau nur schüchtern »Hallo« sagte.

Alle drei ließen sich auf der anderen Seite des Tisches nieder, und je länger Tom die angebliche Täterin ansah, umso weniger konnte er sich vorstellen, dass diese Frau einen derart kaltblütigen Mord begangen haben sollte.

Karl Steinbach drückte eine Taste am Mikrofon und bat: »Gut, Frau Bock. Ich weiß, Sie haben mir schon alles erzählt, aber bitte, könnten Sie Ihre Geschichte noch einmal wiederholen?«

Laura begann mit leiser, brüchiger Stimme zu erzählen, was ihr passiert war, und zeitweise kam es Tom vor, als würde er einem guten Kriminalhörspiel zuhören, zu unglaublich war der angebliche Tathergang.

Irgendwann kam Laura Bock zum Ende und alle Anwesenden ließen das Gehörte erst einmal sacken, bis Tom laut ausatmete und anschließend feststellte: »Ich bin gespannt, was der Staatsanwalt dazu sagt«, worauf sein Chef hinzufügte: »Sowohl der Computer von Frau Bock als auch der in der Praxis werden gerade von deinen früheren Kollegen der KTU abgeholt und dann untersucht.« An Frau Bock gewandt sagte er: »Wenn das alles so stimmt, müssten sich auf beiden Geräten genug Beweise finden lassen. Doch Sie werden verstehen, dass wir Sie bis zum Ende der Untersuchungen hierbehalten müssen.«

Erschrocken sah Laura Bock auf: »Und was wird aus meiner Tochter?«

»Haben Sie jemanden, bei dem das Mädchen erst einmal unterkommen könnte? Vielleicht bei den Großeltern oder bei Paulines Vater?«

Laura Bock nickte. »Zu meinen Eltern könnte sie.«

»Gut, dann werde ich das veranlassen«, stellte Steinbach fest und fragte: »Wären Sie damit einverstanden, dass wir uns, zusammen mit einem Psychologen, mit Pauline unterhalten? Vielleicht kann sie sich inzwischen an mehr erinnern, und das würde wiederum Sie entlasten.«

Laura Bock dachte kurz darüber nach, nickte unmerklich und sagte leise: »Aber bitte seien Sie gut zu ihr.«

»Haben Sie eine Ahnung, was das Motiv dieses Mannes gewesen sein könnte?«, übernahm nun Jänke das Wort, doch Frau Bock schüttelte den Kopf und antwortete nur mit einem »Nein«.

»Aber dieser Satz auf der Praxis-Homepage muss doch eine Bedeutung haben ...« Tom versuchte sich an den genauen Wortlaut zu erinnern. »Dr. Klausen bekennt sich schuldig, dass durch seine illegale Zusammenarbeit mit der Pharmaindustrie Menschen gestorben sind.«

Nachdem der Satz eine Weile in der Luft hing und Tom kurz von seinem Kaffee genippt hatte, stellte er fest: »Also für mich klingt das, als hätte Ihr Chef irgendetwas getan, bei dem Menschen zu Schaden gekommen sind.« Wieder sah er ihr in die Augen. »Und Sie wissen vielleicht nicht doch etwas darüber?«

Nun wurde Laura Bocks Stimme fast ein wenig hysterisch. »Ich sagte doch, dass ich nichts von solchen Dingen weiß. Herr Dr. Klausen war kein angenehmer Mann, aber ich kann mir nicht vorstellen, dass er irgendetwas Illegales getan hat.«

»Nun gut«, ließ Tom diese Aussage im Raum stehen. »Dann warten wir jetzt erst einmal auf die Untersuchungsergebnisse der KTU«, sagte er und wandte sich an seine

Kollegen: »Habt ihr im Augenblick noch Fragen?«

Als beide den Kopf geschüttelt hatten, erhoben sie sich und Steinbach erklärte an Frau Bock gewandt: »Sie werden gleich von einem Kollegen abgeholt. Wenn Ihnen noch irgendetwas einfällt, können Sie jederzeit nach uns rufen lassen.«

Um kurz vor 18 Uhr hatte Karl Steinbach den Fall mit seinen Beamten durchdiskutiert, und da sich aufgrund der vorhandenen Fakten niemand ein echtes Urteil erlauben wollte, beschlossen sie, erst die Untersuchungsergebnisse abzuwarten.

Karl fuhr nach Hause, machte sich frisch und verabschiedete sich anschließend von seiner Frau, um sich mit seinem Freund und ehemaligen Hauptkommissar Mike Köstner zu treffen.

Jetzt außerhalb des Präsidiums fiel die Begrüßung deutlich herzlicher aus. Die beiden Männer drückten sich erst die Hand, klopften sich dann auf die Schultern und setzten sich in eine Ecke des gemütlichen Lokals. Mike hielt zwei Finger in die Luft, und schon wenig später stand vor jedem ein frisch gezapftes Bier. Nachdem beide einen Schluck getrunken hatten, konnte Karl nicht anders als festzustellen: »Die Auszeit hat dir wirklich gutgetan – im Gegensatz zu früher siehst du richtig erholt aus.«

Mike leckte sich über die Lippen und antwortete weniger euphorisch: »Unter anderen Umständen würde ich dir zustimmen, aber Döring hat mir kaum eine andere Wahl gelassen.« Doch Karl winkte ab. »Ach komm, lass gut sein. Die Sache ist doch erledigt. Schau nach vorne ...« Er nahm noch einen weiteren langen Schluck und sah seinem Freund in die Augen. «Apropos nach vorne: Was willst du jetzt eigentlich machen? Wieder als Detektiv arbeiten, oder hast du andere Pläne?«

Mikes Hand spielte unruhig mit der Zigarettenschachtel. »Keine Ahnung. Jenni konnte wieder bei ihrem Magazin anfangen und mein Kontostand ist, na ja, sagen wir einmal, ziemlich strapaziert worden.«

Karl nickte. »Verstehe.« Dann fragte er vorsichtig: »An einen Schritt zurück denkst du aber nicht zufällig?«

»Was meinst du?«

Karl atmete einmal durch. »Bei mir gehen in Kürze zwei deiner Ex-Kollegen in den Vorruhestand, und die Arbeit wird nicht weniger.«

Mike hatte mit allem gerechnet, aber nicht damit. Da es für ihn unmöglich schien, hatte er sich tatsächlich nur kurz mit dem Gedanken beschäftigt, und so fragte er auch: »Und wie soll das gehen?«

Da dies kein grundsätzliches Nein war, entspannte sich Karl ein wenig, bestellte bei der gerade vorbeilaufenden Bedienung zwei weitere Biere und erklärte: »Warum sollte es nicht gehen? Du bist damals auf deinen Wunsch hin aus dem Polizeidienst ausgetreten, hast ein einwandfreies Zeugnis, und die Sache mit deinem Auto beziehungsweise mit Döring ist vom Tisch.« Es folgte eine Pause, in der Karl die frischen Biere in Empfang nahm und abschließend sagte: »Außerdem hast du mich, und ich könnte einen erfahrenen Mann gut gebrauchen.«

Mike musste sich erst daran erinnern, warum er damals den Dienst quittiert hatte, um nicht sofort zuzusagen. Denn daran, dass es immer nach denen da oben ging und dafür gerne auch Bauernopfer hingenommen wurden, hatte sich nichts geändert. Andererseits, welche Wahl hatte er? In seinem Leben hatte es immer nur den Polizeidienst gegeben und im Grunde war es auch das, was ihn erfüllt hatte.

Er dachte noch einige Sekunden darüber nach, hob den Blick und bat: »Karl, dein Angebot ehrt mich, aber kannst du mir noch etwas Bedenkzeit geben? Das kommt jetzt wirklich überraschend und ich weiß nicht, ob ich die alten Gründe einfach so abstreifen kann.«

Nun bildete sich ein Grinsen auf Karls Gesicht und er antwortete: »Aber sicher. Warte aber nicht zu lange, wir haben gerade einen sehr interessanten Fall.«

Nach weiteren zwei Bieren und einem guten Gespräch, das sich mehr um private Dinge drehte, verabschiedeten sie sich und Mike versprach, sich bald zu melden.

# - 15 -

Marius wischte sich mit einem Handtuch den Schweiß von der Stirn und überlegte, ob er ans Telefon gehen sollte. Nach dem sechsten Klingeln tat er es und meldete sich mit »Dr. Reitner«.

Dass es die Klinik war, hatte er schon an der Nummer erkannt, aber gehofft, dass man dort nur eine Information von ihm benötigte. Doch eigentlich hätte es ihm klar sein müssen, denn natürlich hatte auch er mitbekommen, was Dr. Klausen passiert war, und da außerdem seine Kollegen Pflichtbereitschaften zu leisten hatten, brauchten sie nun jemanden, der einsprang. Nachdem er es mit zwei eher schwachen Ausreden versucht hatte, der Stationsleiter der Notaufnahme aber hartnäckig geblieben war, sagte er schließlich zu, ab 20 Uhr seinen Dienst anzutreten.

Schlecht gelaunt legte er wieder auf und tröstete sich mit dem Gedanken, dass er wahrscheinlich sowieso nicht schlafen konnte. Auch wenn die Presse behauptete, dass Dr. Klausen das Opfer seiner eigenen Mitarbeiterin geworden war, bekam er dieses latent mulmige Gefühl nicht aus seinem Kopf.

Wie bei vielen anderen Kollegen gab es auch bei ihm Leichen im Keller und seine Praxis hatte sich nicht von alleine finanziert.

Er wischte den Gedanken beiseite, zog seine Laufschuhe

aus und ging hinüber in die Küche, in der seine Frau gerade das Abendessen zubereitete und ihn mit einem »Hallo, mein Schatz« begrüßte. Das angedachte Küsschen brach sie jedoch ab, da ihm immer noch einzelne Schweißtropfen über den Mund liefen. Stattdessen fragte sie beiläufig: »Wer war denn das eben am Telefon? Du klangst nicht begeistert.«

Marius hasste es, Petra sagen zu müssen, dass er wieder einmal außerplanmäßig Dienst hatte. Nervös mit dem Handtuch spielend, antwortete er ausweichend: »Nur die Klinik.«

Petra ließ das Messer sinken und drehte sich wieder zu ihm zurück. Alleine der Blick hätte genügt. »Jetzt sag nicht, dass du dieses Wochenende schon wieder Dienst hast.«

Er presste erst die Lippen zusammen, atmete einmal tief durch und brachte es hinter sich: »Heute Nacht.«

Petra verzichtete darauf, die Aussage zu kommentieren, und hatte offenbar beschlossen, ihrem Mann die Höchststrafe aufzuerlegen. Ohne ein weiteres Wort zu sagen, begann sie wieder die Tomaten zu würfeln und tat so, als sei er überhaupt nicht mehr im Raum.

Marius wusste, dass jetzt jeder Versuch, sie zu versöhnen, zwecklos wäre, und beschloss laut: »Ich gehe dann mal duschen.«

Nachdem er das Abendessen fast schweigend hinter sich gebracht hatte, packte er seine Tasche und verabschiedete sich von seiner Frau. Anschließend verließ er das Haus, stieg in sein Coupé und fuhr, ohne die Musik anzustellen, zu Nürnbergs Südklinikum.

Dort angekommen, ärgerte er sich über ein Wohnmobil, das gleich drei Besucherstellplätze belegte, und überlegte kurz, die Polizei zu informieren. Da er selbst einen reservierten Parkplatz hatte, war die Sache jedoch schnell wieder vergessen.

Auf dem Wendekreis vor der Notaufnahme rauchte er noch eine Zigarette und betrat anschließend das Krankenhaus, wo wie immer am Samstagabend Hochbetrieb herrschte.

Marius begrüßte einige seiner Kollegen, meldete sich beim Stationsleiter und beschloss, die letzten 20 Minuten bis zu seinem Dienstbeginn im hauseigenen Café zu verbringen.

Als er es geschafft hatte, den Espresso und ein Glas Wasser unfallfrei bis zu einem freien Tisch zu tragen, zog er sein Handy heraus und schrieb seiner Frau eine Nachricht, in der er sich für den entgangenen Abend entschuldigte. Keine zehn Sekunden später lautete die Antwort schlicht: *Ist schon gut, aber gerade hat ein Mann angerufen und wollte dich sprechen.*

*Wer war es?*, tippte Marius in sein Gerät.

Dieses Mal dauerte die Antwort länger und ließ ihn die Stirn runzeln. Auf seinem Display stand: *Er wollte keinen Namen nennen und sagte so seltsame Sachen.*

*Was für Sachen?* Marius spürte, wie seine Hände nass wurden.

Die nächste Nachricht kam dreigeteilt: *Er sagte, er solle dir schöne Grüße von Dr. Klausen ausrichten.*

*Dann sagte er noch, du solltest dich zu deinem Tun bekennen.*

*Und als Letztes meinte er, noch wäre Zeit, die Dinge zu klären.*

Wieder erschien das Symbol, dass seine Frau gerade etwas tippte, und es folgte die Frage, die kommen musste: *Was hat das zu bedeuten?*

Marius dachte kurz über seine Antwort nach, beschloss aber, dass es besser war, wenn Petra möglichst wenig wusste. Er wischte sich die Hände trocken und antwortete: *Keine Ahnung, bestimmt nur irgend so ein Spinner.* Dann ließ er eine Pause folgen und schrieb: *Aber vielleicht ist es besser, wenn du nicht mehr ans Telefon gehst und die Alarmanlage einschaltest. Ich glaube zwar nicht, dass es etwas Ernstes ist, aber sicher ist sicher.*

Worauf sie antwortete: *Es wäre schön, wenn du jetzt hier wärst.*

Er tippte: *Ja, das wäre mir auch lieber ... die Nacht geht schnell vorbei und morgen machen wir uns einen schönen Tag. Mein Dienst beginnt gleich ... Ich liebe dich,* dann schloss er die App und ertappte sich wenige Sekunden später dabei, dass er noch immer auf das dunkle Display starrte. Er konnte es drehen und wenden, wie er wollte, ihm fiel niemand ein, der es auf ihn abgesehen haben könnte. Noch immer in Gedanken, steckte er das Handy in die Tasche seines Arztkittels und trat seinen Dienst an.

Der am Samstagabend übliche Ansturm mit Platzwunden, Brüchen und Alkoholvergiftungen dauerte bis ca. 3 Uhr an. In diesen Stunden kam Marius kaum dazu, sich weitere Gedanken zu machen, war aber froh, dass keine wirklich anspruchsvollen Fälle eingeliefert wurden.

Kurz nach 3 Uhr sagte er seinen Kollegen Bescheid, dass er nun eine Pause machen würde, und ging zum Pausen- und Umkleideraum, um seine Zigaretten zu holen.

Kaum dass er den Bereich der Notaufnahme verlassen hatte, empfing ihn die nächtliche Stille des Krankenhauses, und trotz der ausreichenden Beleuchtung beschlich ihn dieses beklemmende Gefühl. Immer nervöser werdend, folgte er dem schmalen Versorgungsgang, in dem neben seinen Schritten nur einige technische Einrichtungen ab und an ein Geräusch machten.

Erleichtert, sie endlich erreicht zu haben, öffnete er die Tür zum Pausenraum, trat ein und wäre fast mit einem anderen, ihm unbekannten Arzt zusammengestoßen. Marius brachte gerade noch ein »Entschuldigung« heraus, da hatte sich der Mann schon durch die halb offene Tür geschoben, ein »Kein Problem« gemurmelt und eilte nun den Gang zurück, den Marius gerade gekommen war. Verwundert blickte er dem fremden Arzt hinterher, dachte sich aber nichts weiter dabei. Außerdem wollte er endlich etwas trinken und eine Zigarette rauchen.

Marius durchquerte den Aufenthaltsraum, trat vor den Spind, an dem sein Name stand, und griff nach dem Schloss. Irgendetwas stimmte nicht, aber er kam nicht gleich darauf was, bis ihm auffiel, dass das Metall des Schlosses sich etwas zu warm anfühlte. Hatte dieser andere Arzt an den Schlössern herumhantiert? Marius beschloss, ihn später zu suchen und ihn danach zu fragen, doch jetzt wollte er einfach nur etwas trinken und eine Zigarette. Er öffnete das Schloss und sah sich den Inhalt seines Spindes an, aber nichts deutete darauf hin, dass jemand eingedrungen war. Nach einem langen Schluck aus der Flasche mit dem ziemlich exklusiven Mineralwasser nahm er das Päckchen Marlboro und sein Handy, verließ den Aufenthaltsraum wieder und ging in einen der nahe gelegenen Innenhöfe der Klinik, in denen man rauchen durfte.

Schon der erste Zug war eine Wohltat. Entspannt blies er den Rauch in Richtung Nachthimmel, nahm noch einen zweiten tiefen Zug und blickte dann erst auf sein Handy. Etwas beruhigt stellte er fest, dass Petra vor dem Schlafengehen noch einen Gruß geschickt hatte, zu Hause war offenbar alles in Ordnung.

Wie gewohnt kontrollierte Marius zuerst das Gästebuch seiner Praxis-Homepage, öffnete anschließend das E-Mail-Programm und zuckte innerlich zusammen. Zuerst hatte er die E-Mail für Werbung gehalten, da es die Absender-

E-Mail-Adresse so gar nicht geben dürfte, denn die Abfolge von wirren Zeichen und Zahlen konnte unmöglich den Konventionen entsprechen. Sein Finger schwebte schon über dem Abfalleimer-Symbol, als ihm der Betreff ins Auge sprang: *MAL SEHEN, WIE VIEL DU AUSHÄLTST.*

Er öffnete die E-Mail und las:

*Hat dir dein Wasser geschmeckt? Es ist heutzutage wirklich ein Segen, dass es für Menschen wie mich Tausende Möglichkeiten gibt, einen Mord zu begehen. Warum ich das tue, wirst du dich fragen, dabei kannst du dir die Frage sicherlich selbst beantworten. Selbstgerechtigkeit und Gier, aus mehr besteht unsere Gesellschaft nicht mehr. Dr. Klausen und du gehören zu diesem System und eure Taten haben leider den Falschen getroffen. Wie viel habt ihr bekommen, um das Leben derer aufs Spiel zu setzen, die euch vertraut haben? Ich hoffe, du hast das Geld bis heute genossen, denn ab jetzt wird Angst dein ständiger Begleiter sein ... Ach und übrigens: Vielleicht solltest du dir besser den Magen auspumpen lassen.*

War da nicht wirklich ein eigentümlicher Geschmack, als er das Wasser getrunken hatte? Panik machte sich in Marius breit und verhinderte für einige Sekunden jeden rationalen Gedanken. Mit einem Mal fühlte sich sein Körper zu heiß an und im Magen setzte ein leichtes Brennen ein. Er spürte, wie sein Blutdruck abfiel und leichter Schwindel die Kontrolle übernahm. Ohne weiter darüber nachzudenken, stolperte er durch die Tür ins Innere der Klinik, ging schwankend den Gang zurück zur Notaufnahme und fiel fast in die Arme eines Kollegen.

»Um Gottes willen, was ist dir denn passiert?« Marius war froh, dass es Dr. Peter war. Sie hatten zusammen studiert und kannten sich ganz gut.

Marius leckte sich über die trockenen Lippen und sagte mit Angst in der Stimme: »Ich ... ich glaube ...«, dann besann er sich, nicht die Wahrheit zu sagen, »ich glaube, mein Thunfischsandwich war verdorben. Ich brauche dringend eine Magenspülung.«

Dr. Peter wollte ihn stützen, aber nachdem der erste Schock abgeklungen war, ging es Marius schon wieder etwas besser. Seinen neuen Patienten immer im Blick behaltend, bugsierte ihn Dr. Peter in eines der leeren Behandlungszimmer und ließ ihn auf der Liege Platz nehmen. Anschließend klingelte er nach einer Schwester, bereitete alles vor und legte Marius noch einige Sensoren an. Marius hatte den dicken Schlauch schon so oft in seinen Händen gehalten und relativ wenig Mitleid mit seinen meist vom Alkohol komatösen Patienten gehabt, doch jetzt sorgte sein Anblick für Schweißausbrüche. Er konnte sich unmöglich vorstellen, dass dieses Ding gleich bis in seinen Magen geschoben wurde.

Trotz der professionellen Handgriffe hielt Dr. Peter kurz inne und sagte beinahe scherzhaft: »Aus dieser Position sieht die Sache gleich anders aus, oder? Aber keine Sorge, das geht vorüber.« Ohne auf eine Antwort seines Kollegen zu warten, setzte er Marius den Beißring ein und begann damit, den Schlauch durch die Speiseröhre zu schieben.

Obwohl Marius sich keine Blöße geben wollte, klammerten sich seine Hände um die Ränder der Liege, denn sein Willen hatte keine Chance, gegen den Würgereiz anzukämpfen. Nach einer gefühlten Ewigkeit begannen Dr. Peter und die Krankenschwester endlich die Spülflüssigkeit einzuleiten, was ihn etwas von seinem Brechreiz ablenkte. Er schloss die Augen und versuchte sich zu entspannen, was allerdings nur dazu führte, dass die Angst zurückkam und er in seinen Körper lauschte. Was hatte dieses

Arschloch ihm in seine Wasserflasche getan? Und wie sollte es weitergehen, wenn er dies hier überstanden hatte? Eins war klar: Wenn er zu Polizei ginge, würde die kleine unerlaubte Testreihe auffliegen und er konnte seinen Job an den Nagel hängen. Und inzwischen war er sich sicher: Dr. Klausen wurde vielleicht von seiner Mitarbeiterin erschossen, doch der Hintergrund war ein anderer, aber auch dies konnte er der Polizei nicht sagen.

»O. k., das reicht. Wir beginnen jetzt mit dem Abpumpen«, informierte ihn Dr. Peter und drückte eine entsprechende Taste, was bei ihm zu einem Gefühl führte, als würde sich ein ganzer Ameisenstaat in seinem Magen ausbreiten. Als auch dieses Prozedere abgeschlossen war, wurde der Schlauch herausgezogen und ihm ein Glas mit gelöster Aktivkohle vor die Nase gehalten.

Erschöpft setzte sich Marius etwas auf, und während er einige Schlucke trank, begutachtete sein Kollege skeptisch den Behälter, in dem sich nun sein Mageninhalt befand, und fragte schließlich: »Thunfisch – bist du sicher?«

# – 16 –

Nachdem Marius seinem Kollegen mehrfach versichert hatte, dass er sich wieder halbwegs gut fühlte, meldete er sich bei seinem diensthabenden Stationsarzt ab und ging zurück in den Pausenraum. Dort holte er die Flasche und seine restlichen Sachen aus dem Spind, überlegte kurz, was er nun tun sollte, und machte sich auf den Weg zum Labor des Krankenhauses.

Der erste Laborant, auf den er traf, sah so aus, wie er sich fühlte. Inzwischen war es 4.30 Uhr morgens, und bis auf eine junge Assistenzlaborantin hatte das gesamte Team tiefe Augenringe. Nachdem Marius seinen Kopf in zwei der drei Räumlichkeiten gesteckt hatte, fand er endlich jemanden, den er kannte. Marius klopfte an die offene Tür, worauf Jackie sich umdrehte und ihn erstaunt musterte, aber nicht gerade glücklich über seinen Anblick schien.

»Hi«, versuchte es Marius vorsichtig. Während seines Studiums in Erlangen hatten sie ein kurzes, aber heftiges Verhältnis gehabt, das sich dank seiner Untreue allerdings sehr schnell wieder erledigt hatte.

Jackies Blick verfinsterte sich für einen Augenblick, dann besann sie sich anscheinend darauf, dass die Sache inzwischen schon Jahre zurücklag, und reagierte mit einem müden »Guten Morgen«.

Marius beschloss, nicht lange herumzureden, auch weil

sein Hals immer noch wie Feuer brannte und er einfach nur nach Hause wollte. Er betrat das Labor, hielt ihr seine Wasserflasche hin und bat mit betont fester Stimme: »Ich weiß, das ist nicht gerade der Dienstweg, aber könntest du hiervon eine Schnellanalyse der Hauptinhaltsstoffe machen?« Als sich ihr Blick wieder verfinsterte, fügte er schnell hinzu: »Wir haben drüben einen Notfall. Ein Kind hat davon getrunken und zeigt nun Vergiftungserscheinungen. Wir müssten wirklich dringend wissen, ob in der Flasche noch etwas anderes als Wasser ist.«

Mit einem Blick auf seinen Arztkittel nahm sie ihm die Flasche aus der Hand, sah ihm kurz in die Augen und sagte: »Ich wusste gar nicht, dass du hier arbeitest.«

Marius war erleichtert, dass die alten Gräben nicht tiefer waren, und antwortete etwas lockerer: »Ich mache auch nur noch Notbereitschaften, sonst arbeite ich in meiner eigenen Praxis drüben in der Nordstadt.«

Ohne jede emotionale Regung in der Stimme bemerkte Jackie: »Als Arzt warst du schon immer gut.« Marius erwartete nach diesem bedeutungsschwangeren Satz eigentlich noch ein »Aber«, doch es kam nicht. Stattdessen füllte sie eine kleine Menge seines Wassers in ein Glasröhrchen, welches sie in einen großen Apparat stellte, und drückte einige Tasten.

Da keiner von beiden so recht wusste, über was man sich unterhalten sollte, warteten sie schweigend auf das Ergebnis der Analyse, was zum Glück nicht lange dauerte. Nach einem eindringlichen Signalton setzte sich Jackie an einen der Monitore und studierte einige Zahlenreihen. Marius hätte sich gerne hinter sie gestellt und selbst einen Blick darauf geworfen, wollte aber keinen falschen Eindruck hinterlassen. Nach einigen Minuten drehte sie sich auf ihrem Stuhl in seine Richtung und stellte fest: »Was auch immer euer

Patient hat, es kommt nicht von diesem Wasser. Ganz im Gegenteil, das hat noch weniger Inhaltsstoffe als normales Leitungswasser.« Abschätzig fiel ihr Blick auf die Flasche, die noch immer auf dem Tisch stand, und sie fragte: »Ist das nicht eines dieser extrem überteuerten Wässerchen?«

Marius tat so, als wäre ihm das noch gar nicht aufgefallen, nahm seine Flasche in die Hand und nickte. »Stimmt, jetzt wo du es sagst. Ich kann auch nicht verstehen, warum man seinen Kindern dieses teure Zeug einflößen muss.«

Jackie zuckte mit den Schultern. »Wer es sich leisten kann. Brauchst du noch weitere Analysen?«

Marius schüttelte den Kopf. »Nein, das genügt. Aber vielen Dank für deine schnelle Hilfe. Vielleicht kann ich dir mal einen Kaffee ausgeben?«

Sie sah ihn müde an, zuckte erneut mit den Schultern und sagte: »Ja, vielleicht.« Danach verabschiedete er sich und beeilte sich, das Krankenhaus zu verlassen. Dieser Irre hatte ihn tatsächlich dazu gebracht, sich so schlecht zu fühlen, dass er sich ohne echten Grund einer Magenspülung unterzogen hatte ... Marius wollte einfach nur noch nach Hause!

Verwirrt und nicht in der Lage, einen klaren Gedanken zu fassen, verließ er das Krankenhaus, folgte dem Schotterweg rund um den halben Gebäudekomplex und stieg in seinen Wagen. Jetzt am Sonntagmorgen wirkte die Stadt wie ausgestorben und er schaffte die Strecke in der halben Zeit.

Er wusste selbst nicht so recht, was er erwartet hatte, war aber erleichtert, dass die Fernbedienung seiner Garage erst den Sicherheitscode der Alarmanlage forderte. Offenbar hatte sich Petra an die Bitte gehalten und das System aktiviert. Sich unbewusst umsehend, wartete er darauf, bis das große Doppeltor sich ganz geöffnet hatte, und fuhr dann erst hinein.

Die friedliche Stille des Hauses ließ das Erlebte fast schon unwirklich erscheinen, doch ein Blick auf sein Handy und jedes schmerzhafte Hinunterschlucken seiner eigenen Spucke zeigte ihm, dass es wirklich passiert war. Etwas unschlüssig, was nun zu tun war, ging er auf die Terrasse, zündete sich eine Zigarette an und versuchte, einen klaren Gedanken zu fassen. Im Grunde blieben nur drei Optionen: Die erste war, den Vorfall zu ignorieren und einfach abzuwarten. Genau betrachtet war nichts weiter passiert, als dass er diese E-Mail bekommen hatte. Das warme Schloss an seinem Spind konnte er sich nur eingebildet haben und an der Wasserflasche war nicht manipuliert worden. Allerdings war da noch der Mord an seinem Kollegen Dr. Klausen. Konnte es wirklich Zufall sein, dass es am selben Tag ein anderer Irrer auch auf ihn abgesehen hatte? Ob Dr. Klausen damals an den Versuchen beteiligt war, wusste er nicht mit Sicherheit, da die Firma absolute Diskretion versprochen hatte, doch vorstellen konnte er es sich durchaus.

Option Nummer zwei war, die Angelegenheit der Polizei zu melden, doch dann lief er Gefahr, alles zu verlieren. Blieb also nur noch die dritte und wahrscheinlich sinnvollste Möglichkeit. Man hatte ihm damals bei Problemen jede mögliche Unterstützung versprochen, und die würde er jetzt einfordern. Ohne Zweifel hatte die Firma weitaus mehr Möglichkeiten und finanzielle Mittel, um so eine Angelegenheit auf einem anderen Wege zu lösen.

Zufrieden mit seiner Entscheidung, drückte Marius seine Zigarette aus, ging zurück ins Haus und aktivierte erneut die Alarmanlage. Anschließend duschte er kurz und legte sich zu seiner Frau ins Bett. Entgegen seinen Befürchtungen fielen ihm fast augenblicklich die Augen zu und er fand in einen tiefen Schlaf.

# - 17 -

»Gestern noch gefeiert?«, begrüßte Tom seine neue Kollegin am frühen Sonntagvormittag und stellte ihr auch gleich eine frische Tasse Kaffee auf den Schreibtisch.

Der Blick, den Sabrina ihm zuwarf, war böser, als sie eigentlich wollte, schließlich kannten sie sich kaum. Etwas versöhnlicher fragte sie daher: »Haben wir immer solche Arbeitszeiten?«

Mit einem Grinsen im Gesicht antwortete Tom: »Nur wenn mal wieder die Hütte brennt beziehungsweise sich die Leute den Kopf einschlagen ... Apropos, den Mord an den zwei Teenagern müssen wir uns auch noch ansehen. Steinbach hat den Fall zwar anderen Kollegen zugewiesen, möchte aber, dass wir Unterstützung leisten.«

Sabrina nickte. »Kann ich mir vorstellen, die zwei waren ja quasi mein Einstand bei der Mordkommission.« Sie nippte von ihrem Kaffee und sinnierte laut: »Schon seltsam. In drei Jahren Streifendienst habe ich nicht einen Toten gesehen, und dann, wenige Stunden vor meiner Versetzung zur Kripo, gleich zwei auf einmal.«

»Was hatten Sie für einen Eindruck, als Sie am Tatort ankamen?«, wurde Tom sofort sachlich.

Sabrina wusste, worauf er hinauswollte, schloss kurz die Augen und rief sich die Bilder dieser Nacht vor ihr inneres Auge. »Ich würde sagen, die zwei wurden von dem Angriff völlig überrascht, und da sich die Verletzungen bei beiden ähnelten, gehe ich von nur einem Täter aus. Und wenn es so war, handelt es sich bei dem Täter entweder um einen Profi oder um jemanden, der komplett ausgerastet ist. Selbst wenn jemand in Rage gerät, denke ich, sind die wenigsten dazu fähig, derart hart vorzugehen.«

Tom nickte anerkennend. »Interessante Theorie. Wir werden das später mit dem Ergebnis der KTU und des Gerichtsmediziners abgleichen.«

»Warum später?«, fragte Sabrina, die sich geistig noch immer bei dem Fall befand.

»Weil Dr. Klausen mehr Priorität bekommen hat und Frau Bock noch immer in Untersuchungshaft sitzt.«

»Alles klar«, schaltete Sabrina um. »Gibt es neue Erkenntnisse?«

Nun trat Tom vor die große Pinnwand und tippte auf einige ausgedruckte Dokumente. »Es gibt die Erkenntnis, dass wir keine Erkenntnisse haben.«

Sabrina trat ebenfalls an die Wand und überflog die angepinnten Blätter. »Wie kann das sein? Nach all dem, was uns Frau Bock erzählt hat, müsste es doch massenhaft Spuren geben.«

Tom griff zu seiner Tasse. »Tut es aber nicht. Die erste Analyse der Spurensicherung hat weder auf dem Laptop von Frau Bock noch auf dem Praxiscomputer von Dr. Klausen etwas gefunden. Alles, was sie bis jetzt wissen, ist, dass es ein paar gelöschte Bereiche auf der Festplatte gibt, die darauf hindeuten könnten, dass sich jemand Zugang zu den Systemen beschafft hat. Aber es ist eben nur ein *Könnte* und kein Beweis.«

»Und was ist mit den Internetprotokollen?«, hakte Sabrina nach.

»Ich habe es technisch nicht ganz verstanden, aber auch

dort ist wohl alles sehr schwammig. Offenbar gehen inzwischen so viele Programme selbstständig ins Internet, dass man sich da ... wie hat der Kollege es formuliert?« Tom musste kurz überlegen: »... dass man sich in diesen Datenpaketen quasi verstecken kann. Man schickt seine Daten sozusagen huckepack mit anderen, legalen Datenpaketen mit.«

Sabrina nickte wissend. »Ja, ich kenne die Technik ... ist sehr schwer bis nahezu unmöglich nachzuweisen.«

»Ja, genau«, bestätigte Tom, drehte sich wieder zu der Tafel und deutete nun auf den Kartenausschnitt der Nürnberger Innenstadt. »Hinzu kommt, dass auch unsere Taucher weder die Waffe noch diese angebliche Brille gefunden haben, was aufgrund der momentan starken Strömung der Pegnitz aber nicht weiter verwunderlich ist.«

»Bleibt nur das Kind«, warf Sabrina ein wenig hoffnungsvoll ein, doch Tom wirkte beinahe entmutigt. »Ja, das Kind. Unsere Psychologin konnte gestern noch kurz mit Pauline Bock reden. Das Letzte, woran sie sich erinnern kann, ist, dass sie mit einem Clown mitgegangen ist, da er ihr seinen Papagei zeigen wollte. Irgendwann wurde ihr dann plötzlich komisch, und das Nächste, woran sie sich wieder erinnert, ist, dass sie in ihrem Bett aufgewacht ist.«

»Na, das ist doch zumindest mal eine Spur, oder?«, fragte Sabrina, die Toms Gesichtsausdruck etwas irritierte. Dieser zuckte mit den Achseln. »Klar ist das eine Spur, aber ich hatte mir wirklich mehr erhofft.« Er ließ eine Pause folgen und fragte: »Was halten Sie eigentlich von Frau Bock und ihrer Geschichte?«

Natürlich hatte Sabrina schon in der Nacht darüber nachgedacht und eine Antwort parat: »Die Sache ist so verrückt, dass ich sie ihr zweifellos glaube. Ich habe zwar noch keine Erfahrung, aber für einen normalen, geplanten Mord erscheint es mir irgendwie zu plump. Ich meine, wenn ich meinen Chef um die Ecke bringen will, locke ich ihn doch nicht an meinen Arbeitsplatz und jage ihm dann eine Kugel in den Kopf. Und als Krönung an Dummheiten stelle ich mich anschließend der Polizei und erfinde so eine Geschichte.« Sabrina schüttelte den Kopf. »Nein, kann ich mir nicht vorstellen, da muss etwas anderes dahinterstecken.«

Jänke blickte kurz aus dem Fenster, ließ das Gehörte wirken und stimmte zu: »Sie haben recht, das wäre alles ein wenig unsinnig.« Dann zog er seine dünne Sommerjacke vom Stuhl und bestimmte: »Lassen Sie uns an diesem Supermarkt, auf dem der Clown immer stand, beginnen. Der hat zwar heute nicht offen, aber vielleicht können uns die Anwohner etwas darüber sagen.« Auf dem Weg zur Tür blieb er noch einmal stehen, drehte sich zu Sabrina um und streckte ihr die Hand entgegen. »Wollen wir das lästige SIE nicht einfach weglassen? Ich bin der Tom.«

Sabrina nahm die Hand, lächelte und sagte: »Und ich die Sabrina.« Anschließend verließen sie das Präsidium und fuhren in das Wohngebiet, in dem Frau Bock mit ihrer Tochter lebte.

# - 18 -

Das Letzte, wovon Marius träumte, war, wie ihm sein Kollege den Schlauch aus dem Rachen zog, dann erwachte er schweißgebadet und brauchte einige Sekunden, um zu begreifen, dass er in seinem Bett lag. Obwohl der Blick zum Wecker zeigte, dass er gerade einmal zwei Stunden geschlafen hatte, war Petras Seite des Bettes bereits leer. Bedauernd drehte er sich noch einmal auf den Rücken, spürte aber schon nach kurzer Zeit, dass er nicht mehr einschlafen würde. Zu sehr wühlten die Geschehnisse der Nacht in seinen Gedanken, und das Wissen um den bevorstehenden Anruf bei der Firma tat ein Übriges.

Nach zehn Minuten gab er auf, verließ das Bett und nahm wieder eine Dusche in der Hoffnung, etwas wacher zu werden. Erst auf dem Rückweg zu seinem Kleiderschrank fiel ihm auf, dass das Haus eigenartig still war. Sonst hatte Petra unten im Erdgeschoss wenigstens ein Radio oder den Fernseher laufen, jetzt aber drang kein Laut zu ihm hinauf.

Nachdenklich, ob sie ihm vielleicht etwas von einem Termin erzählt hatte, holte er sich ein paar bequeme Klamotten aus dem Schrank und zog sich an. Erst als von unten ein kurzes Poltern zu hören war, gab er seine Überlegungen auf, schloss den Schrank und ging hinunter. Da draußen schönster Sonnenschein herrschte, wirkte das lichtdurchflutete Wohnzimmer fast schon friedlich. Marius freute sich auf einen starken Kaffee und glaubte diesen auch schon riechen zu können.

Da er seine Frau in der Küche vermutete, warf er nur einen flüchtigen Blick durch die Wohnzimmertür und wandte sich gerade in Richtung Küche, als er das leise Wimmern hörte.

»Petra?«, rief er erschrocken und drehte sich wieder der Wohnzimmertür zu, bekam aber nur ein erneutes Schluchzen als Antwort. Mit einem Mal hellwach, betrat er das Zimmer und blickte sich um. Seine Frau saß mit dem Rücken zu ihm auf dem Boden und redete tröstend auf etwas ein, das Marius nicht sehen konnte. Erst als er einen anderen, leisen Ton hörte, wurde ihm klar, dass es die Katze sein musste. Alles Mögliche erwartend, umrundete er Petra und glaubte nicht richtig zu sehen. Jasmin, Petras sündhaft teure Savannah-Katze, war nur noch ein Schatten ihrer selbst. Am auffälligsten war natürlich das herausrasierte Kreuz, das sich über den kompletten Körper zog und einen Großteil der jetzt nackten Haut zeigte. Doch als wäre dies nicht genug, hatte man die Haut noch mit schwarzer Farbe eingefärbt, sodass das Tier fast gespenstisch wirkte. Was erst auf den zweiten Blick auffiel, war Jasmins Verhalten. Obwohl sie keine offensichtlichen Verletzungen aufwies, wirkte die sonst so stolze Katze vollkommen eingeschüchtert und selbst Petra durfte sie nur mit äußerster Vorsicht berühren.

»Marius, wer tut so etwas?«

Es fiel ihm schwer, den Blickkontakt mit ihren verheulten Augen zu halten, trotzdem beschloss er, immer noch nichts von der Bedrohung zu erzählen. Kraftlos zog er die Schultern nach oben und antwortete: »Ich weiß es nicht, mein Schatz«, dann nickte er zu dem Tier und fragte: »Ist sie verletzt?«

Petra schüttelte den Kopf. »Nein, ich glaube nicht.« Nun senkte sie ebenfalls den Blick zu ihrem Liebling und sagte kaum verständlich: »Aber das reicht ja wohl.«

Nachdem sie Jasmin in die Höhle ihres Kletterbaumes gebracht hatten und Petra sich nach ein paar Baldriandragees auf das Sofa gelegt hatte, ging Marius in die Küche und holte sein Handy aus der Arbeitstasche. Er drückte auf den seitlichen Knopf, doch statt des Startbildschirms erschien dort eine geöffnete Notiz mit den Worten:

Du solltest mich ernster nehmen ... STEHE ZU DEINEN TATEN!

Für einen Augenblick zog er diese Möglichkeit tatsächlich in Betracht, dann begann sich Wut mit Stolz zu vermischen und laut sagte er: »Du willst Krieg ... kannst du haben⍰«

Ein kurzer Blick in das Wohnzimmer zeigte ihm, dass Petra eingeschlafen war und er in Ruhe reden konnte. Er zog die kleine Visitenkarte, auf der nichts außer einer Nummer stand, aus dem Seitenfach seiner Arbeitstasche und begann die Zahlenfolge in sein Handy einzugeben. Nach wenigen Freizeichen meldete sich tatsächlich die ihm bekannte Stimme eines Mannes, dessen Gesicht er noch nie gesehen hatte, und fragte: »Was wollen Sie?«

Obwohl Marius sich selbst für einigermaßen autoritär hielt, fühlte er sich alleine durch die Stimme des Mannes unterworfen. Mit dem Versuch, möglichst fest zu klingen, erzählte er von den Geschehnissen der letzten Nacht und auch davon, was er von Dr. Klausens Ableben wusste. Am Ende seiner Ausführungen und bedingt durch die sehr zurückhaltende Reaktion des Mannes am anderen Ende der Leitung wagte er den Versuch, etwas Druck auszuüben. Mit Dramatik in der Stimme forderte er: »Sie haben doch sicher die finanziellen Möglichkeiten, jemanden herzuschicken, um der Sache auf den Grund zu gehen. Was, wenn dieser Irre noch weit mehr über Ihre Machenschaften weiß und auch Sie auf seiner Liste stehen? Wir sitzen doch alle im selben Boot und es kann nicht in Ihrem Interesse liegen, dass die Öffentlichkeit davon erfährt.«

Nach fünf Sekunden Stille in der Leitung glaubte Marius schon, der andere hätte aufgelegt, doch dann folgte die Antwort, die er nicht hören wollte: »Vielleicht haben Sie recht damit, dass dieser Mann mehr weiß. Aber ich glaube auch, Sie, mein lieber Dr. Reitner, unterschätzen uns. Glauben Sie wirklich, wir hätten uns nicht abgesichert? Die Öffentlichkeit würde nur erfahren, dass Sie und Dr. Klausen aus Geltungssucht halb fertige Medikamente verteilt haben und auf eine Wunderheilung hofften. Medikamente, die unserer Firma leider nach einem Ärzteseminar abhandengekommen sind. Und natürlich haben wir dies nach Ihrem Besuch bei uns auch angezeigt, die Polizei damals aber auf eine falsche Spur gebracht, damit Sie die Sache unbehelligt durchziehen konnten.«

Wieder herrschte Ruhe in der Leitung, doch kurz bevor Marius explodieren konnte, redete der Mann weiter: »Nichtsdestotrotz haben wir natürlich kein Interesse daran, dass die Angelegenheit wieder nach oben gespült wird. Ich werde mich später mit meinen Beratern zusammensetzen und mich dann wieder bei Ihnen melden.«

Marius zwang sich zu einem falschen »Danke«, legte auf und schlug mit der flachen Hand gegen den nächsten Schrank.

Nachdem er zehn Minuten lang einfach nur aus dem Fenster geblickt hatte, wobei er keinen klaren Gedanken fassen konnte, riss er sich von dem Anblick seines Vorgartens los und wollte gerade nach der Katze sehen, als ihm die Pinnwand mit den Ansichtskarten ins Auge fiel. Unbewusst machte er einen Schritt darauf zu und plötzlich wusste er, was zu tun war. Marius klappte seine Arbeitstasche auf, zog den Laptop heraus und gab in das Suchfenster »Ferienhaus« ein. Dann dachte er einen Augenblick darüber nach und erweiterte den Eintrag auf »Ferienhaus Toskana«. Anschließend klickte er sich durch verschiedene Seiten, bis er einen Anbieter fand, der einen Hilfechat in Echtzeit anbot. Er öffnete den Chat, und tatsächlich, innerhalb von Sekunden wurde seine Frage, ob man die Häuser auch sehr kurzfristig buchen konnte, beantwortet. Zusammen mit der Dame am anderen Ende war schnell das passende Objekt gefunden, und obwohl er wusste, dass es Ärger mit Petra geben würde, buchte er das Haus bereits für den nächsten Tag.

Als alles erledigt war, griff er zum Telefon und wählte die Nummer seiner dienstältesten Arzthelferin und wies diese an, seine Praxis bis auf Weiteres geschlossen zu halten und alles dafür Notwendige in die Wege zu leiten. Als Grund gab er eine schwere Erkrankung an, die es ihm in den nächsten drei bis vier Wochen unmöglich machen würde zu praktizieren. Bis dahin, so hoffte er, hatte man diesen Irren geschnappt und er würde in Ruhe weiterarbeiten können.

Blieb nur noch, die ganze Sache seiner Frau näherzubringen, ein paar Sachen zu packen und einige Dokumente zu vernichten.

# – 19 –

Eigentlich hatte Hauptkommissar Jänke geglaubt, viel über Cyberkriminalität zu wissen, doch Kommissarin Faust erzählte alleine auf der kurzen Autofahrt so viel aus ihrer einjährigen Zusatzausbildung, dass Tom nur schweigend und staunend zuhörte.

Wie erwartet fanden sie den Supermarktparkplatz jetzt am späten Sonntagvormittag fast völlig verlassen vor. Tom stellte den Wagen auf einem schattigen Platz am hinteren Ende ab und sah sich etwas unschlüssig um.

Sabrina stieg dagegen aus, sah sich ebenfalls um und beugte sich kurz darauf wieder herunter. »Da drüben auf dem Spielplatz sind ein paar Jugendliche.«

»Alles klar, fangen wir mit denen an«, bestätigte Tom, stieg ebenfalls aus und verschloss den Wagen.

Da sie und die fünf Teenager durch einige Büsche voneinander getrennt waren, wurden die beiden Kommissare erst sehr spät von den drei Jungs und zwei Mädchen wahrgenommen. Mit einem Schmunzeln ignorierte Tom, dass zwei auffällig große, trichterförmige Zigaretten unter den Schuhsohlen der Jungs verschwanden, und auch auf den süßlichen Geruch ging er nicht ein. Stattdessen wies er sich aus und stellte seine neue Partnerin vor, was zu einer deutlichen Steigerung der Nervosität in der Gruppe führte. Ohne jemand Bestimmten anzusehen, erklärte er: »Wir ermitteln in einem

Mordfall und hätten einige Fragen an euch. Ist das für euch in Ordnung oder möchte jemand seine Eltern hinzuziehen?« Dann ließ er seinen Blick über jeden Einzelnen schweifen und fügte hinzu: »Ich nehme an, dass ihr trotz eures Drogenkonsums noch nicht volljährig seid, oder irre ich mich?«

Der Größte aus der Gruppe schüttelte betroffen den Kopf und sagte mit einer Höflichkeit, die Tom in echtes Erstaunen versetzte: »Ich glaube nicht, dass wir unsere Eltern brauchen. Was möchten Sie denn wissen?«

»Ist das für alle hier o. k.?«, hakte Tom noch einmal nach, und nachdem jeder artig genickt hatte, begannen er und Sabrina ihre Fragen zu stellen.

Fast jeder aus der Gruppe hatte diesen ominösen Clown mindestens einmal auf dem Parkplatz gesehen, doch damit erschöpfte sich ihr Wissen auch schon. Da keiner von ihnen in einem Alter war, wo einen Clowns noch sonderlich interessieren, hatte auch niemand wirklich auf ihn geachtet.

»Nun gut«, beendete Tom schließlich die Befragung, gab jedem seine Karte und bat: »Sollte euch noch irgendein Detail einfallen, könnt ihr mich jederzeit anrufen.« Dann blickte er noch einmal in die Runde und verabschiedete sich.

Die beiden Kommissare beschlossen, es noch bei den umliegenden Häusern zu versuchen, doch ein entscheidender Hinweis war nicht dabei. Fast jeder schien den Clown in den letzten Tagen gesehen zu haben, aber niemand hatte darauf geachtet, von wo oder wie er herkam.

»Eine Idee hätte ich noch.« Sabrina hatte sich auf einen wenig dekorativen Steinbrocken gesetzt und kurz nachgedacht.

»Immer raus damit«, forderte Tom etwas frustriert.

»Vielleicht weiß der Leiter des Supermarktes etwas. Ich schätze, dass er die Vorstellungen dieses Typen nicht einfach so geduldet hat.«

»Einen Versuch ist es wert«, antwortete Tom, ohne auf einen Erfolg zu hoffen, und zog sein Handy heraus. Nach fünf Minuten hatte die Zentrale den Namen und die Telefonnummer des Filialleiters herausgefunden und Tom eine SMS mit den Daten geschickt.

»Lass mich das machen, bei Frauen sind sie kooperativer«, schlug Sabrina schmunzelnd vor, als Tom die Nummer gewählt hatte. Mit einem leichten Runzeln übergab er ihr das Gerät und verfolgte das Gespräch, bis seine Partnerin wieder auflegte und mit einem Grinsen verkündete: »Herr Mayer wohnt nur zehn Minuten von hier und er erwartet uns ... na ja, eigentlich nur mich, zu einer Tasse Kaffee.«

Tom nahm sein Handy zurück, ließ sich dabei aber nicht anmerken, dass ihm Kommissarin Faust immer besser gefiel.

Dank des fehlenden Berufsverkehrs erreichten sie die angegebene Adresse nach wenigen Minuten. Tom stellte den Wagen ab und musterte missbilligend den ihm viel zu spießigen Straßenzug, in dem sich Reihenhaus an Reihenhaus drückte. Die bestenfalls angedeuteten Vorgärten überboten sich an Pflege und albernem Dekomaterial, was dem Ganzen noch eine zusätzliche erbärmliche Note gab.

»Hier ist es«, verkündete Sabrina, nachdem sie einige Namensschilder abgesucht hatten, und drückte auf den überdimensionierten Klingelknopf aus Messing, was einen Glockenschlag auslöste, der entfernt an eine Kirche erinnerte.

Als hätte der kleine, rundliche Mann direkt hinter der Tür gewartet, öffnete sich diese fast im selben Augenblick des Glockenschlags und zwei kleine, ausdruckslose Augen blickten durch den entstandenen Spalt. Da Tom schräg hinter Sabrina stand und damit für den Mann nicht sichtbar war, zog sich ein breites Grinsen über dessen feistes Gesicht.

»Herr Mayer?«, fragte Sabrina freundlich und hielt ihm ihre Marke hin, worauf der Mann eifrig nickte und als Begrüßung feststellte: »Ja, Mayer mit ay.«

»Sehr schön«, kommentierte Sabrina, wobei sie sich nach einem kurzen Blick zu Tom das Lachen verkneifen musste. Bemüht ernst stellte sie sich vor: »Ich bin Kommissarin Faust und das ...«, nun deutete sie in den toten Winkel neben sich, »ist Hauptkommissar Jänke.«

Herrn Mayers Grinsen fror augenblicklich ein, wobei er seinen Kopf etwas weiter aus der Tür schob, damit er um die Ecke blicken konnte. Statt etwas zu sagen, hob Tom nur kurz die Hand zum Gruß, dann übernahm wieder Sabrina das Wort: »Wie ich am Telefon schon sagte, hätten wir ein paar Fragen zu dem Clown, der in den letzten Tagen auf Ihrem Supermarktparkplatz kleine Vorstellungen gab. Dürfen wir kurz hereinkommen, oder möchten Sie das hier auf der Straße oder bei uns im Präsidium besprechen?«

Der kleine Mann hatte die Tür etwas weiter geöffnet und war einen Schritt zurückgetreten. Nach einer kurzen Bedenkzeit gab er der Tür einen kleinen Schubs und bat die beiden Beamten herein.

Schmunzelnd nahm Sabrina wahr, dass auf dem kleinen Esstisch im Wohnzimmer eine frische Tischdecke lag und Kekse sowie eine Kaffeekanne bereitstanden. Offenbar hatte der Mann tatsächlich gedacht, dass ihn eine junge Beamtin alleine besuchen würde.

Sichtbar missmutig setzte er sich an den runden Tisch, bat die beiden Beamten, sich ebenfalls zu setzen, verzichtete aber darauf, ihnen einen Kaffee anzubieten, und fragte: »Was kann ich für Sie tun?«

Tom löste seinen Blick von einem Glasregal, in dem nicht weniger als acht Clowns mit aufwendigen Keramikköpfen standen, und erklärte: »Auf dem Parkplatz Ihres Supermarktes hat in den letzten Tagen ein Clown kleine Vorstellungen gegeben und wir haben den Verdacht, dass dieser Mann eine Straftat begangen haben könnte.« Da Herr Mayer keine Anstalten machte, etwas zu sagen, fuhr Tom fort: »Und da wir uns nicht vorstellen können, dass dieser Clown ohne Ihre Zustimmung dort auftrat, sind wir hier.«

Der Filialleiter nahm sich einen Keks, biss hinein und antwortete leicht unverständlich: »Dieser Mann soll eine Straftat begangen haben ... kann ich mir nicht vorstellen. Er kam Anfang letzter Woche zu mir ins Büro, und ich muss sagen, er war wirklich sehr sympathisch. Man merkte ihm sofort an, dass es ihm nur darum ging, Kinder glücklich zu machen.« Nun hatte Herr Mayer Toms und Sabrinas ganze Aufmerksamkeit, und obwohl Tom sofort einige Fragen auf der Zunge lagen, ließ er den Mann weitersprechen.

Nach einem weiteren Biss in seinen Keks und einem fast liebevollen Blick zu dem Glasregal fuhr Herr Mayer fort: »Sie müssen wissen, ich liebe Clowns, seit ich fünf Jahre alt war ...« Nun wurde seine Stimme fast verträumt. »Sie waren immer ganz anders als mein Vater. Hinter ihren Masken stecken fast immer sehr sensible Männer, die ihre wahren Gefühle ausleben wollen.«

Tom warf Sabrina einen schnellen Blick zu, worauf sie kurz die Augenbraue hochzog und leise fragte: »War dieser Clown denn auch so?«

Dem Gesichtsausdruck nach holte Sabrina ihn mit dieser Frage aus einer anderen Welt. Er brauchte einen Augenblick, um sich wieder zu sammeln, dann schüttelte er den Kopf. »Leider nur ein wenig. Er war ein sehr netter Mann, wollte sich aber nicht auf mich einlassen.«

»Wissen Sie seinen Namen, oder haben Sie ihn je ungeschminkt gesehen?«, hakte Tom möglichst beifällig nach.

»Nein«, antwortete Herr Mayer, ohne nachzudenken.

»Er kam geschminkt zu mir und stellte sich als Boo der Clown vor. Nach dem kurzen Gespräch, ob er auf dem Parkplatz auftreten dürfe, habe ich ihm noch zwei, drei Mal dabei zugesehen, wie viel Freude er den Kindern aus dieser Hochhaussiedlung gemacht hat, sonst weiß ich leider nichts von ihm.«

»Können Sie ihn irgendwie beschreiben? Vielleicht wie groß er war, was für eine Figur er hatte oder ob er irgendwelche besonderen Merkmale hatte?«, versuchte es Sabrina, doch wieder schüttelte der Filialleiter nur den Kopf. »Außer dass er ungefähr so groß wie Ihr Kollege war, könnte ich nichts beschreiben. Er trug ein weites Gewand, hatte eine Perücke und eine rote Plastiknase auf, außerdem war sein Gesicht komplett geschminkt ... wirklich gut geschminkt.«

Sabrina atmete hörbar ein. »Verstehe.« Enttäuscht warf sie einen fragenden Blick in Toms Richtung, dem nur noch eine Frage einfiel: »Wissen Sie vielleicht, wie er zum Supermarkt gekommen ist? Ich meine, er hatte doch bestimmt einige Requisiten dabei, und die muss er irgendwie transportiert haben.«

Herr Mayer überlegte einige Augenblicke. »Seine Sachen hatte er alle in so einer Kiste, die er sich umhängen konnte und auch gleichzeitig als Bühne nutzte ...« Der Filialleiter stockte kurz. »Aber jetzt, wo Sie es sagen ... er kam immer über den Spielplatz am Ende des Parkplatzes. Wenn er ein Fahrzeug hatte, stand es bestimmt auf der kleinen Straße hinter dem Spielplatz.«

Wieder versicherten sich Tom und Sabrina per Blickkontakt, dann erhoben sie sich fast gleichzeitig und Tom sagte an Herrn Mayer gewandt: »Gut, das war es erst einmal. Vielen Dank für Ihre Mithilfe, es könnte allerdings sein, dass wir noch einmal auf Sie zurückkommen.«

Kurz darauf schloss sich die Haustür hinter ihnen und beide atmeten erst einmal tief durch, bevor sie in den Wagen stiegen und beschlossen, zurück zum Präsidium zu fahren.

# - 20 -

Martin erwachte, als der Windstoß eines vorbeifahrenden LKWs sein Wohnmobil leicht zum Schwanken brachte. Der Autobahnparkplatz war perfekt, um nicht aufzufallen, hatte aber den Nachteil, dass es 24 Stunden am Tag ziemlich laut war. Nicht zu vergleichen mit der friedlichen Idylle seines Hauses, das es nicht mehr gab. Wie erhofft hatten die regionalen Medien von der Explosion berichtet, und wenn deren Informationen stimmten, ging man davon aus, dass er darin verbrannt war.

Nach einem kurzen Blick auf die Uhr schloss er noch einmal die Augen und versuchte dem schnell verblassenden Traum hinterherzujagen, doch das Bild von Maria und Jasmin ließ sich nicht mehr zurückholen. Alles, was blieb, war abgrundtiefe Schwärze, das Gefühl vollkommener Einsamkeit und dieser alles zerfressende Hass auf die Gesellschaft, in deren Mitte skrupellose Machtmenschen saßen, die alles und jeden benutzten, um an ihre sinnlosen Ziele zu gelangen. Was diese selbst ernannten Götter allerdings völlig aus den Augen verloren hatten, war die Tatsache, dass man Menschen nur bis zu einem gewissen Grad demütigen und steuern konnte. Fast in jedem gab es eine Grenze, die man besser nicht übertrat, denn Liebe und Hass konnten Monster erschaffen.

Ohne dass er es steuern konnte und wollte, öffneten sich

Martins Augen und brachten ihn zurück in seine neue Welt. Für einige Sekunden verschwand das reale Bild der Wohnmobilwand und wurde durch einen Zeitraffer der letzten Tage ersetzt. Er hatte viel erwartet, doch dass diese Ärzte einen derartigen Hochmut an den Tag legten, überraschte selbst ihn.

Es brauchte eine Weile, bis sich der Sturm in seinem Inneren gelegt hatte und er bereit war, seinen Weg fortzuführen. Mühelos erhob er sich aus seinem Bett, baute es wieder zu einer Sitzgruppe um und öffnete den Laptop. Nach wenigen Klicks stellte er zufrieden fest, dass das Überwachungsprogramm die ganze Zeit fehlerfrei gearbeitet hatte und alle Handyaktivitäten des Arztes mitloggte. Besonders der letzte Anruf erzeugte in Martin angenehmes Prickeln. Immer und immer wieder hörte er dabei zu, wie Dr. Reitner darum flehte, Hilfe zu bekommen, und wie auch er zu spüren bekam, dass man ihn nur benutzt hatte. Doch selbst das schien Dr. Reitner nicht aufwachen zu lassen, und Martin war sich sicher, dass dieser Mann sich jederzeit wieder vor der Firma in den Staub werfen würde, wenn man ihm nur genug Geld dafür bot. Doch umso interessanter würde es werden, wenn es für Dr. Reitner um alles gehen würde. Nicht mehr um Geld und Ruhm, sondern um die wahren Dinge, welche ein menschliches Leben ausmachten. Wenn es für ihn darum ging, seine Liebe zu beweisen und zu zeigen, wie viel Rückgrat er als Mann hatte.

Martin wollte den Gedanken gerade weiterspinnen, als das Zeichen für einen eingehenden Anruf auf seinem Bildschirm erschien und grün pulsierte.

Nach dem vierten Klingelton schien Dr. Reitner abzuheben, was Martins Laptop mit einem Verbindungssymbol quittierte. Mit einem Klick aktivierte er den Lautsprecher und hörte gebannt zu, wie Dr. Reitner mit dem Chef des

Pharmaunternehmens redete. Martin kannte Paul von Oppenheim vom Sehen und konnte sich bildlich vorstellen, wie der Firmenchef selbst bei einem derartigen Telefonat arrogant aus seinem Designeranzug herausgrinste. Er war einer dieser typischen studierten Emporkömmlinge, denen es im Grunde einen Scheiß um die Seele einer Firma ging. Für sie war alles nur ein abstraktes Zahlenwerk und jeder Mensch, egal ob Mitarbeiter oder Kunde, nur ein Faktor, den man in Euro ausdrücken konnte. Maria und Jasmin wären in von Oppenheims Bilanz dunkelrot aufgefallen, daher hatte man alles getan, um die Umstände ihres Todes zu verschleiern und ihnen damit auch die bestmögliche Behandlung zu verweigern.

Das Gespräch zwischen Dr. Reitner und von Oppenheim beschränkte sich auf wenige Sätze, die unterkühlt gewechselt wurden. Die Firma war offenbar bereit, jemanden zu schicken, der dieser mysteriösen Bedrohung ein Ende setzen sollte. Martin sollte es recht sein, er hatte keine Angst. Ganz im Gegenteil, dieser Umstand bot ihm die Chance zu untermauern, wie ernst es ihm war.

Ein Vorteil, wenn man das so sagen konnte, war, dass es keine größeren Entfernungen zu überwinden gab. Man hatte den Hauptsitz der BioGenTech AG vor zwei Jahren aus steuerlichen Gründen nach Erlangen verlegt, was auch für die hiesige Uni kein Schaden war. Kaum förderte man ein paar Studienprojekte, schon hatte man Zugang zu den Studenten und konnte diese schon in der Ausbildung auf den lukrativen Pfad der eigenen Produkte bringen. Alles war ein Spiel, doch in diesem Fall ein Spiel mit dem Leben der Patienten.

Martin spürte, wie die Flamme in ihm größer wurde und jeden rationalen Gedanken pulverisierte. Mit zitternder Hand schloss er den Laptop, ging vor zur Fahrerkabine und startete den Motor. Sein ursprünglicher Plan hatte anders ausgesehen, doch vielleicht war es kein Schaden, von Oppenheim schon jetzt ein wenig das Gefühl der Angst zu vermitteln, die er selbst so lange Monate in jeder Sekunde aushalten musste.

## - 21 -

»Sie werden bis morgen warten müssen«, war die ernüchternde Antwort des Leiters der KTU. Tom legte den Hörer auf, drehte sich zu seiner Partnerin und fragte: »Noch eine Idee? Wir scheinen die Einzigen zu sein, die auch mal an einem Sonntag arbeiten.«

Sabrina blickte auf ihren Monitor, der gerade verkündete, dass der Supermarktleiter keine Einträge bei der Polizei hatte, und zuckte mit den Schultern. »Wie wäre es mit einem schönen Eiskaffee am Ufer der Pegnitz? Die besten Gedanken kommen einem oft, wenn man nicht nach ihnen sucht.« Dann warf sie einen Blick auf den strahlend blauen Himmel und fügte provozierend hinzu: »Oder hattest du noch etwas mit deiner Freundin geplant?«

»Was? Nein ...« Tom, der gedanklich immer noch bei dem Fall war, brauchte einen Augenblick, um den Inhalt der Frage zu realisieren. Und da ihm gerade bewusst wurde, dass Sabrina und er noch kaum ein privates Wort gewechselt hatten, erklärte er: »Ich habe keine Frau oder Freundin. Die Arbeitszeiten bei der Mordkommission sind der absolute Beziehungskiller.«

Sabrina verzichtete auf eine Antwort, schaltete ihren Computer ab und schnappte sich ihre Tasche. »Na dann, worauf warten wir? Dr. Klausen ist auch ohne uns tot, und eine heiße Spur haben wir auch nicht.«

Tom wollte es nicht, musste aber trotzdem lächeln. Seine neue Partnerin passte so gar nicht in diese verstaubte Abteilung mit ihren Beamten, die seit gefühlten 50 Jahren ihren Dienst taten, und er merkte jetzt erst, wie dieser Staub langsam von ihm Besitz ergriffen hatte. In der Hoffnung, spontan zu klingen, antwortete er: »Ich habe nur auf dich gewartet.«

Für einen sonnigen Sonntagnachmittag war die Innenstadt erstaunlich leer und die beiden Beamten fanden schnell einen schattigen Platz, direkt neben dem Fluss.

»Warum tun wir uns diesen Job an?«, fragte Sabrina mit Blick auf verliebte Paare und ausgelassene Teenager, die einfach nur den freien Tag genossen.

Tom saugte einen Schluck des kalten Getränks aus seinem Glas, sah sich ebenfalls um und antwortete: »Weil für uns die Jobs dieser Menschen furchtbar langweilig wären.« Offenbar hatte er es endlich geschafft, auch einmal etwas Überraschendes von sich zu geben, denn Sabrina sah ihm kurz in die Augen und begann herzhaft zu lachen. »Ja, da hast du vermutlich recht. Neun Stunden lang in einem Büro irgendwelche Abrechnungen bearbeiten, das wäre mein sicherer Tod. Dann doch lieber an einem Sonntag Verbrechern hinterherjagen und sich anschließend zur Belohnung einen Eiskaffee mit einem netten Kollegen gönnen.«

Tom fragte sich, ob Sabrina ihre Worte bewusst so gewählt hatte oder ob es einfach ihre Art war zu reden. *Netter Kollege.* Zusammen mit dem Blick ihrer leuchtenden Augen wirkten sie auf ihn schon fast wie ein Flirt, und da er in der letzten Zeit kaum Kontakt mit dem weiblichen Geschlecht gehabt hatte, blieb das nicht ohne Wirkung. Allerdings verflog dieser Gedanke so schnell, wie er gekommen war, als sie fragte: »Glaubst du, es bleibt bei diesem einen Mord? Ich weiß nicht warum, aber mein Gefühl sagt mir: Da kommt noch was.«

Tom schob den Rest des privaten Gedankens beiseite und dachte über die Frage nach. »Schwer zu sagen, aber irgendwie hast du schon recht. Die Sache mit der Arzthelferin war derart aufwendig geplant, das war sicher keine Kurzschlussreaktion.«

»Dann glaubst du ihr?«, warf Sabrina dazwischen.

Tom nickte. »Ja. Ich habe lange darüber nachgedacht und bin mir zu 99 Prozent sicher, dass ihre Geschichte stimmt. Daher sollten wir auch möglichst schnell Beweise finden, die sie entlasten. Allerdings bin ich wieder einmal froh, kein Richter zu sein, denn ich hätte keine Ahnung, wie ich über einen erzwungenen Mord urteilen sollte.« Tom nahm sein Glas und löffelte ein Stück Vanilleeis heraus, dann fuhr er fort: »Aber zurück zu deiner Ahnung. Ich glaube, wir sollten unser Augenmerk mehr auf das Leben des toten Dr. Klausen legen. Wenn die Tat ihren Ursprung in einer privaten Fehde hatte, dürfte die Sache für den Täter – ich nenne ihn trotzdem Mörder, auch wenn er es nicht direkt war – erledigt sein. Sollte sich aber herausstellen, dass es etwas mit seinem Beruf zu tun hat, dann könnte noch mehr dahinterstecken.«

»Wie kommst du zu diesem Schluss?« Sabrina kannte Verbrechensbekämpfung bis jetzt nur von ihrem Dienst auf der Straße, mit ernsthaften, langwierigen Ermittlungen hatte sie noch keine Erfahrung gemacht.

»Nun ...«, begann Tom, »wenn wir davon ausgehen, dass es sich bei dem Täter um ein Opfer medizinischer Fehlbehandlung handelt, wird Dr. Klausen nicht der einzige Arzt gewesen sein, der ihn behandelt hat.«

Sabrina nickte. »Verstehe. Du meinst, es könnte ein Rachefeldzug werden.«

»Genau«, bestätigte er und winkte der Kellnerin, um sich noch ein Glas Wasser zu bestellen.

»Früher hat man nach Dienstschluss Schnaps oder wenigstens ein Bier getrunken.« Ohne dass Tom es mitbekommen hatte, waren Mike Köstner und seine Lebensgefährtin in den Garten des Cafés gekommen und standen nun hinter seinem Rücken.

»Mike«, stieß Tom aus, ohne sich umzudrehen. Er stand auf und umarmte erst Jenni, dann seinen Freund und Ex-Kollegen. Anschließend deutete er auf Sabrina, die sich ebenfalls erhoben hatte, und stellte die drei einander vor. Nachdem sich alle vier wieder gesetzt hatten, fragte Mike neugierig: »Seid ihr dienstlich oder privat hier?«, worauf ihn Tom strafend ansah und dagegenhielt: »Seit wann ist man bei der Kripo irgendwo privat?« Doch dann erklärte er: »Irgendwie beides. Wir haben heute Vormittag noch einen Hinweis bezüglich des Arztmordes verfolgt, und da die bei der KTU das schönere Leben haben und heute auf Sparflamme arbeiten, sind wir hierher und unterhalten uns gerade über den Fall.«

Als Ex-Polizist war Mike sofort bei der Sache und begann Fragen zu stellen, bis er mitbekam, wie Jenni das Gesicht verzog und provozierend sagte: »Ich kann mich auch an den Nebentisch setzen. Eigentlich wollten wir nur einen Cappuccino trinken und keine Mordfälle klären.«

Mike schluckte seine nächste Frage herunter, verzog ebenfalls kurz das Gesicht und sagte gespielt: »Wirklich tolles Wetter heute«, was Jenni dazu veranlasste, ihm einen leichten Schlag in die Seite zu versetzen. Scheinbar beifällig sagte sie: »Nimm doch Karls Angebot an, dann muss ich mir wenigstens kein Gejammer mehr anhören.«

Tom braucht einige Sekunden, um die Worte zu begreifen,

bis sich seine Stirn in Falten legte und er fragte: »Was für ein Angebot, Mike?«, doch dieser winkte ab. »Ach, nichts.«

Toms fragender Blick wechselte zu Jenni, die bereitwillig berichtete: »Karl hat Mike angeboten, wieder bei der Mordkommission anzufangen.« Nach einer kurzen Pause, in der sie Mikes bösen Blick ignorierte, fügte sie hinzu: »Und eigentlich will er das auch, er ziert sich nur noch ein bisschen.«

Mike hatte erwartet, jetzt tausend gute Gründe für den Job von Tom zu hören, aber stattdessen sagte dieser nachdenklich: »Ich würde mich natürlich riesig freuen und wir drei wären sicher ein gutes Team, aber ich kann verstehen, dass du zögerst. Du hattest gute Gründe, den Job hinzuwerfen, und bei uns hat sich nichts geändert. Es wird immer wieder vorkommen, dass wir die Falschen schützen müssen und die eigentlich Guten wegsperren.« Tom nahm einen Schluck aus dem Wasserglas und erweiterte sein Gedankenspiel um die Worte: »Allerdings gibt es auch Menschen wie Laura Bock, die meiner Meinung nach seit gestern unschuldig in Untersuchungshaft sitzt und die uns dringend braucht«.

»Habt ihr noch nichts gefunden, was sie entlastet?«, lenkte Mike das Gespräch in eine andere Richtung, doch weder Tom noch Sabrina gingen darauf ein. Nach einer Zeit des Schweigens atmete Mike einmal tief durch und verkündete: »Ist ja gut, ich spreche morgen mit Karl über meine Wiedereinstellung.«

## – 22 –

Es war bereits später Nachmittag, als Martin in Erlangen ankam. Er stoppte das Wohnmobil vor der dunklen Glasfassade der BioGenTech AG und blickte eine Weile stumpf auf die übergroße Eingangstür, wobei sein Puls mit jeder Sekunde schneller wurde. In seinem Geist reiste er zurück an den Beginn seines neuen Lebens, als Marias körperlicher Zerfall begann und er langsam ahnte, was der Auslöser dafür war. Natürlich hatte er keinen einzigen Arzt gefunden, der ihm den Zusammenhang mit dieser Firma bestätigte. Die imaginäre Mauer zwischen Patienten und diesem Industriezweig war unbezwingbar, es schien, als würden sich selbst Richter dazu herablassen, den Türsteher zu spielen.

Wieder und wieder tauchten die Bilder vor seinem inneren Auge auf, wie er versucht hatte, selbst bis hinauf in die Vorstandsetage zu kommen. Wie aus dem Nichts waren sie aufgetaucht, osteuropäische Männer in der Uniform des Sicherheitsdienstes, die ihn erst niederknüppelten und dann fragten, was er eigentlich wollte. Anschließend hatte man ihn in eine kleine Parkanlage gebracht, ein verbeultes Fahrrad neben ihn geworfen und den Rettungsdienst angerufen. Kein Polizist nahm ihm die Geschichte ab, und als ihm klar wurde, dass er weder für sich noch für seine Familie Gerechtigkeit erfahren würde, begann er mit seinen Recherchen.

Da er durch Marias Pflege ohnehin nur noch sporadisch zu seiner Arbeit ging, nutzte er die wenigen Besuche dort, um Kopien der von ihm mitentwickelten Spionagesoftware zu ziehen, die er zu Hause nach seinen Bedürfnissen umprogrammierte. In nur drei Wochen hatte er es geschafft, die Geräte jedes seiner Ziele zu infizieren und so wertvolle Informationen zu bekommen. Und das Beste daran war, dass keiner von ihnen ahnte, was er alles in Hand hatte, um sie zu vernichten.

Nun fiel sein Blick erneut auf den Firmennamen, was zur Folge hatte, dass aus dem Machtgedanken wieder diese entsetzliche Trauer in ihm emporstieg und eine unbezwingbare Übelkeit auslöste. Noch bevor er das Fahrzeug verlassen konnte, spürte er die bittere Säure in sich aufsteigen und schaffte es gerade noch, nach einer der leeren Essensverpackungen zu greifen, die auf dem Beifahrersitz lagen. Drei, vier Mal zog sich sein Magen zusammen, bis es langsam besser wurde und er sich die Tränen aus den Augen wischte. Fast torkelnd stieg er aus, entsorgte seinen Mageninhalt in einer Mülltonne und kehrte zum Wagen zurück. Dann startete er den Motor, gab Paul von Oppenheims Adresse in das Navi ein und fuhr los.

# – 23 –

Durch den Anruf des verängstigen Arztes und die darauf folgende Telefonkonferenz mit einigen Leuten aus der Firma schaffte es Paul nicht ganz, wie jeden Sonntagnachmittag pünktlich um 17 Uhr aus dem Haus zu kommen. Mit einer halben Stunde Verzögerung zog er sich die teuren Schuhe an, nahm die Maske aus der Glasvitrine und betrat seine Garage. Wie immer zu diesem Anlass entschied er sich für den kleinen Porsche, öffnete das überbreite Garagentor und rollte langsam vom Grundstück. Nach der Einfahrt blieb er noch kurz stehen und versicherte sich, dass das Tor sich schloss, ohne dass jemand eindrang. Trotz der kurzen Zufahrt zu seinem Anwesen beschleunigte er auf hundert, um gleich wieder extrem abzubremsen, wobei er das Gefühl, in den Sitz gepresst zu werden, voll auskostete.

An der Abzweigung angekommen, hätte er das kleine Wohnmobil fast übersehen und schaffte es nur durch ein erneutes beherztes Gasgeben, vor ihm auf die Landstraße abzubiegen. Leider war der Spaß auch auf dieser Straße nur von kurzer Dauer, da er nur vier Kilometer weiter an Erlangens Stadtgrenze kam, wo das Rasen ein Ende hatte, und ein verärgerter Blick in den Rückspiegel zeigte ihm, dass er noch nicht einmal dieses Wohnmobil abhängen konnte. Ohne sich weiter darum zu kümmern, folgte er der bekannten Route und parkte wenig später vor dem alten

Anwesen, dessen Äußerem man nicht ansah, was sich im Inneren regelmäßig abspielte. Einzig das kleine Schildchen, von dem Paul wusste, dass es aus massivem Gold war, wies darauf hin, dass es sich um einen Privatclub handelte.

Der Türsteher, gekleidet wie in der guten alten Zeit mit Frack und Hut, öffnete ihm die schwere Holztür und begrüßte ihn nur mit den Worten »Guten Abend, der Herr«. Da man hier keine Namen nannte und auch sonst darauf achtete, möglichst anonym zu bleiben, war direkt hinter der Tür ein Bereich mit Spiegeln, in dem man seine Maske anlegte. Für die Männer, welche hier ein und aus gingen, war es kein Problem, sich untereinander zu kennen, doch Damen hatten hier vorne nichts zu suchen. Es waren ausschließlich bezahlte Frauen, die das Anwesen durch einen Hintereingang betraten und denen man vertraglich Stillschweigen aufgezwungen hatte. Egal ob es sich nur um das Abendessen mit einem der Männer handelte oder man sich während des Aufenthaltes näher kam, nichts durfte diese Mauern verlassen. Fast alle Mitglieder des Hauses waren hochgestellte Persönlichkeiten, viele von ihnen hatten ein Amt inne, das moralische Integrität voraussetzte, und die meisten waren verheiratet. Nichts konnte dieser Gemeinschaft mehr schaden als Geheimnisverrat, daher waren die Strafen dafür drakonisch, und das wussten auch die Frauen.

Nachdem Paul seine aufwendig gearbeitete Maske angelegt hatte, trat er an den Touchscreen und scrollte die Liste der anwesenden Frauen durch, wobei er enttäuscht feststellte, dass Fabienne, die junge Medizinstudentin, heute nicht hier war. Nach einigen Minuten unschlüssigen Hin-und-her-Scrollens entschied er sich für eine kleine, zart aussehende Frau, die laut der Beschreibung 23 Jahre alt war und ein etwas südländisches Aussehen hatte. Er bestätigte seine Auswahl, trat durch den schweren Vorhang und wurde eine halbe Minute später von der Dame abgeholt, die mit einem bezaubernden Akzent fragte: »Mein Name ist Nephele, wie darf ich dich nennen?«

Paul nahm ihre dargereichte Hand, führte diese zu seinem Mund und hauchte ihr einen leichten Kuss darauf, dann erst sagte er: »Nenn mich einfach Paul«, und fragte: »Nephele, hast du griechische Wurzeln?«

Da ihre Maske nur die Augenpartie verdeckte, sah Paul ein Lächeln, das ihn zu mehr als nur zum Essen einzuladen schien. Trotzdem riss er sich zusammen und bestimmte: »Lass uns in den Salon gehen und eine Kleinigkeit zu uns nehmen.«

# - 24 -

Martin war nicht zum ersten Mal hier. Nachdem er sich der Regelmäßigkeit von Paul von Oppenheims Besuchen hier versichert hatte, legte er sich immer wieder auf die Lauer und beobachtete die Vorgänge rund um den exklusiven Club. Offenbar hatte man es sich hier zur Aufgabe gemacht, den Gästen wirklich jeden Wunsch zu erfüllen. Nicht selten kamen selbst später am Abend noch Lieferanten, um irgendwelche Dinge abzuliefern, und zwei, drei Mal hatte er gesehen, wie zwei Männer an den Hintereingang klopften, die garantiert keinen Champagner verkauften. Da Martin dies nicht näher erkunden konnte, tippte er darauf, dass diese Gestalten entweder für die Frauen zuständig waren oder Drogen verkauften. Wobei er sich fast sicher war, dass die Frauen aus freien Stücken hierherkamen und keiner Organisation angehörten.

Bei seinem letzten Versuch, als Lieferant in das Haus zu kommen, hatte man ihn nur bis zur Tür gelassen, doch eines Nachts fand er die Lücke.

Er stellte sein Wohnmobil zwei Straßen weiter ab, ging nach hinten und zog sich seinen Anzug an. Anschließend holte er die Maske, welche er auf einem Flohmarkt erstanden hatte, aus ihrer Schachtel und verließ den Wagen.

Da die Sonne gerade erst dabei war unterzugehen und

er keinen Schutz in der Dunkelheit suchen konnte, machte er aus der Not eine Tugend, schob die Maske unter sein Sakko und verhielt sich bis zur Einfahrt des Anwesens völlig normal. Zügigen Schrittes lief er daran vorbei, bog am Ende der alten Mauer in ein Wäldchen ab und suchte die vorbereitete Stelle, an der ein genügend hoher Baumstumpf stand, um über die auch hier verlaufende Mauer zu kommen. Bis zum Erreichen der schmalen Rasenfläche, die sich auf dieser Seite um das Haus zog, würde er nichts zu befürchten haben, da nur dieser Bereich von einer Kamera überwacht wurde. Mit einer geübten Bewegung zog sich Martin auf die Mauer, ging kurz zwischen zwei Ästen in Deckung und sah sich in dem dicht bewachsenen Garten des Anwesens um. Als alles ruhig schien, ließ er sich auf der anderen Seite wieder hinunter und ging gebückt bis zu der hüfthohen Hecke, welche den Lieferanteneingang hinter dem Haus begrenzte, und daran weiter, bis er auf der Höhe des alten Kellerzuganges war. Soweit er von seinen Erkundungen wusste, hatte man wirklich jedes der unteren Fenster alarmgesichert, doch an diesen alten Kohleschacht hatte offenbar niemand gedacht.

Nun folgte der schwerste Abschnitt und er konnte nur darauf hoffen, dass auch an diesem Abend wieder etwas angeliefert wurde. Minute um Minute verrann, doch nichts geschah. Als seine Uhr 19.30 Uhr anzeigte, beschloss er, selbst die Initiative zu ergreifen. Da er nichts über die Lieferanten des Clubs wusste, suchte er in seinem Smartphone einen Pizzalieferdienst heraus und wählte die Nummer. Um die Wartezeit möglichst kurz zu halten, bestellte er nur drei Pizzen und bläute dem Mann ein, dass man die Pizzen auf jeden Fall am Hintereingang des Anwesens abgeben solle.

Als 20 Minuten später ein Motorengeräusch ertönte, machte sich Martin bereit, die Zufahrt zu überqueren und in den Kohleschacht zu schlüpfen. Dann folgte die Enttäuschung – um die Kamera zu verdecken, hätte er wenigstens einen PKW benötigt, doch was da um die Ecke bog, war ein kleines Motorrad, an dem man eine Art Koffer für die Ware montiert hatte.

Der Fahrer stoppte das Gefährt kurz vor der großen Metalltür und sah sich etwas verunsichert um, dann entdeckte er den Klingelknopf und drückte darauf. Nach einigen Sekunden öffnete sich die Tür und ein kleiner, dicker Koch trat heraus. Es folgte eine lautstarke Diskussion, die der Angestellte des Clubs damit beendete, dass er einfach wieder in das Gebäude ging und die Tür zuwarf. Der Pizzabote trat noch einmal gegen die Metalltür, setzte sich anschließend auf das Motorrad, fuhr viel zu schnell an Martin vorbei und verschwand um die Hausecke. Doch die danach einsetzende Ruhe währte nicht lange, denn gerade als Martin aufgeben wollte, ertönte erneut ein Motorengeräusch und ein kleiner Lieferwagen mit der Aufschrift »Mayers Feinkost« erschien.

Dieses Mal nutzte er seine Chance. Der Wagen parkte fast perfekt und dürfte den größten Teil des Kamerawinkels abgedeckt haben. Martin drückte sich durch die brusthohe Hecke, überwand die wenigen Meter bis zur Hauswand und riss an dem Metallbügel der alten Holzklappe, die sich erst zierte und schließlich nach oben aufschwang.

Es war nicht einfach, Halt in dem holzverkleideten Schacht zu finden, doch irgendwie schaffte er es, seine Schuhe in schmale Fugen zu drücken, die Klappe wieder zu schließen und sich halbwegs sauber in den Keller hinunterzulassen. Eine kleine Taschenlampe zwischen den Zähnen, sah er sich erst um und klopfte dann den Staub aus seiner Kleidung. Der alte Kohlenkeller war zwar gereinigt, wurde aber offenbar nicht weiter genutzt. Außer einigen historisch anmutenden Gartengeräten, die an den Backsteinmauern lehnten, gab es hier nichts als Staub und eine dicke Holztür, die zum Glück nicht verschlossen war.

Nachdem er den Raum verlassen hatte, ging Martin eine Steintreppe hinauf zu den Betriebsräumen des Clubhauses, folgte, ohne gesehen zu werden, einem kurzen Gang und stand schließlich in dem Teil des Hauses, der den Gästen vorbehalten war.

Schon bei seinen ersten Schritten nahm er wahr, dass der Teppich hier so dick war, dass er jedes Geräusch zu verschlucken schien. Obwohl er in einer Art Raucherzimmer herausgekommen war, wo einige Männer mit dicken Zigarren in ausladenden Ledersesseln saßen, schien sich niemand für ihn zu interessieren. Er nutzte diese Anonymität, durchquerte den Raum mit möglichst festen Schritten und öffnete eine Tür, die als WC gekennzeichnet war.

Nachdem er die letzten Spuren seines Einbruchs beseitigt hatte und seine eigene Maske perfekt saß, verließ er das WC und begann sich auf die Suche zu machen. Noch hatte er zwar keinen Plan, wie er bei Paul von Oppenheim ein Zeichen setzen konnte, und doch war er sich sicher, dass er seine Gelegenheit bekommen würde.

## - 25 -

Nephele stellte sich für Paul als echter Glücksfall heraus, nicht nur dass sie durch ihren südländischen Einfluss mehr als attraktiv war, sie hatte auch einen Intellekt, der gute Unterhaltungen möglich machte. Es brauchte gerade einmal zehn Minuten, bis Paul die unangenehmen Entwicklungen außerhalb dieser Mauern völlig vergessen hatte und sich nur noch auf den weiteren Abend freute. Nephele schien nicht zu schauspielern und sich ebenfalls gut zu amüsieren, was sie dadurch unterstrich, dass sie ihm sehr bald signalisierte, dass er mehr von ihr erwarten durfte. Dieser Umstand war keinesfalls selbstverständlich, da es den Frauen hier freistand, wie weit sie gehen wollten. Paul fand dies am Anfang etwas merkwürdig, da er schließlich keinen unerheblichen Beitrag für diese Mitgliedschaft zahlte, doch nach einiger Zeit wurde ihm bewusst, dass gerade das den Reiz ausmachte. Auch hier musste man sich den Sex gewissermaßen erarbeiten, oder besser erobern, was aber meist belohnt wurde.

Nachdem sie das leichte Abendessen eingenommen hatten, schlug Nephele vor, noch einen Drink an der Bar zu nehmen, was Paul recht war. Sie erhoben sich, und wieder blieb sein Blick an ihrem gekonnt verhüllten Körper hängen. Er musste sich zwingen, in ihre Augen zu blicken, bevor er ihre Hand nahm und sie in den angrenzenden

Barbereich führte, in dem sich schon mehrere vermeintliche Paare eingefunden hatten, aber auch einzelne Männer ihren Drink nahmen. Dadurch dass jeder der Anwesenden eine Maske trug, entstand ein merkwürdig anmutendes Bild aus lebendigen Körpern, aber starren Gesichtern.

»Für mich bitte einen Whiskey«, erklärte Nephele Paul, den sie mit diesem Wunsch ein weiteres Mal überraschte. Er bestellte zwei Gläser des ältesten Whiskeys, sah ihr in die braunen Augen und stieß mit den Worten »Auf diesen Abend« mit ihr an.

Nachdem Paul die ölige Flüssigkeit genossen hatte, stellte er sein Glas auf dem Kirschholztresen ab und wunderte sich unbewusst darüber, dass der Mann neben ihm offenbar nur Wasser trank. Doch Nephele ließ keinen weiteren Gedanken darüber zu. Auch sie hatte ihr Glas geleert, beugte sich zu ihm herüber, bis ihr Mund fast sein Ohr berührte, und fragte leise: »Was würdest du davon halten, wenn ein paar glücklich machende Substanzen in unserem Zimmer bereitliegen würden?«

Ohne dass Paul mitbekam, wie auch der Mann hinter ihm etwas näher gekommen war, dachte er kurz über den Vorschlag nach, deutete ein Nicken an und raunte zurück: »Gerne, aber bitte etwas Leichtes ... eine Shisha vielleicht.« Nephele schenkte ihm ein zustimmendes Lächeln, beugte sich etwas über die Bar und bestellte eine Wasserpfeife in das für Paul und sie reservierte Zimmer. Noch während der Barkeeper zum Telefon griff, erhob sich der Mann hinter Paul von seinem Barhocker und entfernte sich in Richtung der doppelten Schwingtür, hinter der es hinauf zu den exklusiven Zimmern ging.

Nach einem weiteren Drink stand auch Nephele auf, doch nur um sich etwas enger an Paul zu stellen. Erneut führte sie ihre Lippen an sein Ohr und sagte mit etwas zu viel heißem Atem: »Mir wird es langsam etwas zu voll hier, wollen wir ein wenig nach oben gehen und du hilfst mir aus diesem Kleid heraus?« Ohne lange darüber nachzudenken, ließ er seinen Blick an ihrem Körper hinabgleiten, wobei er sich vorstellte, ihr das Kleid einfach nur ein Stück nach oben zu schieben. Etwas in ihm, wovon Paul schon dachte, er hätte es verloren, war plötzlich wie entfesselt, denn selbst Fabienne, die kleine Studentin, mit der er sich schon einige Male vergnügt hatte, konnte ihn nicht auf die Weise reizen, wie es diese Halbgriechin vermochte. Es war wieder eine dieser Situationen, in der er es absolut nicht bereute, sich für ein Leben ohne feste Partnerschaft entschieden zu haben. Wer weiß, vielleicht würde er sich irgendwann jenseits der vierzig binden, doch noch genoss er sein Leben in vollen Zügen und gab das Geld, welches er als jüngster Vorstandsvorsitzender eines solch großen Unternehmens verdiente, gerne auf diese Weise aus.

»Wollen wir?«, riss ihn Nephele aus seinen Gedanken und verlieh ihrem Wunsch dadurch Ausdruck, dass sie ihre Hand auf seinen Oberschenkel legte.

Paul erhob sich, legte seine Hand um ihre schmale Taille, wobei er den schmalen Stoffstreifen ihres Slips spürte, und bestätigte mit einem vielsagenden Blick: »Wir wollen�«

Ein weiterer Vorteil dieses Clubs war, dass es keinerlei Zeitbegrenzungen gab und man so lange bleiben konnte, wie man wollte. Für Paul fühlte sich jeder Besuch wie ein Kurzurlaub an, der ihn seine Pflichten völlig vergessen ließ.

Zusammen mit Nephele stieg er die gewundene Treppe hinauf, die in einer Art großer, halbrunder Halle endete. Von dort gingen sie durch einen der fünf kurzen Flure bis zu einer mit Leder beschlagenen Tür, die absolute Anonymität versprach und die sich erst öffnete, als seine Begleiterin eine kleine Chipkarte an ein Feld neben der Klinke hielt. Paul kannte diese Suite noch nicht, wurde aber nicht enttäuscht. Der Raum war groß und beinhaltete alles, was man für eine sinnliche Nacht benötigte. Der Innenarchitekt hatte es in Perfektion geschafft, die Suite offen zu gestalten und trotzdem ein riesiges Bett, eine Ecke mit fellbedeckten Ledersofas und eine Art Wellnessbereich mit Whirlpool so zu kombinieren, dass alles einen stimmigen Eindruck machte.

»Wie gefällt es dir?«, erkundigte sich Nephele, der sein neugieriger Blick nicht entgangen war.

»Wie meine Begleiterin … es lässt keine Wünsche offen.« Paul wandte sich von dem Anblick des Zimmers ab, drehte sich zu ihr und legte seine Hände auf den unteren Saum ihres kurzen Kleides, wobei seine Handflächen mehr ihre nackten Oberschenkel als den Stoff berührten. Nachdem sie keine abwehrende Reaktion zeigte, sondern ganz im Gegenteil ihre Augen schloss, schob er den Stoff nach oben und drehte sie mit festem Griff um die eigene Achse. Ohne sich weiter aufzuhalten, öffnete er seine Hose, zog ihren Slip ein wenig zur Seite und drang von hinten in sie ein, wobei sich seine Hände nur kurz mit ihren Brüsten beschäftigten. Die Hüfte fest umgreifend, zog er sie fest zu sich heran, was Nephele zu einem langen, aber durchaus lustvollen Schrei animierte. Nach wenigen Bewegungen und schon kurz vor der Erlösung zog er sich aus ihr zurück, drehte sie zurück und trug sie zu dem großen Bett. Trotz ihrer fordernden Hände, die ihn wieder zu sich hochziehen wollten, und seiner eigenen Lust küsste er sich quälend langsam über ihren flachen Bauch nach oben und schob ihr dabei gleichzeitig das Kleid über ihren Kopf. Nun, da sie völlig nackt vor ihm lag, konnte er nicht mehr anders, als sich die letzten Zentimeter nach oben zu schieben und tief in sie einzudringen. Dieses Mal vermischte sich ihr Schrei mit dem seinen und schon nach wenigen Stößen konnte es keiner von beiden mehr zurückhalten. Noch einige Sekunden ineinander verharrend, genossen sie die lustvollen Krämpfe, bis Paul sich von ihr löste und sich schwer atmend neben sie legte. Irgendwann öffnete Nephele ihre Augen und stellte mit einem Lächeln fest: »Das war richtig guter Sex⍰«

»Das war es⍰«Paul stützte sich zu ihr gewandt auf seinen Arm und fragte: »Was hältst du von einem Glas Champagner? Ich könnte eine kleine Stärkung gebrauchen.«

Nephele lachte, ließ ihre Augen über seinen Körper gleiten, erhob sich und antwortete: »Natürlich, warte hier, ich hole uns zwei Gläser ... und die Shisha fehlt auch noch. Oder bist du in Eile?«

Unglaublicherweise schon wieder Lust verspürend, sah er dabei zu, wie sie sich geschmeidig von dem Bett erhob und nackt den Raum durchquerte. Erst als sie ihm einen fragenden Blick zuwarf, erinnerte er sich an ihre Frage und schüttelte den Kopf. »Wie könnte ich mir so eine Nacht entgehen lassen ... nein, in Eile bin ich wahrlich nicht.«

Wieder erstrahlte ihr Lächeln und jetzt wusste Paul, was diese Frau von den anderen hier unterschied. Nephele schaffte es irgendwie, dies hier nicht als Job zu sehen, und gab ihm das Gefühl, als hätten sie sich irgendwo kennengelernt.

Er hatte den Gedanken schon beim Essen gehabt, doch jetzt nahm er sich endgültig vor, ihr nach dieser Nacht ein großzügiges Geschenk zukommen zu lassen.

Nephele schenkte zwei Gläser ein und kehrte anschließend zu Paul zurück, ließ einige Tropfen des Champagners auf seinen Bauch fallen und leckte diese langsam ab, wobei ihre Zunge fordernd weit nach unten glitt.

# – 26 –

Nach dem, was Martin an der Bar mitbekommen hatte, sah er eine Chance, diesem selbstsüchtigen von Oppenheim einen ersten Stich zu versetzen. Allerdings wusste er noch nicht so ganz, wie er das anstellen sollte. Ohne einen Plan zu haben, war er vor den beiden die Treppe hinaufgestiegen und hatte sich in einen der tiefen Sessel, die in einer Ecke der oberen Halle standen, gesetzt. Die Position war fast ideal, da er zwar gut sehen konnte, selbst aber mit ein bisschen Glück übersehen wurde. Tatsächlich dauerte es nur noch wenige Minuten, bis er die Stimme von Oppenheims Flittchen hörte und die beiden auf der Treppe erschienen.

Seine Sorge, gesehen zu werden, stellte sich als völlig unbegründet heraus, da sein Opfer nur noch Augen für die Kleine hatte und nichts anderes mehr wahrnahm. Ohne sich in der Halle aufzuhalten, folgten sie dem kurzen Flur auf der linken Seite und kurz darauf hörte Martin, wie eine Tür ins Schloss fiel. Jetzt musste er nur noch wissen, welches der beiden Zimmer sie betreten hatten.

Abgesehen von den Stimmen, die von der Bar heraufdrangen, herrschte hier oben ziemliche Stille, und da auch niemand zu sehen war, erhob er sich aus dem Sessel und ging scheinbar zielstrebig zu dem Zimmer, in dem die beiden verschwunden waren. Dort kauerte er sich hin, tat so, als würde er sich einen Schnürsenkel zubinden, und lauschte erst zur einen, dann zur anderen Tür. Trotz der dicken Polsterung war er sich nach kurzer Zeit sicher, dass der lustvolle Schrei aus dem hinteren Raum gekommen war, und wollte sich gerade den Verschlussmechanismus genauer ansehen, als er hinter sich eine Stimme hörte, die etwas misstrauisch fragte: »Kann ich Ihnen helfen, mein Herr?« Martin drehte sich langsam um. Der Mann, unverkennbar ein Mitarbeiter des Hauses, stand drei Schritte hinter ihm und sah ihn fragend durch seine Maske an.

Nach der ersten Schrecksekunde kehrte in Martin die neu gewonnene Selbstsicherheit zurück. Mit scheinbar musterndem Blick ließ er seine Augen einmal von unten nach oben wandern und sagte, obwohl er keine Ahnung hatte, ob es so etwas hier überhaupt gab: »Eigentlich wollte ich mich bei einer guten Shisha entspannen, aber hier bin ich offensichtlich falsch□«

Nun entspannte sich sein Gegenüber ebenfalls und knapp unterhalb seiner Maske zeichnete sich ein Grinsen ab. »Das sind Sie, mein Herr, hier oben sind ausschließlich unsere Räumlichkeiten für ein paar intime Stunden. Aber wenn Sie mir folgen wollen, führe ich Sie gerne zu unserer neuen orientalischen Lounge.«

»Das wäre zu freundlich«, stimmte Martin zu, wobei ihm eine Idee kam.

Auch in der Lounge ließ dieser exklusive Club keine Wünsche offen und man spürte an jedem Detail, wie viel sich die feinen Herren ihre Vergnügungen kosten ließen. Die bequemen Kanapees waren so angeordnet und mit dünnen papierartigen Wänden voneinander getrennt, dass sich Intimität mit Geselligkeit vereinbaren ließ, und wer sich ein Stück tiefer in eine der äußeren Ausbuchtungen zurückzog, konnte seinen Rausch in aller Ruhe genießen.

Bis auf zwei schon ziemlich entrückt wirkende Herren, deren fast albern wirkende Stimmung ganz und gar nicht zu ihrem Äußeren passte, konnte Martin niemanden entdecken. Mit gespielter Selbstverständlichkeit ließ er sich halb liegend auf einem der flachen Kanapees nieder und warf einen Blick auf die Karte. Neben sündhaft teuren Getränken waren dort in versteckten Formulierungen Drogen aufgeführt, die jeden Straßendealer wie einen Süßigkeitenverkäufer wirken ließen. Kaum dass Martin die Karte wieder weggelegt hatte, trat einer der in einen Kaftan gehüllten Angestellten hinter einem Vorhang hervor und fragte: »Haben Sie Ihre Wahl getroffen?«

Martin, der vorher ein ganz normales bürgerliches Leben führte und so gut wie keine Ahnung von Drogen hatte, beschloss, gar nicht erst versiert zu klingen. Mit Neugierde in der Stimme bestellte er erst ein Glas Vulkanwasser und fragte dann: »Ich würde gerne einmal so eine Shisha rauchen, was können Sie mir empfehlen?«

Nach einem dreiminütigen Vortrag über die verfügbaren Drogen und ihre Wirkung entschied er sich für eine der leichteren Hausmischungen, welche aus vier verschiedenen Cannabissorten bestand und laut dem Angestellten für eine fröhlich leichte Grundstimmung sorgte. Zum Abschluss fragte der Mann noch: »Möchten Sie vielleicht auch eine Dame, die Ihnen dabei Gesellschaft leistet?«, was Martin dankend ablehnte, wobei ihm das eingefallene Gesicht seiner Maria vor dem inneren Auge aufblitzte.

Der Mann deutete eine Verbeugung an und verschwand hinter einem Vorhang, wobei Martin versuchte, seine Statur abzuschätzen.

Nach nur einer Minute wurde ihm erst das Wasser, dann die aufwendig verzierte Wasserpfeife gebracht, deren Rauchtopf entzündet wurde. Dann wurde ihm einer der langen Schläuche gereicht. Da der Mann zunächst keine Anstalten machte, sich wieder zu entfernen, blieb Martin nichts anderes übrig, als einen langen Zug zu nehmen und diesen auch zu inhalieren. Erstaunt stellte er fest, dass sich der Rauch angenehm mild in seiner Lunge ausbreitete, und er deutete ein zustimmendes Nicken an, worauf sich der Angestellte zufrieden zurückzog. Die Wirkung der Droge ließ nicht lange auf sich warten und begann seine Gedanken einzulullen. Bilder zogen vorbei ... erst die schönen aus längst vergangenen Tagen, dann immer dunkler werdende Erinnerungen, bis sich irgendwann der Schlund des ihm innewohnenden Hasses öffnete und er heftig atmend die Augen aufriss. Martin spürte einzelne Schweißtropfen, die ihm unter der Maske das Gesicht herunterliefen. Fast hätte er noch einen Zug genommen, doch sein Willen schaffte es, sich dagegenzustellen. Leicht verwirrt blickte er sich um und sah gerade noch, wie die beiden anderen Gäste die Lounge verließen. Gierig stürzte er sein Wasser hinunter, sammelte seine Sinne und erhob sich etwas schwerfällig aus den Kissen. Die ersten zwei, drei Schritte fühlten sich an, als hätte er Bleigewichte um die Knöchel geschnallt, danach stellte er erleichtert fest, dass es schnell besser wurde. Kurz vor dem Vorhang blieb er noch einmal kurz stehen und dachte zurück an die drei Jugendlichen, die ihm die Zigaretten abnehmen wollten. Es waren nicht ihre Gesichter, die er in seinem Innersten suchte, sondern der Weg, seinen ganzen Hass auf ein Ziel zu lenken. Einige Atemzüge später war er so weit und hatte die Erkenntnis glasklar vor Augen ... das Prinzip Robin Hood hatte versagt, die Welt brauchte einen Erlöser, der frei von jeder Moral seinen Weg ging und all das Unrecht aussortierte.

Ohne jede Vorsicht zog er den Vorhang beiseite und trat in den Raum dahinter. Wie in Zeitlupe erfasste Martin, dass der Mann, der ihn gerade noch bedient hatte, vor einem erhöhten Tisch stand und weitere Drogenmischungen vorbereitete, jetzt aber herumfuhr und mit einem fragenden Blick seinen Mund öffnete. Das Gesagte schaffte es nicht bis in Martins Bewusstsein, hätte aber auch nichts geändert. Er überwand die wenigen Schritte, zog das kurze Messer aus der Innenseite seines Sakkos und stieß es dem Mann ohne Vorwarnung in den Hals. Nach dem verzweifelten Versuch eines letzten Schlages sank der Angestellte auf seine Knie und Martin musste höllisch aufpassen, keinen Spritzer des pulsierenden Blutstroms abzubekommen. Nachdem der Mann einige Augenblicke vor ihm gekniet hatte, kippte er zur Seite um und der Blutstrom versiegte zu einem antriebslosen dünnen Rinnsal.

Noch während Martin dem Sterben distanziert, aber auch fasziniert zusah, begann auf dem Tisch ein Telefon leise zu klingeln. Martin beugte sich zu seinem Opfer hinunter, warf einen Blick auf das Namensschild, nahm das Telefon und meldete sich leise mit dessen Namen: »Jan am Apparat, was kann ich für Sie tun?«, dann hörte er kurz zu und bestätigte: »Eine Shisha für Apartment eins. Ich bin in fünf Minuten bei Ihnen.«

# - 27 -

Nachdem Nephele jeden Tropfen des Champagners von Pauls Unterleib geleckt hatte, was seine Wirkung nicht verfehlte, ließ sie von ihm ab und schlug mit unschuldiger Stimme vor: »Was würdest du von einer wirklich guten Mischung aus unserer orientalischen Lounge zusammen mit einem Bad im Whirlpool halten?«

Paul, dessen Hände gerade über die Brüste seiner Gespielin glitten, zügelte seine erneute Lust und antwortete bestimmt: »Wenn das nicht zu lange dauert⍰«

Nephele strich noch einmal über seine empfindliche Stelle, erhob sich, drehte erst das Wasser auf und griff anschließend zum Telefon. Anschließend stellte sie noch zwei weitere Gläser auf das Tischchen neben dem Whirlpool und wollte gerade zu ihrem Gast zurückkehren, als es an der Tür klopfte. »Das ging ja schnell«, stellte sie fest, warf sich einen dünnen Kimono über und öffnete die Tür gerade so weit, dass der Angestellte ihr die große Shisha auf einem kleinen Wagen hereinschieben konnte. Danach wollte sie die Tür schließen, doch der Angestellte im Gewand der orientalischen Lounge hielt dagegen und fragte freundlich: »Kann ich noch etwas für Sie tun?«

Nephele sah ihm einen Augenblick in die Augen und spürte, dass irgendetwas anders war, doch als sie den Kopf schüttelte, worauf der Mann sich mit einer angedeuteten

Verbeugung zurückzog, verschwand dieses Gefühl und sie konzentrierte sich wieder auf ihre Aufgabe.

Auch Paul hatte sich inzwischen erhoben, sah erst dabei zu, wie Nephele alles vorbereitete, und trat, als sie das Wasser wieder abgestellt hatte, hinter sie. Mit einem schnellen Griff löste er den Knoten auf der Vorderseite ihres Kimonos, begann ihren Nacken zu küssen und streifte ihr gleichzeitig die kühle Seide von den Schultern. Als sie an ihrem Po spürte, dass sein Körper mehr forderte als nur Nähe, drehte sie sich zu ihm um, nahm ihn an den Händen und trat rückwärts in den Whirlpool. Paul folgte ihr willig, ließ sich ebenfalls in das angenehm temperierte Wasser sinken und versuchte auch gleich mehr zu fordern, doch statt sich darauf einzulassen, griff Nephele nach dem Schlauch der Shisha. Nachdem sie einige Male kurz daran gezogen hatte, um die Glut neu zu entfachen, reichte sie ihm das Mundstück und forderte: »Langsam und tief einatmen. Diese Mischung verspricht uns eine lange sündige Nacht in den Wolken.«

Paul lehnte sich entspannt zurück und befolgte ihre Anweisung. Fast schon verzückt spürte er, wie der kühle Rauch in seine Lungen strömte und ein Gefühl erzeugte, als würde jede Last von ihm abfallen. Er wiederholte das Ganze noch zwei weitere Male, reichte Nephele den Schlauch und sie tat es ihm nach. Anschließend lagen beide eine gefühlte Ewigkeit einfach nur da und ließen ihre Gedanken treiben. Erst als Pauls Geist für einen kurzen Moment klarer wurde und er sich bewegen wollte, spürte er, dass etwas nicht stimmte. Es war ein Gefühl, als hätte man seinen Körper mit der Wanne verklebt, und egal wie sehr er sich anstrengte, außer winzigen Bewegungen brachte er nichts zustande. Aus den rosa Wolken, die er gerade noch gesehen hatte, wurde plötzlich eine Panik, die ihm die Luft raubte. Nicht nur, dass er sich nicht bewegen konnte, er spürte auch, wie er langsam und unweigerlich immer tiefer in die Wanne rutschte. Sein Blick suchte Nephele, fand sie und musste feststellen, dass es ihr offenbar nicht anders erging. Röchelnd versuchte er zu sprechen, doch auch seine Stimmbänder verweigerten ihren Dienst. Sich zur Ruhe zwingend, suchte sein Kopf nach einem klaren Gedanken, fand aber immer nur Bruchstücke, bevor ihn der Rausch wieder einlullte. Mit unglaublicher Willenskraft befahl er seinen Beinen, sich abzustützen, und schaffte es tatsächlich, ein weiteres Abrutschen zu verhindern. Anders als bei ihm selbst hatte die Wasserlinie bei Nephele bereits das Kinn erreicht, und wenn sie sich nicht bald selbst helfen konnte, würde das bedeuten, dass sie vor seinen Augen ertrank. Wieder versuchte er einen Schrei, und für einen kurzen Augenblick holte er sie damit aus ihrer Lethargie, was ihr einige Sekunden mehr einbrachte, da es ihr zumindest gelang, den Kopf ein Stück nach hinten kippen zu lassen, wodurch etwas mehr Entfernung zum Wasser entstand.

Nach weiteren Sekunden des inneren Kampfes nahm Paul ein Geräusch wahr, das seinen Ursprung irgendwo hinter ihm haben musste.

Was er zunächst nicht zuordnen konnte, stellte sich einen Pulsschlag später als das Schließen der Tür heraus. Erleichtert schickte er einen Dank gen Himmel, wunderte sich aber sogleich, warum ihn niemand aus der Wanne zog. Wer auch immer da hinter ihm war, er musste doch sehen, dass etwas nicht stimmte.

Wieder versuchte er etwas zu sagen, doch statt einer Antwort trat ein Mann in sein Sichtfeld, dessen Maske ihm schon in der Bar aufgefallen war, und Paul beschlich eine dunkle Ahnung. Wie zum Hohn hallten Dr. Reitners Worte in seinem Kopf wider: *Was, wenn dieser Irre noch weit mehr über Ihre Machenschaften weiß, als er vorgibt, und auch Sie auf seiner Liste stehen?* Panisch versuchte er seine Hand zu heben, was allerdings nur dazu führte, dass seine Füße den Halt verloren und er mit dem Kopf bis unter das Wasser glitt. Das ausgeschüttete Adrenalin verhalf ihm zu kleineren Bewegungen, die ihn jedoch nur immer noch tiefer abrutschen ließen. Für einige Sekunden schaffte er es, die Luft anzuhalten, doch irgendwann verweigerte sich die Lunge seinem Willen und sog das seifig schmeckende Wasser ein. Fast schon erleichtert nahm Paul noch wahr, wie sein Verstand abglitt, und er gab sich der Reise in eine wohlige Dunkelheit hin, als ihn zwei Hände unter den Achseln packten und ein Stück nach oben zogen. Wieder reagierte sein Körper autonom und entleerte die Lunge trotz der Rauschmittel mit einem Hustenanfall, wobei er immer wieder den im Mund verbleibenden Schaum mit einsaugte, was zu erneuten Anfällen führte.

Obwohl er selbst noch immer mühevoll um Luft rang und Tränen seinen Blick verschleierten, sah er, dass Nephele ebenfalls komplett in das Wasser gerutscht war und dicke Blasen ausstieß, doch alles, was er zwischen zwei Hustenkrämpfen herausbrachte, war ein eigenartiges Brummgeräusch.

Erst als die Blasen um Nepheles Kopf langsam weniger wurden, lösten sich die beiden Hände unter seinen Achseln und der Unbekannte sagte, als ginge es nur um das aktuelle Wetter: »Keine Sorge, so einfach machen wir uns das hier nicht.« Ohne Eile umrundete der Mann den Whirlpool und hob Nephele so weit aus dem Wasser, dass sie wieder atmen konnte, wobei auch sie stark zu husten begann und sich ihr Mageninhalt in das Wasser entleerte.

»Na, ihr seid mir ja ein schönes Paar.« Die Stimme des Unbekannten hätte nicht zynischer sein können, als er irgendwann Nephele wieder losließ und sich neben der Wanne zwischen die beiden stellte.

Paul spürte, wie es ihm langsam besser ging und er zumindest in Ansätzen die Kontrolle über seinen Körper zurückerlangte, doch wenn er überhaupt eine Chance haben wollte, durfte er das diesem Irren nicht zeigen.

Noch immer stand dieser da, blickte abwechselnd von einem Opfer zum anderen und sagte zu Paul gewandt: »Falls Sie einmal ein neues Narkosemittel auf den Markt bringen wollen ... K.-o.-Tropfen zum Rauchen kann ich sehr empfehlen. Zugegeben, ich hatte keine Ahnung, wie das wirken würde, doch ich bin sehr zufrieden.«

Paul sammelte etwas Spucke, ließ diese in seinen durch das viele Husten ausgetrockneten Hals hinunterlaufen und krächzte: »Wa ... was woll ... was wollen Sie?«

Soweit Paul hinter der Maske des Mannes erkennen konnte, verformte sich sein Mund zunächst zu einem Schmunzeln, doch schon einen Augenblick später nahmen dessen Augen einen stechenden Blick an und er beugte sich so weit herunter, bis Paul seinen Atem spüren konnte.

»Was ich will?« Es war nur ein Flüstern, aber gut verständlich. »Ich will, dass du Arschloch dich in die Öffentlichkeit stellst und allen Menschen erzählst, wie ihr eure Medikamente testet⍰«Nun kam er so nahe, dass sich ihre Masken fast berührten. »Und ich will, dass du der Öffentlichkeit erzählst, welche Schweinereien zwischen der Politik und der Wirtschaft laufen.« Der Unbekannte zog sich ein kleines Stück zurück und nun wurde seine Stimme lauter: »Ich will, dass du Buße tust und ehrlich bereust, was du anderen Menschen angetan hast. Menschen, die dir und deinesgleichen ihr Leben anvertraut haben und dabei elendig krepierten.«

Paul nahm die Worte zwar wahr, konzentrierte sich aber auf etwas ganz anderes. Mit einer übermenschlichen

Kraftanstrengung zog er seinen linken Arm aus dem Wasser, packte den Mann am Hals und zog ihn hinunter. Den Überraschungsmoment auf seiner Seite, schaffte er es tatsächlich, seinen Angreifer etwas aus dem Gleichgewicht zu bringen und bis kurz über die Wasseroberfläche zu ziehen. Dann folgte der Schlag, den er nicht sehen konnte. Pauls Hand löste sich, sein Körper kippte zur Seite und wieder tauchte sein Kopf in das mit Erbrochenem verschmutzte Wasser. Zwei, drei Sekunden, länger dauerte es nicht, und er wurde wieder zurückgezogen. Kräftige Finger öffneten seinen Mund und eine bittere Flüssigkeit landete auf seiner Zunge. Dann wurde sein Mund so lange zugehalten, bis er geschluckt hatte und diese elende Schwere erneut seinen Körper ergriff.

Inzwischen war der Unbekannte hinter ihn getreten und Paul dachte schon, dass es nun ein Ende hätte. Doch statt ihn zu töten, wurden seine Arme so weit nach hinten verdreht, dass sie aus der Wanne heraushingen und ihn so vor dem Absinken bewahrten. Wie durch dicke Watte hörte er die Worte: »Wir beide sind noch lange nicht fertig. Und jetzt sieh gut zu und begreife, wie es sich anfühlt, hilflos zu sein.«

Mit halbwachem Bewusstsein verfolgten Pauls Augen, wie der Mann sich hinter Nephele stellte, ihr ebenfalls einige Tropfen verabreichte und die ganze Flasche Badeseife in das Wasser kippte. Zunächst begriff Paul nicht, was das sollte, spürte aber kurz darauf selbst, wie er durch die Seife so weit abrutschte, bis ihn seine nach hinten eingehängten Arme bremsten.

Seiner Gespielin fehlte dieser Schutz. Mit weit aufgerissenen Augen rutschte sie tiefer und tiefer in das Becken und mit jedem Zentimeter schien die Haftung des Wannenbodens mehr nachzulassen.

Als das Geschrei draußen vor der Tür begann, war nur noch Nepheles Haaransatz in der trüben Brühe erkennbar, und egal was Paul versuchte, es war ihm keine Bewegung möglich. Irgendwann wurde die Tür, an deren Innenseite ein Stuhl verkeilt war, gewaltsam geöffnet und die dicken Vorhänge vor dem geöffneten Fester blähten sich durch den einsetzenden Luftstrom wie die Segel im Wind. Es war das erste Mal, dass Paul hier Männer ohne Masken vor dem Gesicht sah, doch das war jetzt egal geworden. Fast gleichzeitig zog man ihn und Nephele aus dem Wasser, doch für sie kam jede Hilfe zu spät.

## – 28 –

Die Melodie der alten Filmmusik »Spiel mir das Lied vom Tod« schickte Tom in eine andere Welt. Die trockene Wüstenluft brannte in seinen Augen und würde es schwer machen, den Mann, welcher ihm in 20 Schritt Entfernung gegenüberstand, exakt zu treffen. Außer dem immerwährenden Wind, der sich an den Holzbrettern des Saloons brach und das alte Blechschild zum Scheppern brachte, herrschte absolute Stille. Tom wusste, dass hinter jedem Fenster und jedem Astloch ein Bürger von Dodge City darauf hoffte, dass er, der Sheriff, diesen Mann erledigte.

Es war gefährlich, und doch er musste sich ein letztes Mal die schweißnasse Hand an seiner Hose abwischen. Genau auf diese kleine Bewegung hatte sein Gegenüber gewartet. Mit einer einzigen fließenden Bewegung zog er seinen Arm nach oben, hob die schwere Pistole und drückte ohne jedes Zögern ab. Fassungslos glaubte Tom die Kugel während des Fluges sehen zu können, und doch war sie zu schnell für ihn. Noch bevor er auch nur eine Bewegung ausführen konnte, durchschlug das heiße Metall erst seine Lederweste, dann sein staubiges Hemd und drang schließlich in sein Fleisch ein. Noch während sich seine Füße vom Boden lösten und ihn die Wucht des Aufpralls durch die Luft schleuderte, hörte er es erneut ... das alte Lied vom Tod.

Dank des Vibrationsalarms hatte es das Handy endlich bis

an den Rand des Nachtschränkchens geschafft, schob sich über die Kante und fiel mit einem lauten Poltern auf den Laminatboden. Das Geräusch war laut genug, um Tom aus seinem Traum zu holen, doch er brauchte erst einige tiefe Atemzüge, um zu begreifen, dass alles nur in seinem Kopf passierte.

Mühsam blinzelnd versuchte er die Uhrzeit auf seinem Digitalwecker zu erkennen und stieß einen lauten Fluch aus, als er eine Drei vor dem Doppelpunkt entzifferte. Das Handy auf dem Boden machte noch immer keine Anstalten, endlich Ruhe zu geben, doch noch verweigerte Toms eingeschlafener Arm den Dienst. Fast schon über sich selbst lachend, brachte er seinen Körper in eine sehr seltsame Lage und griff mit der anderen Hand zu. Das genuschelte »Tom Jänke« spiegelte die frühe Uhrzeit wider und sollte dem Anrufer gleich signalisieren, dass er, wenn es nicht wirklich wichtig war, ziemlich ungehalten sein würde.

Karl Steinbachs Stimme klang allerdings alles andere, als wäre ihm nach Scherzen zumute, als er ohne jede große Begrüßung sagte: »Wir haben ein Problem, ein ziemlich großes Problem. Jänke, ziehen Sie sich an und kommen Sie zu der Adresse, die Ihnen gleich per SMS mitgeteilt wird.«

»Was ist denn los?« Tom klang natürlich nicht begeistert, aber wenigstens etwas wacher. Auf seine Frage hörte er erst einen tiefen Atemzug und dann die Aussage: »Wir haben in Erlangen zwei Tote und jede Menge Prominenz. Alles Weitere erfahren Sie später, ich bin selbst noch auf dem Weg.«

Als Tom seinen Wagen vor dem Alten Herrenhaus stoppte, glich das riesige Grundstück schon einem Rummelplatz. Neben den zuckenden Lichtern der Streifenwagen gab es Männer in verschiedenen Anzügen und Uniformen. Trotz der unchristlichen Uhrzeit hatten sich bereits eine Menge

Zaungäste, von denen die meisten von der Presse gewesen sein dürften, eingefunden.

»Was ist das hier?«, fragte er Karl verwundert, als er seinen Chef und Sabrina am Eingang des Anwesens gefunden hatte.

Karl zuckte mit der Schulter. »So ganz genau wissen wir das selbst noch nicht. Angemeldet ist der Laden als Privatclub, und nach dem, was hier für Herren herausgekommen sind, sieht es so aus, als würden sich ziemlich wohlhabende Leute die Klinke in die Hand geben.«

»Und die Opfer?«, fragte Tom weiter, und da sein Chef wusste, worauf er hinauswollte, antwortete er: »Keine Prominenz, beides Angestellte. Der eine war Kellner und wurde erstochen aufgefunden, die andere war wohl eher für andere Genüsse zuständig und ist ertrunken.«

»Ertrunken – hier?«, wunderte sich Tom. »Haben die einen Pool?«

Karl schüttelte den Kopf und sagte mit einem zweideutigen Tonfall: »Nein, aber einen Whirlpool.« Dann machte er eine einladende Geste zur Tür. »Am besten ihr seht es euch selbst an.«

Tom warf seiner Partnerin einen fragenden Blick zu, doch Sabrina zuckte nur mit den Achseln und folgte ihrem Chef.

Irgendwie hatte Tom Chaos erwartet, doch im Inneren des Clubs wirkte es schon fast friedlich. Gleich nach dem Eingangsbereich schloss sich eine Art Speisesaal an, wobei jeder der Tische frisch eingedeckt war und so wirkte, als würde jeden Augenblick ein großer Empfang stattfinden. Auch Sabrina sah sich fasziniert um und stellte ehrfürchtig fest: »So etwas kenne ich nur aus Filmen. Sieh dir mal die Kronleuchter an, das ist der pure Luxus.«

Karl Steinbach durchschritt das Haus, ohne dem Inventar seine Aufmerksamkeit zu schenken. Allein die paar Namen der Gäste, die er bereits gehört hatte, würden für einen enormen Ermittlungsdruck sorgen. Es war schlicht der Supergau, wenn nur wenige Meter neben Leuten wie dem stellvertretenden Bürgermeister oder diversen Geschäftsmännern ein Mord geschah. Natürlich hatte der Geschäftsführer des Clubs zuerst gezögert, musste aber schließlich doch einsehen, dass ihn spätestens ein Gerichtsbeschluss zur Herausgabe der Mitgliederliste zwingen würde. Nun musste nur noch geklärt werden, welche der Herrschaften in dieser Nacht anwesend waren. Wie ihm der Türsteher erzählt hatte, hatte sich der Club nach dem Fund des ersten Opfers fast schon panikartig geleert. Naturgemäß wollte niemand mit solchen Dingen in Verbindung gebracht werden, und der Geschäftsführer wartete anschließend noch geschlagene zwei Stunden, bis er endlich bei der Polizei anrief.

Nach dem Speisesaal und zwei kurzen Fluren kamen sie schließlich zu einem mit einem dicken Vorhang verschlossenen Durchgang, über dem kunstvoll das Wort »Orient Lounge« geschrieben stand und vor dem zwei Streifenpolizisten dafür sorgten, dass kein Unberechtigter den Raum betrat.

Karl nickte einem von ihnen zu, der ihnen daraufhin den Vorhang aufhielt und sie eintreten ließ. Sabrina konnte hier ihr Staunen ebenso wenig verbergen, wie man trotz der geöffneten Fenster verbergen konnte, dass hier nicht nur Tabak geraucht wurde. Obwohl Tom nie bei der Drogenfahndung gearbeitet hatte, kannte er den typischen Cannabisgeruch von einer Jamaikareise, und dieser Raum roch eindeutig danach.

Sein Chef durchquerte den Raum zielsicher und führte seine beiden Kommissare zu einem weiteren, schmaleren Durchlass, in dem gerade ein Blitzlicht der Spurensicherung aufleuchtete. Aufgrund der Enge des Raumes waren hier nur zwei von Toms ehemaligen Kollegen der KTU am Werke, die, als sie den Chef der Mordkommission erkannten, in ihrer Arbeit innehielten und etwas aus dem Weg gingen. Karl wandte sich an den Kollegen mit dem Fotoapparat und fragte: »Und wie sieht es aus?«

Während der Mann erklärte, dass das Opfer durch einen einzigen Stich in die Halsschlagader ermordet worden sei, begutachteten Tom und Sabrina die zusammengesunkene Leiche des Mannes. Nachdem Tom einen Blick auf dessen Hände geworfen hatte und festgestellt hatte: »Sieht nicht nach einem Kampf aus«, trat er ein Stück zurück und untersuchte die Blutspritzer um den Toten herum. Anschließend sah er seine Partnerin an und fragte: »Fällt dir etwas auf?«

Sabrina war zwar etwas blass im Gesicht, wirkte aber trotzdem aufmerksam. Sie tat es ihrem Kollegen gleich und betrachtete das ganze Szenario aus verschiedenen Winkeln, dann stellte sie relativ selbstsicher fest: »Sieht aus, als hätte der Täter dem Opfer direkt gegenübergestanden.« Überzeugt deutete sie auf eine saubere Stelle des Bodens und vervollständigte ihre Aussage: »Ich denke, genau hier, und ziemlich sicher hat er etwas von dem Blut abbekommen.« Tom nickte zustimmend. »Sehe ich auch so. Wenn wir jetzt noch einen Verdächtigen hätten, könnten wir einen DNA-Test machen.«

»Haben wir aber nicht«, warf Karl nüchtern ein. »Das zweite Opfer ist oben im ersten Stock, und so wie es aussieht, ist der Täter dort durch das Fenster geflohen.«

Tom nahm die Aussage zur Kenntnis, wandte sich aber an Uwe, seinen Ex-Kollegen von der Spurensicherung, und fragte: »Habt ihr sonst etwas gefunden?« Dann fügte er mit einem Blick auf die halb leeren Regale neben dem erhöhten Tisch hinzu: »Sieht aus, als hätte man hier erst einmal aufgeräumt, bevor man uns gerufen hat.«

»Da hast du wohl recht«, bestätigte der Mann und sein

angedeutetes Grinsen zeigte Tom, dass die Kollegen bereits eine Idee hatten. Uwe griff hinter sich und hielt einige Röhrchen in die Luft, bevor er verkündete: »Wir haben uns den Staub auf dem Regal etwas näher angesehen und sind uns sicher, dass dort vor Kurzem noch einige Schachteln standen. Anschließend haben wir ein paar Proben mit Schnelltest untersucht, und was soll ich sagen ... der Geruch hier ist nur die Spitze des Eisbergs. In diesen Räumlichkeiten reicht vermutlich der Staub für einen ordentlichen Trip, was vielleicht auch erklärt, warum es keinerlei Kampfspuren gibt.«

»Wie meinen Sie das?«, hakte Karl Steinbach nach.

»Nun ja ...«, begann der Kriminaltechniker, »wir müssen natürlich noch das Labor abwarten, aber wenn unser Opfer hier ...«, nun senkte er kurz den Blick zu der Leiche, »einige Stunden in diesem Raum verbracht hat und vielleicht auch noch für das Portionieren von Drogen zuständig war, hatte er vermutlich so viel von dem Zeug im Blut, dass er schlicht zu langsam war, um sich zu wehren.«

Nun wandte sich Sabrina an ihren Chef und fragte: »Sagten Sie nicht, dass die Mitgliederliste ziemlich hochrangige Personen aufzählt?«

Karl Steinbach runzelte die Stirn. »Ja und?«

»Soll das heißen, diese Leute nehmen Drogen?«, wunderte sich Sabrina, wobei Tom sich für ihre Naivität schon fast schämte. Karl zuckte mit den Schultern. »Warum nicht? Wenn man sogar auf der Toilette des Bundestages Spuren von Kokain nachgewiesen hat, wird es hier nicht anders sein, oder?«

Damit beendete er das Thema und forderte an seine Beamten gewandt: »Dann kommt mal mit, im ersten Stock gibt es schließlich auch noch eine Tote.«

»Wer war bei ihr?« Schon auf den ersten Blick war Mike klar, wofür dieses Apartment gedacht war, und da die Tote eindeutig nicht den Gästen zuzuordnen war, drängte sich die Frage geradezu auf.

Karl zog sein Notizbuch heraus und las: »Paul von Oppenheim ... Vorstandsvorsitzender der BioGenTech AG.«

»Und wo ist der jetzt?«, fragte Tom, als sein Chef nicht gleich weitersprach.

»Sowohl er als auch die Tote waren randvoll mit K.-o.-Tropfen. Laut den Aussagen der Angestellten, welche die beiden fanden, lebt von Oppenheim nur noch, weil er seine Arme irgendwie über den Wannenrand bekommen hat und deshalb nicht ins Wasser gerutscht ist. Genaueres wissen wir aber erst in ein paar Stunden, wenn dieser von Oppenheim wieder ansprechbar ist.«

»Ein toter Arzt in Nürnberg und ein Mordanschlag auf den Vorstandsvorsitzenden einer Pharmafirma«, warf Sabrina, die sich bis jetzt zurückgehalten hatte, trocken ein und fügte noch die Frage »Zufall?« hinzu.

»Ich weiß ... ich weiß«, stöhnte Karl leise. »Wir werden eine Menge Arbeit haben. Wenn ihr genug gesehen habt, würde ich vorschlagen, wir überlassen der KTU das Feld, fahren zurück ins Präsidium und sortieren die Fakten.«

Tom und Sabrina stimmten zu, drehten noch eine Runde um das Gebäude und machten sich auf die Rückfahrt.

# – 29 –

So ungewohnt es für Mike inzwischen auch war, irgendwie genoss er es, an diesem Montagmorgen mit dem Rest der arbeitenden Bevölkerung unterwegs zu sein. Obwohl er den Weg schon so oft zurückgelegt hatte, fühlte er sich, als wäre es das erste Mal. Das nächste eigenartige Gefühl stellte sich ein, als er am Empfang angeben musste, zu wem er wollte, und dies auch noch überprüft wurde. Als der Türsummer anzeigte, dass er nun eingelassen wurde, und er, ohne sich orientieren zu müssen, die langen Gänge zurücklegte, fühlte es sich richtig an.

Auf dem Weg begrüßte er einige bekannte Gesichter, stieg hinauf in den ersten Stock des Gebäudes und betrat die Abteilung. Bis auf einige Modernisierungen schien alles wie immer. Es wurde telefoniert, in den Computer getippt und Dinge auf übergroßen Papierwänden notiert. Ungefähr die Hälfte der anwesenden Leute hatte Mike noch nie gesehen, die anderen begrüßten ihn mit einem Nicken. Mike war nie einer von denen gewesen, der engere Bekanntschaften anstrebte, und so blieben alle höflich distanziert.

»Mike Köstner«, die Stimme der Sekretärin klang, als würde sie sich tatsächlich freuen, ihn zu sehen. Natürlich wusste sie, dass er erwartet wurde, und sagte: »Sie können gleich reingehen«, schickte aber noch hinterher: »Könnten Sie bitte den Kaffee mitnehmen, er kann ihn gebrauchen.«

Mike runzelte zwar die Stirn, nickte aber. »Na klar, mach ich.« Mit dem großen Pott Kaffee in der rechten Hand klopfte er mit der linken, öffnete die Tür, ohne abzuwarten, und trat in das Büro.

Noch bevor Karl Steinbach etwas sagen konnte, sah ihm Mike an, dass etwas passiert sein musste. Er kannte seinen Ex-Chef und Freund lange genug, um jede Facette seiner Mimik deuten zu können, und die tiefen Stirnfalten, gepaart mit den dunklen Augenringen, zeugten von einer kurzen Nacht, deren Ursache sicherlich nicht in einer Feier lag.

»Mike, schön, dich zu sehen.« Karl erhob sich, gab Mike die Hand und klopfte ihm gleichzeitig auf die Schulter. Nach den üblichen Floskeln bat er ihn, sich zu setzen, und während er von seinem Kaffee nippte, fragte Mike: »Lass mich raten ... ihr habt einen neuen Fall?«

Karl stellte seine Tasse zur Seite, winkte mit beiden Händen ab und stellte mit Resignation in der Stimme fest: »Ein Fall wäre kein Problem. Was wir haben, sind drei zu Tode geprügelte Teenager, einen Arzt, der von seiner eigenen Mitarbeiterin hingerichtet wurde, und seit heute Nacht noch zwei Tote, die im erlauchten Kreis der bayerischen Prominenz getötet wurden.« Karl ließ eine bedeutungsschwangere Pause folgen, sah Mike in die Augen und sagte: »Nach deinem Anruf gestern habe ich lange nachgedacht und frage dich das jetzt nur einmal ... Willst du das wirklich?«

Natürlich hatte sich Mike diese Frage selbst mehr als einmal gestellt und lange mit Jenni darüber geredet. Seine letzten Zweifel bestanden, bis er am Vorabend Aktenzeichen XY einschaltete und wie so oft sofort zu jedem der gesendeten Fälle seine eigenen Ideen entwickelte. Ob er es wollte oder nicht, er war einfach durch und durch Polizist. Etwas anderes hatte er nie gelernt, und im Grunde seines Herzens wollte er auch nichts anderes machen. Selbst die Tatsache, dass er manchmal die Falschen schützen musste und er Verständnis für einige Täter hatte, konnte ihn nicht mehr davon abbringen. Mikes Nicken war nicht spontan, kam aber aus tiefster Seele, und fast schon pathetisch sagte er: »Ja, Karl, ich habe es mir weiß Gott nicht leicht gemacht, aber wenn du eine Chance siehst, mich wieder in deine Truppe zu holen ... bin ich dabei.« Mike hätte noch viel erzählen können, beließ es aber bei diesem Satz, und tatsächlich, Karl schaffte trotz seiner Anspannung ein Lächeln, das allerdings gleich wieder zusammenfiel, als er ernst feststellte: »Du weißt, dass dich der Polizeichef nicht leiden kann?«

Mike nickte, wobei er sich schon wieder in seiner erfolglosen Detektei sitzen sah, doch zu seiner Verwunderung begann Karl nun zu lachen, und nachdem sich ein breites Grinsen auf seinem Gesicht gebildet hatte, sagte er: »Nichtsdestotrotz und angesichts der aktuellen Umstände hat er vor etwa zehn Minuten deiner Wiedereinstellung zugestimmt. Und als ich ihm von der Brisanz unseres aktuellen Falls aus der letzten Nacht erzählte, versprach er, umgehend für deine Papiere zu sorgen.«

»Das heißt jetzt?«, fragte Mike ungläubig, da er eigentlich noch auf ein paar Sommertage an irgendeinem See gehofft hatte.

»Das heißt, dass du wieder so gut wie dabei bist, und wenn es deine Zeit erlaubt, kannst du gleich zu deinen Kollegen gehen und dich über den aktuellen Stand erkundigen. Deine Marke und die Waffe kann ich dir leider erst aushändigen, wenn dein Vertrag unterschrieben ist, aber von meiner Seite aus spricht nichts dagegen, wenn du schon einmal geistig mitarbeitest.« Nun stand Karl auf und gab Mike mit den Worten »Willkommen zurück« die Hand, worauf Mike antwortete: »Aber das mit den Küsschen links und rechts lassen wir heute.«

Nach einem kurzen Telefonat mit Jenni öffnete er die Tür zum Büro seiner Kollegen, trat ein und rief streng: »Warum wird hier nicht gearbeitet?«, und tatsächlich zuckten Tom und Sabrina kurz zusammen, da sie nebeneinander am Fensterbrett lehnten und ebenfalls versuchten, sich mit Kaffee fit zu machen. Tom, der dachte, Mike sei nur zu Besuch hier, stellte seine Tasse weg und begrüßte seinen früheren Partner mit den Worten: »Müssen wir uns jetzt jeden Tag sehen? Gestern im Café hätte für diese Woche eigentlich gereicht.« Anschließend kam auch Sabrina Faust einen Schritt auf ihn zu, und da sie den Mann noch nicht wirklich kannte, sagte sie höflich: »Hallo, Herr Köstner.«

Mike konnte es nicht lassen, und da er das Gefühl hatte, dass die junge Kommissarin eigentlich recht locker war, erwiderte er todernst: »Für Sie immer noch Hauptkommissar Köstner.«

Nach drei Sekunden, in denen man selbst die leisen Lüfter der Computer rauschen hörte, drehte sich Tom wieder zu Mike, ignorierte dabei den erschrockenen Gesichtsausdruck seiner Partnerin und fragte ungläubig: »Du bist wieder dabei? So schnell?«

»Bin ich«, antwortete Mike mit einem Grinsen im Gesicht und musste anschließend von seinem Gespräch mit Karl erzählen.

Als er seine Ausführungen beendet hatte, wandte er sich noch einmal an Sabrina und stellte klar: »Das vorhin war natürlich nur ein Scherz. Wie Sie sicher schon gemerkt haben, werden wir zu allen möglichen und unmöglichen Zeiten zusammenarbeiten. Was würden Sie also davon halten, wenn wir gleich zum Du übergehen?«

»Mit dem Du beschimpft es sich auch leichter«, wagte Sabrina einen ersten Scherz, hielt ihm erneut ihre Hand hin und sagte: »Es würde mich freuen ...«

Nachdem das geklärt war, ließ sich Mike die aktuellen Fälle schildern, wobei er nicht viel sagte, sondern nur zuhörte.

Nach dem Mittagessen kam Karl Steinbach in das Büro, um ihm die Papiere und seine Marke zu bringen, wollte dann das Büro schon wieder verlassen, drehte sich aber noch einmal um und fragte: »Das mit den Hierarchien bekommt ihr hin, oder muss ich euch einteilen?«

»Kein Problem«, antworteten die drei fast gleichzeitig und Mike fügte hinzu: »Tom und ich arbeiten gleichberechtigt, wobei wir Sabrina in alles einbeziehen.« Dann warf er einen kurzen Blick zu ihr und stellte an Karl gewandt fest: »Du hast übrigens eine ausgezeichnete Wahl getroffen.«

Mehr als ein Zwinkern fiel seinem Vorgesetzten dazu nicht ein, dann verließ er das Büro und die drei machten sich an die Arbeit.

# – 30 –

Martin erwachte schweißgebadet, was zum einen daher kam, dass sein Wohnmobil in der Sonne stand, und zum anderen, dass seine Albträume ihn in immer dunklere Tiefen schickten. Gott hatte ihn als Racheengel dazu auserkoren, die Welt von ihrer Oberflächlichkeit zu befreien und die zu richten, welche sich dem Trugschluss hingaben, dass Geld mehr wert sei als Nächstenliebe und Moral. Eigentlich hätte er den ganzen Club in die Luft jagen müssen, doch der Herr gestattete ihm, erst seinen eigenen Schmerz zu tilgen, bevor er all die anderen Unwürdigen bestrafen würde. Nichts geschah aus Zufall, und Gott zeigte ihm seine ganze Weitsicht. Warum sonst hätte er ihm in jungen Jahren die Ausbildung ermöglichen und ihm auch eine Stelle in dieser Firma besorgen sollen?

Martin wusste es noch ganz genau, er war damals gerade einmal 14 Jahre alt gewesen und in der Schule nur leidlich zurechtgekommen, als dieser alte Mann für einige Minuten in sein Leben getreten war. Es geschah abseits aller Straßen an einem Seeufer, wo Martin heimlich seine Joints rauchte. Der alte Mann war gerade dabei, die Enten zu füttern, als er sich plötzlich an die Brust fasste und zusammensackte. Martin warf den letzten Joint seines Lebens in das flache Wasser und eilte dem Mann zur Hilfe. Nachdem dieser noch ansprechbar war, wollte Martin losrennen, um Hilfe zu holen, doch der alte Mann griff nach seinem Arm und hielt ihn zurück. Dann folgten die Worte, die Martins Leben verändern sollten. Es war nur noch ein Flüstern, und doch verstand er den Satz: »Lass mich in Frieden gehen, mein Junge, diese Welt ist es nicht mehr wert.« Der Alte rang mühsam nach Atem, bevor er seine letzten Wörter sagte, in denen mehr Kraft steckte als in allem, was der Junge bis dahin gehört hatte. Zusammen mit dem Gesagten drückte ihm der Alte derart den Arm zusammen, dass Martin später glaubte, die Abdrücke wären eine Art fleischgewordenes Mahnmal, und immer wieder hörte er seine letzten Worte: »Junge, du hast es in der Hand. Bringe die Menschheit auf einen anderen Weg. Zeige ihr, dass all die Technik das einzig Wahre von der Erde tilgen wird ... und wenn die Liebe erst verkümmert ist, sind wir dem Untergang geweiht.« Die Hand des Alten hatte sich danach langsam von Martins Arm gelöst und nach einem letzten tiefen Atemzug war alles Leben aus ihm gewichen.

Martin hatte in der Folge immer wieder an die Geschehnisse am See zurückgedacht und einen neuen Blick auf die Dinge entwickelt. Es war tatsächlich so, wie der Alte sagte, und im Grunde konnte man es überall sehen und spüren. Selbst bei ihm in der Klasse war alles wichtiger als das Zwischenmenschliche. Egal ob es um Streitereien oder die erste Liebe ging, alles schien nur noch virtuell zu passieren. Niemand musste sich mehr in die Augen blicken oder den Hass in der Stimme des anderen aushalten ... diese Welt starb einen langsamen Tod.

Martin hatte eine Weile gebraucht, sich zunächst von all der Technik abgewandt, bis er begriff, dass man nur Gleiches mit Gleichem bekämpfen konnte. Er lernte, die Technik zu begreifen, sie zu einem Werkzeug zu machen, um sie vielleicht irgendwann beherrschen zu können.

Alle waren begeistert von dem neuen Eifer des Jungen und niemand konnte den wahren Hintergrund auch nur erahnen. Er machte einen erstklassigen Abschluss, studierte Informationstechnologie und fand bald einen Job bei dem führenden Hersteller von Schutz- und Spionagesoftware. Und so sehr es in seiner Arbeit um Technik ging, hatte er sorgsam darauf geachtet, dass sein Privatleben von alldem verschont blieb.

Dann kam der Tag, an dem seine Lieben von ebendieser Gesellschaft getötet wurden, und plötzlich konnte alles klarer nicht sein ... es war niemand Geringerer als Gott selbst, der ihn damals auf diese Reise geschickt hatte, um all das zu lernen, was er nun zur Errettung der Gesellschaft brauchte.

Der einzelne Mensch war egal geworden, schuldig war jeder, und doch wollte er das Problem von der Spitze her angehen. Er würde ihnen erst die Augen öffnen und sie dann ihrer Strafe zuführen.

Lautes Klopfen holte ihn aus seinen Gedanken und er brauchte einen Augenblick, um sich zu orientieren. Ein Blick an sich selbst hinunter zeigte, dass er noch immer den Smoking vom letzten Abend anhatte, und auch wo er war, wusste er nicht so genau. Es fühlte sich an, als hätte er in der letzten Nacht ein rauschendes Fest gefeiert, und irgendwie war es ja so.

Das Klopfen wiederholte sich und gleichzeitig rief eine Stimme: »Polizei. Ist alles in Ordnung bei Ihnen?« Martin fühlte sich, als hätte man ihm Adrenalin gespritzt. Er stieß einen stillen Fluch aus und versuchte seine Gedanken zu sortieren. Für einen Moment dachte er an den alten Militärrevolver seines Opas, der immer griffbereit in einem der kleinen Küchenschränke des Wohnmobils lag, dann entschied er sich dagegen und rief: »Ja, alles klar ... einen Moment bitte.«

Nun sprang er von seinem Bett, zog das Sakko und das weiße Hemd aus und warf beides unter die Bettdecke. Danach landeten seine Hose und die Socken in dem schmalen Kleiderschrank, wobei er zeitgleich ein buntes T-Shirt und eine kurze Hose herauszog. Noch mit geöffnetem Gürtel öffnete er die Tür und blinzelte gegen die Sonne.

»Haben wir Sie geweckt?«, fragte der junge Beamte, ohne seinen Ausweis zu zeigen, worauf Martin nickte. Dann erklärte der Polizist weiter: »Wir haben Sie schon heute Morgen auf diesem Rastplatz stehen sehen und uns langsam Sorgen gemacht.«

Martin runzelte die Stirn und hoffte, dass man ihm seine Aufgeregtheit nicht anhörte, als er fragte: »Wie viel Uhr haben wir denn?«

»Gleich 15 Uhr«, erwiderte der Beamte, ohne auf die Uhr zu blicken.

»Oh«, reagierte Martin möglichst überrascht, »wenn ich so lange geschlafen habe, war es wohl gut, dass ich eine Pause eingelegt habe.«

Der Polizist nickte. »Ja, so vernünftig sind leider die wenigsten.« Nun warf er einen Blick an Martin vorbei in das Innere des Wagens und fragte noch einmal: »Also, bei Ihnen ist alles in Ordnung?«

»Ja, ist es«, bestätigte Martin, und als die beiden sich verabschiedeten, fügte er hinzu: »Danke fürs Wecken.«

Er schloss die Tür und langsam kam seine Erinnerung zurück. Nachdem die Schreie in dem Club begonnen hatten, war er durch das Fenster auf ein Vordach gesprungen und hatte sich unter die flüchtende Prominenz gemischt. Bis dahin hatte er sich noch unter Kontrolle, erst als er in sein Wohnmobil gestiegen war, überkam ihn ein nie gekanntes

Machtgefühl, das jede Realität ausblendete. Von der Fahrt wusste er nur noch Bruchstücke, aber sie musste ziemlich lange gedauert haben, da die Ausfahrt der Autobahnraststätte mit »Innsbruck« beschildert war.

Nach einem starken, aber überteuerten Kaffee in der Raststätte schaltete Martin seinen Laptop ein und hörte sich noch einmal das aufgezeichnete Gespräch zwischen Dr. Reitner und der Hotline für Ferienhausvermietungen an, notierte sich die Adresse des reservierten Hauses und gab diese schließlich in das Navi ein. Dann tankte er den Wagen voll und fuhr auf die Autobahn, wo er sich in der stillen Monotonie der Fahrt ausmalte, was er mit dem Arztehepaar alles anstellen würde. Als Mahnung für die Öffentlichkeit war der Herr Doktor eine zu kleine Nummer, aber um bei Paul von Oppenheim für ordentlich Nervosität zu sorgen, müsste er reichen. Mal sehen, wie viel der Herr Vorstandsvorsitzende aushielt, wenn es nicht um die anonymen Opfer seiner sogenannten Forschungen ging, sondern er aktiv die Verantwortung tragen musste.

# - 31 -

Mike, Tom und Sabrina verbrachten den ganzen Vormittag damit, in ihrem Büro sämtliche Fakten auf kleine Kärtchen zu schreiben und diese auf einer übergroßen Pinnwand anzuordnen. Natürlich stellte auch die Polizeisoftware eine solche Funktion zur Verfügung, doch Mike bestand darauf, es auf die alte, klassische Art zu machen. Kurz vor dem Mittagessen trat er einige Schritte zurück und betrachtete zufrieden ihr Werk. Dann wandte er sich an Sabrina und fragte: »Ist doch gleich viel übersichtlicher, oder?« Doch diese lächelte nur verhöhnend und antwortete frech: »Wenn das mal nicht nur an dem Mangel an Erkenntnissen liegt.«

»Ist alles noch recht dünn ...«, gab Mike zu, »aber das wird schon noch, und dann werden wir froh darüber sein, nicht ständig am Bildschirm hin und her scrollen zu müssen.«

Tom, der sich aus dem Gespräch herausgehalten hatte, betrachtete jede der drei Spalten, die sie für jeweils eine Tat angelegt hatten. Er deutete schließlich auf die Fotos von den getöteten Jugendlichen und bestimmte: »Den Fall geben wir ab. Die Sache mit dem Arzt und dem Club, das könnte zusammengehören, wenn ich auch noch keine Ahnung habe wie, aber die Jugendlichen ganz bestimmt nicht.«

»Einverstanden«, bestätigte Mike, doch Sabrina legte ihr Veto ein. Da sie mit dabei war, als man die zwei gefunden hatte, betrachtete sie die Sache irgendwie als ihren Fall.

Mike dachte kurz darüber nach, schüttelte aber den Kopf. »Das wird zu viel. Ich verstehe ja, dass du diesen Doppelmord irgendwie mit in diese Abteilung gebracht hast, aber der tote Arzt und die Geschichte in diesem Clubhaus haben eindeutig Priorität. Mein Vorschlag wäre, dass du entweder mit den anderen Kollegen zusammenarbeitest oder ihnen alles erzählst und weiter bei uns bleibst.«

Sabrina warf einen Blick zu Tom, doch der zuckte bitter lächelnd mit den Schultern und sagte: »Leider muss ich Mike zustimmen, aber hey ...«, es folgte ein kurzes Zwinkern, »bei uns lernst du eindeutig mehr.«

Eigentlich hatten die beiden Kommissare jetzt eine Antwort erwartet, aber Sabrina bestimmte: »Lasst uns mittagessen gehen, ich habe nach dem verpassten Frühstück einen riesigen Hunger.«

Mike verließ als Letzter das Büro, schloss die Tür und wollte den anderen gerade folgen, als er am Monitor eines sehr jungen Kollegen die Bilder eines völlig zerstörten Hauses sah. Neugierig stellte er sich hinter den Mann und fragte: »Ist da ein Flugzeug reingestürzt?«

Der junge Beamte hob den Kopf und antwortete über die Schulter: »Nein, Gasexplosion in einem Randgebiet von Nürnberg. Wir müssen noch klären, ob es Selbstmord oder ein Unfall war. Von der Leiche ist erwartungsgemäß nicht viel übrig.«

»Wo lag die Leiche?«, erkundigte sich Mike.

Der Mann rief ein Bild auf, vergrößerte es auf den ganzen Bildschirm und deutete in den Bereich, den man mit Gästetoilette beschriftet hatte. Mike dachte kurz darüber nach und spekulierte anschließend: »Ich glaube, es war ein Unfall, oder würden Sie auf der Schüssel sitzend darauf warten, dass Ihr Haus in die Luft fliegt?«

Der junge Beamte lachte. »Ja, ist auch meine Vermutung, aber der Chef will ja ...« Nun fiel ihm Mike ins Wort und vervollständigte den Satz: »... Fakten, Fakten, Fakten. Ich weiß.« Dann wünschte er dem Kollegen viel Glück für seine Ermittlungen und folgte Tom und Sabrina, die so lange in der Tür des Großraumbüros gewartet hatten.

Nach dem Mittagessen entschied sich Sabrina zu Toms Freude dafür, weiterhin mit den beiden zu ermitteln und ihr Wissen um den Mord an den Jugendlichen an andere Kollegen weiterzugeben. Ihre erste Aufgabe bestand darin, in Erfahrung zu bringen, ob Paul von Oppenheim endlich vernehmungsfähig war, was sich als ziemlich schwierig herausstellte, da Krankenhäuser am Telefon normalerweise keine Auskünfte gaben. Nach zehn Minuten legte sie endlich den Hörer auf, trank einen Schluck und verkündete: »Der Arzt wollte es mir zwar nicht sagen, aber schließlich deutete er an, dass es sich lohnen könnte, einmal in der Klinik vorbeizukommen.«

Mike nickte anerkennend und wollte schon zur Tür gehen, als er plötzlich stehen blieb. »Was ist?«, fragte Tom irritiert, während er sein Waffenholster über den Kopf zog.

Mike nickte in Richtung seines Bauches und stellte fest: »Ich brauche auch noch so ein Ding, samt passender Waffe.«

Nach einer Viertelstunde Diskussion und einem Anruf bei Karl rückte der verantwortliche Beamte endlich eine Waffe heraus und die drei konnten losfahren.

»Woher kennst du dich hier so gut aus?«, fragte Sabrina Mike, der sich sicher durch die Gänge von Erlangens Uniklinik bewegte, und wunderte sich über Toms fast schon bösen Blick, den sie für diese Frage erntete.

»Ist schon gut«, sagte Mike an Tom gewandt und richtete

das Wort an Sabrina: »Mein letzter Fall als Privatdetektiv hatte etwas mit dieser Klinik zu tun. Im Moment möchte ich nicht darüber reden, aber ich erzähle dir die Geschichte bestimmt irgendwann.«

Sabrina kniff kurz die Lippen zusammen, sagte dann aber: »O. k., jetzt bin ich zwar noch neugieriger, aber o. k.«

Nach einer weiteren Treppe und zwei langen Fluren kamen sie in die richtige Abteilung und zeigten dem als Wache abgestellten Beamten ihre Marken. Tom klopfte, öffnete die Tür und alle drei traten in das lichtdurchflutete Einzelzimmer, das mehr wie ein Hotel- als wie ein Krankenzimmer eingerichtet war.

»Herr von Oppenheim?«, fragte Mike den Mann, der gerade auf seinen Tablet-Computer konzentriert schien und sie ignorierte. Erst als Mike sich laut räusperte, blickte der Mann auf, brachte sich in eine sitzende Position und erklärte: »Oh, bitte entschuldigen Sie. Hier kommen ständig irgendwelche Ärzte und Schwestern herein. Mit wem habe ich das Vergnügen?«

Mike stellte sich und seine beiden Partner vor und sagte: »Schön zu sehen, dass es Ihnen offenbar wieder besser geht. Nach allem, was wir gehört haben, befanden sich ziemlich viele verbotene Substanzen in Ihrem Blut.« Mike hatte schon oft genug mit solchen sogenannten Persönlichkeiten zu tun gehabt und wusste, wenn man etwas von ihnen wissen wollte, gab es nur zwei Wege: Entweder man streichelte sie oder man ging auf Konfrontation, und da der Mann ziemlich arrogant wirkte, versuchte er es gleich mit etwas Härte.

Nun kniff von Oppenheim die Augen ein wenig zusammen, dachte kurz über seine Antwort nach und konterte: »Bin ich Opfer, oder brauche ich einen Anwalt?«

»Den Anwalt können wir Ihnen nicht verbieten, aber im

Grunde möchten wir nur wissen, was in der letzten Nacht passiert ist.« Mike bemühte sich um einen möglichst unverbindlichen Tonfall, da ein Anwalt alles nur verkomplizieren würde, und fragte dann: »Könnten Sie uns den Abend bitte so detailliert wie möglich schildern?«

Von Oppenheim machte eine großzügige Geste und bot an: »Setzen Sie sich doch, das kann etwas dauern.« Dann legte er den Tablet-Computer auf den Beistelltisch und begann zu erzählen.

Nach zehn Minuten beendete er seine Schilderung mit den Worten: »Ich weiß ja nicht, was diese sehr sympathische Frau angestellt hat, aber für mich war es offensichtlich, dass dieser Irre es auf sie abgesehen hatte.«

»Und Sie sind sich sicher, dass es sich dabei nicht um eine Warnung gehandelt haben könnte? Wie Sie sicher wissen, wurde vorgestern in Nürnberg ein Arzt ermordet, und es besteht die Möglichkeit, dass jemand, vielleicht ein Patient, ziemlich wütend sein könnte.« Mike wusste, dass dies aus der Luft gegriffen war, doch irgendetwas sagte ihm, dass von Oppenheim etwas verheimlichte.

Von Oppenheim setzte ein falsches Lächeln auf, machte eine große Geste und erklärte: »Wäre ich dann noch hier? Wenn der Typ wirklich auf mich oder meine Firma wütend wäre, hätte er sich diese Gelegenheit sicher nicht entgehen lassen. Ich meine, ich lag völlig wehrlos in einer Wanne. Er hätte mich nur noch ein wenig nach unten drücken müssen.«

Wieder missfiel Mike irgendetwas an der Reaktion des Vorstandsvorsitzenden der BioGenTech AG, doch er beließ es dabei und sagte stattdessen: »Na gut, wenn meine Kollegen keine weiteren Fragen haben, können wir für heute Schluss machen, werden aber sicher noch einmal auf Sie zurückkommen.« Nun warf er einen fragenden Blick zu seinen Kollegen, wobei Sabrina einen Schritt auf das Bett zu machte und feststellte: »Sie wirken ziemlich unbeteiligt, was den Tod der jungen Frau angeht. Können Sie mir sagen, in welchem Verhältnis Sie zu der Dame standen? Soweit wir wissen, gab es zwischen Ihnen und ihr immerhin Geschlechtsverkehr.«

Tom warf einen kritischen Blick zu Mike, doch auch wenn die Frage nicht wirklich zur Aufklärung beitragen würde, fand er sie berechtigt und dazu geeignet, etwas Druck aufzubauen.

Von Oppenheim setzte erneut sein Lächeln auf und tat großzügig: »Wenn ich Ihnen jetzt irgendetwas von der geheimen Liebschaft erzähle, glauben Sie mir das sowieso nicht, also ... die Dame war in diesem Club, um Geld zu verdienen, und ich war dort, um mich unterhalten zu lassen. Und was meine fehlende Empathie betrifft: Das kommt vermutlich daher, dass man in meinem Job sprichwörtlich über Leichen gehen muss. Vielleicht hat mich das tatsächlich etwas abstumpfen lassen.«

Sabrina schaffte es nicht ganz, ihre Abneigung gegen diesen Mann zu verbergen, nickte aber nur und sagte an Mike gewandt: »Von mir aus können wir gehen.«

»Und was denkt ihr?«, fragte Mike, als sie wieder im Auto saßen.

»Schwer zu sagen«, begann Tom. »Einerseits hat er natürlich recht. Warum sollte der Täter ihn laufen lassen, wenn er ihn schon so weit hat, dass quasi ein Handgriff genügen würde, um ihn umzubringen? Andererseits glaube ich, dass uns dieser Oppenheim in Bezug auf den Täter nicht die ganze Wahrheit gesagt hat.«

»Wie meinst du das?«, fragte Sabrina dazwischen, worauf Tom sich zu ihr umdrehte und erklärte: »Es war die Art, wie er sagte, dass es für ihn offensichtlich war, dass es der Täter auf die Frau abgesehen haben musste. Das klang irgendwie sehr überlegt und einstudiert.«

Sabrina beugte sich etwas nach vorne und fragte an Mike gewandt: »Ist dir das auch aufgefallen?«, was Tom dazu verleitete, in den dargebotenen Ausschnitt ihrer Bluse zu blicken, wodurch er kurz seine Aufmerksamkeit verlor und Mikes Antwort: »Ja, auf solche Dinge musst du achten«, nur am Rande mitbekam. Als Sabrina Toms Blick mitbekam, zeigte sich ein kurzes Schmunzeln um ihre Lippen, dann lehnte sie sich wieder zurück und auch Tom zwang sich, wieder nach vorne zu schauen.

»Und wie machen wir jetzt weiter?«, fragte Mike, der von der Situation nichts mitbekommen hatte, und da keiner von den beiden antwortete, ließ er den Motor an und bestimmte: »Ihr könnt, wenn ihr wollt, Feierabend machen. Schließlich seid ihr schon seit letzter Nacht auf den Beinen. Und ich werde mich noch einmal mit dieser Frau, die ihren Chef erschossen hat, unterhalten. Wie hieß sie noch gleich ...«

»Laura Bock«, antworteten Tom und Sabrina gleichzeitig, worauf Mike lachend feststellte: »Na, wenn ihr kein eingespieltes Team seid.«

# – 32 –

»Na gut, Herr von Oppenheim, ich halte es zwar für verfrüht, aber natürlich können wir Sie nicht zwingen hierzubleiben. Werden Sie wenigstens abgeholt, oder sollen wir ein Taxi rufen?« Der Chefarzt klang, wie Chefärzte eben klingen. Da Paul aber an Autoritäten gewöhnt war, ließ er sich davon nicht beeindrucken und antwortete stattdessen: »Was soll ich unterschreiben?«

Die junge Krankenschwester, welche ihrem Chef wie eine läufige Hündin hinterherlief, kam mit Eifer an Pauls Bett und hielt ihm ein Klemmbrett unter die Nase. Paul, der für Menschen, die sich selbst erniedrigen, nichts übrig hatte, unterschrieb und ignorierte dabei den interessierten Blick der Schwester. Anschließend bat er: »Könnten die Herrschaften mich jetzt bitte alleine lassen, ich möchte mich umziehen.« Die Schwester zog erst eine Augenbraue hoch, dackelte dann aber folgsam hinter ihrem Chef aus dem Raum.

Nachdem sich Paul des hinten offenen Krankenhausnachthemds entledigt hatte, blieb ihm nichts anderes übrig, als seinen hier völlig unpassenden Smoking anzuziehen, den ihm die Polizei aus dem Club vorbeigebracht hatte. Danach informierte er den Wache stehenden Polizisten darüber, dass weiterer Schutz nicht nötig sei und er jetzt nach Hause gehen würde.

Wie bestellt warteten zwei Männer eines Sicherheitsdienstes mit einer Limousine direkt in der Feuerwehranfahrtszone vor dem Hauptausgang auf ihn, was er dem Polizisten aber bewusst verheimlicht hatte. Aufgrund seiner Behauptung, dass es bei dem Vorfall im Club nur um die tote Nephele gegangen war, hätten die beiden gut gebauten Leibwächter nur Misstrauen erzeugt. Wer Schutz braucht, hat Angst, und das wäre diesem Kommissar Köstner sicher nicht entgangen.

Zurück in seiner Villa, erklärte er den beiden Männern, wie die Alarmanlage funktionierte, und ließ sie dann den Außenbereich kontrollieren. Er selbst ging ins Wohnzimmer, zog sich das Sakko aus, warf es über den schweren Sessel und öffnete die Karaffe mit dem Whiskey. Eigentlich hätte er sich um einige Dinge bezüglich der Firma kümmern müssen, doch seine Gedanken kreisten immer wieder um das gleiche Thema.

Wie er wusste, hatte man zum Schutz des Clubs allerhand Maßnahmen ergriffen, und trotzdem hatte es dieser Mann geschafft, dort einzudringen. Je länger Paul darüber nachdachte, desto klarer wurde es, dass ihn dieser Irre schon eine ganze Zeit lang beobachtet haben musste. Offenbar wusste er von seinen sonntäglichen Besuchen im Club, und mit Sicherheit wusste er auch, wo er wohnte. Sollte dieses Nichts von einem Arzt tatsächlich damit recht gehabt haben, dass der erschossene Dr. Klausen nur der Anfang gewesen war? Aber warum hatte der Mann ihn letzte Nacht verschont? Dass er Paul Angst machen wollte, war klar, und das hatte er auch geschafft. Nun stellte sich allerdings die Frage, was noch kommen würde. Der Irre hatte offensichtlich vor, seinen Wahnsinn noch zu steigern. Doch was konnte schlimmer sein als die Aktion in dem Whirlpool?

Im Grunde kannte Paul die Antwort, verdrängte diese

jedoch, seit die Wirkung der Drogen nachgelassen hatte. Wenn dieser Mann tatsächlich wegen der kleinen Versuchsreihe Amok laufen würde und die Berichte der Medien stimmten, dass auf Dr. Klausens Webseite für kurze Zeit ein Schuldeingeständnis stand, wollte der Irre nichts weniger, als alles an die Öffentlichkeit zu bringen. Im Augenblick dieser Erkenntnis begannen Pauls Hände derart zu zittern, dass er die kleine Karaffe und das Glas abstellen musste. Sein eigenes Leben einigermaßen zu schützen war eine Sache, einen unbekannten und noch dazu durchgedrehten Mann zu stoppen war etwas ganz anderes. Natürlich könnte er der Polizei wichtige Hinweise liefern und darauf hoffen, dass diese den Mann möglichst schnell einfing. Aber dann würde er auch die Hintergründe offenlegen müssen, und das wäre der sichere Untergang der BioGenTech AG.

Paul trank das Glas in einem Zug leer, wählte anschließend die Nummer eines Mitglieds der kleinen Gruppe, die mit den nicht ganz sauberen Geschäften der Firma vertraut war, und schilderte kurz, was passiert war. Dann fragte er nach dem Stand bezüglich der Sache um Dr. Reitner und erfuhr, dass der engagierte Privatdetektiv, der den Arzt schützen und sich wegen der Erpressung umsehen sollte, diesen nur kurz angetroffen hatte. Offenbar hatte Dr. Reitner kalte Füße bekommen und sich für eine Zeit lang nach Italien verabschiedet. Gestern hätte Paul noch über ihn gelacht, heute würde er ihm am liebsten folgen, was natürlich nicht ging. Er musste zusehen, dass die Dinge wieder in Ordnung gebracht wurden, und dazu durfte er sich keine Schwäche leisten. Mit nun wieder fester Stimme forderte er von seinem Vorstandsmitglied, dass man eine der wirklich guten Detekteien, eine, die auch einmal zu nicht ganz legalen Mitteln griff, zu ihm schicken solle. Alles Weitere würde er selbst in die Wege leiten.

Dass nur eine Viertelstunde nach seinem Telefonat erneut das Telefon klingelte, zeigte ihm, dass seine Schilderungen offenbar Wirkung gezeigt hatten. Er schluckte den Rest seines Getränkes hinunter, hob ab und meldete sich mit »Ja«. Zu seiner Überraschung war nicht einer seiner aufgeschreckten Kollegen am Apparat, sondern ein Mann, der sich mit »Detektei Winz und Partner, mein Name ist Harald Winz, wir sollten Sie anrufen« meldete.

Paul räusperte sich und wollte schon anfangen zu reden, als ihm etwas in den Sinn kam und er wissen wollte: »Darf ich fragen, wer Sie beauftragt hat, mich anzurufen?«

»Das war, Moment bitte ...«, Paul hörte ein Blatt rascheln, »... das war ein Herr Timhausen, Walter Timhausen.«

Paul war zufrieden. »Alles klar, ich wollte nur sichergehen.«

»Verstehe ich«, antwortete dieser Herr Winz und fragte dann: »Wie können wir Ihnen helfen?«

Wieder überlegte Paul einen Moment, bevor er sagte: »Die Sache ist ziemlich vertraulich, zu vertraulich für das Telefon. Wäre es Ihnen möglich, zu mir zu kommen, möglichst noch heute?«

Am anderen Ende Leitung setzte eine kurze Stille ein, die nur durch erneutes Blätterrascheln unterbrochen wurde, bevor Herr Winz antwortete: »Viel Zeit habe ich nicht, aber wenn Sie mir Ihre Adresse geben, komme ich bei Ihnen vorbei. Sie wohnen doch im Raum Erlangen, oder?«

Paul gab dem Mann die Daten durch, sagte den beiden Leibwächtern Bescheid und schrieb, während er wartete, alle Erinnerungen an den letzten Abend in seinen Laptop.

# – 33 –

»Und, habe ich zu viel versprochen?«, rief Marius über die Schulter, als er die Katzenbox aus dem Kofferraum hob. Petra war erst ein wenig aufgetaut, als er ihr erzählt hatte, dass die Sache mit der Katze vermutlich einem irren Erpresser zuzuschreiben war, der Geld von ihm wollte. Noch immer misstrauisch, fragte sie ihn, warum er ihr nichts davon erzählt habe, und er log, dass er sie einfach nicht habe beunruhigen wollen. Als der Irre aber die Katze rasiert hatte, sprach er mit der Polizei und diese riet ihm, ein paar Tage aus der Schusslinie zu treten, bis sie den Mann erwischt hätten.

»Gefällt es dir?«, hakte Marius nach, da Petra ohne ihm zu antworten eine weitere Tasche aus dem Kofferraum hob, diese jetzt aber auf den Boden stellte und sich umsah. Paul hatte die Toskana schon immer geliebt, und nun, als sich Petra das erste Mal bewusst umblickte, verfiel auch sie der sanft hügeligen Landschaft. Trotzdem schob sie sich mit einer etwas zickigen Bewegung eine ihrer blonden Strähnen hinter das Ohr und antwortete knapp: »Ja, schön hier.«

Marius stellte die Katzenbox ebenfalls auf den Boden, trat zu seiner Frau und nahm sie von hinten in den Arm. Dann ließ er seinen Blick ebenfalls bis zu dem kleinen Ort in etwa fünf Kilometer Entfernung schweifen und sagte leise, aber ein wenig neckend: »Also, ich könnte mir Schlimmeres vorstellen, als mich hier mit dir im Pool zu vergnügen.«

Petra löste sich aus seiner Umarmung, drehte sich mit dem Versuch, böse zu gucken, um und fragte: »Wir haben einen Pool?«

Nun konnte sich Marius das Grinsen nicht verkneifen und stichelte: »Ich wollte dir das Haus ja vorhin zeigen, aber der kleine Ziegenbock in dir musste ja erst das Auto ausladen.«

Petras Stirn legte sich ein letztes Mal in Falten, dann musste sie lachen, wobei sie ihm aber gleichzeitig auf den Arm schlug und forderte: »Na, dann los, Herr Doktor, ich glaube, eine Abkühlung würde uns beiden guttun.«

Marius verschloss das Auto, nahm die Katze und eilte hinter seiner Frau her. Petra ging vorne in das kleine Ferienhaus hinein und hinten gleich wieder hinaus. Draußen blieb sie kurz stehen und sah sich erneut um. Da es aber weit und breit kein weiteres Haus, sondern nur Wiesen, Weinreben und kleine Baumgruppen zu sehen gab, schlüpfte sie aus ihren Klamotten und rief: »Wo bleibst du denn?« Anschließend holte sie eine Handvoll Wasser aus dem runden Pool, frischte sich etwas ab und sprang hinein.

Marius befreite die entstellte Katze aus ihrer Box, zog sich ebenfalls aus und sprang seiner Frau hinterher. Für einen Sekundenbruchteil blitzte ein Bild aus seiner Studentenzeit in ihm auf, in der er das letzte Mal nackt gebadet hatte, dann erreichte er Petra und drückte sie übermütig unter Wasser. Nach einigem Gerangel nahmen sich die beiden in die Arme und hatten den leidenschaftlichsten Sex seit Langem.

Irgendwann löste sich Petra von den Stufen, die ins Wasser führten, schwamm rückwärts ein Stück weg und sagte, ohne nachzudenken: »Du solltest dich öfter erpressen lassen, wenn das solche Energien bei dir freisetzt.« Für einen kurzen Augenblick verfinsterte sich Marius' Miene, doch dann beschloss er, die Angelegenheit der BioGenTech AG zu überlassen und die Zeit hier zu genießen. Nach wenigen

Schwimmstößen hatte er Petra erneut erreicht und drückte sie wieder unter Wasser, was sie zuließ und beim Auftauchen kurz an seiner Körpermitte Halt machte.

Nach einem kurzen Einkauf in dem nahen Örtchen San Gimignano saßen die beiden abends auf der Terrasse ihres kleinen Paradieses, aßen frisches Weißbrot mit Oliven und Käse und genossen die Stille um sie herum. Anschließend streckte Marius sich auf einer Liege aus und beobachtete ein kleines Wohnmobil, das sich eine der schmalen Landstraßen auf den nächsten Hügel hinaufkämpfte.

# – 34 –

»Mann, wie heiß soll es heute noch werden?«, schimpfte Mike, als er am Dienstagmorgen das Büro betrat und die dunklen Schweißspuren unter seinem Waffenholster betrachtete.

Sabrina sah von ihrem Computer auf, betrachtete die Streifen ebenfalls und sagte gut gelaunt: »Laut Wetterbericht 33 Grad, aber ich mag das.«

»Ist Tom noch nicht da?«, fragte Mike, ohne weiter auf das Wetter einzugehen, und setzte sich, mit der Tageszeitung wedelnd, auf seinen Platz.

Sabrina hob noch einmal den Blick und antwortete: »Doch, der ist gerade bei den Kollegen der Spurensicherung und erkundigt sich nach den neuesten Erkenntnissen. Nach der E-Mail, die wir heute Morgen bekommen haben, fanden sich doch noch Spuren einer Schadsoftware auf dem Rechner der Arzthelferin von Dr. Klausen, und wenn das stimmt, könnten wir Frau Bock vielleicht gehen lassen.« Sabrina machte eine kurze Pause und fragte: »Hast du gestern eigentlich noch mit ihr geredet?«

Mike drückte den Startknopf seines Rechners, sah sich um, brummte etwas bezüglich der leeren Kaffeekanne und antwortete über die Schulter: »Ja, habe ich.« Dann füllte er Pulver in die Maschine, drückte auch hier den Knopf und sagte: »Ich sehe es so wie ihr. Diese Frau hat die Tat nie und nimmer aus freien Stücken begangen. Frau Bock ist völlig am Ende und macht sich riesige Sorgen um ihre Tochter.« Mike hatte die Worte noch nicht ganz gesprochen, als ihm das letzte Bild seiner eigenen Tochter in den Sinn kam und er sich am Fensterbrett festhalten musste.

Sabrina sprang auf, um ihn zu stützen, doch bis sie bei ihm war, hatte er sich wieder gefangen und winkte ab.

»Was war das denn?«, hörte er seine neue Kollegin wie aus weiter Ferne fragen, brauchte aber noch einige Augenblicke, bis er wieder reden konnte. Nach einem großen Schluck aus dem ihm angebotenen Wasserglas antwortete er nur: »Manchmal lassen sich die Bilder der Vergangenheit nicht zurückhalten.«

Sabrina nahm das Glas zurück, und da sie von der Tragödie um Köstners Familie wusste, versuchte sie gar nicht erst, mehr zu erfahren, sondern griff das eigentliche Thema wieder auf: »Sie denken also auch, dass diese Frau nichts dafür kann?«

Mike, der dankbar für die Reaktion seiner neuen Partnerin war, überlegte einige Sekunden, bevor er den Kopf etwas hin und her wiegte. »Das ist eine schwierige Frage, die letztlich der Staatsanwalt und der Richter beurteilen müssen. Unter welchen Umständen auch immer, Frau Bock hat einen Mord begangen, und in irgendeiner Form wird das Konsequenzen haben, aber ich glaube, sie könnte mit einer Bewährungsstrafe davonkommen.« Wieder folgte eine kurze Pause, bevor Mike das Thema mit den Worten beendete: »Wenn es jetzt tatsächlich Beweise dafür gibt, dass ihr tatsächlich jemand mit dem Tod ihrer Tochter gedroht hat, rufe ich nachher den Staatsanwalt an und werde dafür plädieren, sie bis zur Verhandlung rauszulassen. Nach dem, was Frau Bock mir erzählt hat, hätte ich genauso gehandelt.«

Nun strahlte Sabrina ihn an, und als er die Stirn kräuselte, sagte sie mit ihrer manchmal fast kindlichen Art: »Ich mag Sie, Herr Hauptkommissar.« Nun musste auch Mike etwas lächeln und fragte rhetorisch: »Auch etwas zu viel Gerechtigkeitssinn?«, worauf seine Kollegin nur zwinkerte.

Bevor die Stille zwischen den beiden unangenehm wurde, öffnete sich die Tür. Tom kam herein und fragte, nachdem er die beiden gemustert hatte: »Störe ich?«

Nach einem kurzen Gelächter erzählte ihm Mike, über was sie gerade geredet hatten, und Tom berichtete von den neuen Spuren. Anschließend griff Mike zum Telefon, informierte Staatsanwalt Immler über den neuesten Stand bezüglich des ersten Mordes und dieser versprach, die Angelegenheit gründlich zu prüfen.

»Und was jetzt?«, fragte Sabrina voll Tatendrang, was Mike dazu brachte, an die große Tafel zu treten, um sich die aktuelle Spurenlage in den Kopf zu rufen. Nach einer kurzen Diskussion einigten sich die drei darauf, noch einmal ganz von vorne, beim Mord an Dr. Klausens, zu beginnen. Tom wählte die Nummer der KTU und forderte alle Geschäftsunterlagen an, die man aus dessen Praxis mitgenommen hatte. Anschließend ließ er sich noch einmal mit dem Staatsanwalt verbinden, doch alle Argumentation nützte nichts, Immlers Aussage war klar: »Geschäftsunterlagen ja, Patientenakten nein.« Tom legte auf und setzte seine Kollegen darüber in Kenntnis, doch Mike meinte dazu nur: »Warte noch ein bisschen, der Druck auf unsere Führungskräfte wird größer werden, und dann bekommen wir auch die Patientenakten.«

Nach einer Zigarette auf dem Raucherplatz im Innenhof des Präsidiums stand ein Wagen der Hauspost mit den angeforderten Unterlagen im Büro, und nachdem sich jeder einen kleinen Stapel genommen hatte, fragte Sabrina: »Nach was suchen wir eigentlich?«

Mike, der schon öfter erlebt hatte, dass bei einer konkreten Fragestellung auf andere Dinge nicht mehr geachtet wurde, antwortete: »Einfach mal durchblättern und auf Auffälligkeiten achten. Das kann alles sein: seltsame Kontobewegungen, ungewöhnlich hohe Medikamentenbestellungen, Vermerke über die Mitarbeiter. Versucht euch einfach auf nichts festzulegen und bleibt offen für alles.«

Sabrina dachte kurz darüber nach und moserte: »Zu was bin ich auf die Polizeischule gegangen, wenn man hier doch alles anders macht?«

Mike ignorierte die Aussage und öffnete den ersten Ordner, dann verfielen alle drei schweigend in ihre Arbeit, wobei sich jeder ab und zu kleine Notizen machte.

Gegen Mittag waren sie mit dieser Arbeit durch und Mike fragte etwas provokant: »Und, Sabrina, was kommt jetzt?« Doch die junge Kollegin ließ sich nicht reizen und antwortete überlegt: »Da jeder nur einen Ausschnitt der Unterlagen angesehen hat, brauchen wir jetzt sozusagen die Schnittmenge der Erkenntnisse.«

»Sehr gut«, lobte Mike, stand auf und gab ihr seinen und Toms Zettel mit den Worten »Dann schau mal, ob du etwas findest. Ich brauche jetzt dringend eine Zigarette«.

Als Mike nach einem kleinen Umweg über die Kantine mit drei Eistüten zurück ins Büro kam, standen Tom und Sabrina bereits an der Tafel und notierten dort neue Erkenntnisse, wobei es Mike nicht entging, dass Tom sichtlich die Nähe zu seiner neuen Kollegin suchte.

Erst als Mike die Tür lautstark ins Schloss fallen ließ, rückten die beiden etwas auseinander und wurden schlagartig ernster. Mit einem Schmunzeln hielt er Tom ein Eis hin und sagte: »Kleine Abkühlung gefällig?« Tom nahm das Eis, ignorierte die Stichelei und bedankte sich.

Mike trat an die Tafel und fragte: »Also, was habt ihr herausgefunden?«

Sabrina warf die Verpackung ihres Eises in die Mülltonne, trat neben Mike und erklärte: »Drei Auffälligkeiten hatte jeder von uns auf dem Zettel. Erstens scheint der Arzt fast ausschließlich Medikamente der BioGenTech AG anzupreisen, jedenfalls deutet die Unmenge an Lieferscheinen für Probepackungen der Firma darauf hin.« Sabrina leckte einen Tropfen geschmolzenen Eises von ihrem Finger und fuhr fort: »Außerdem hat Tom seltsame Kontobewegungen in seinen Unterlagen gefunden.«

»Welche Kontobewegungen?«, fragte Mike, der neugierig geworden war.

Sabrina deutete auf die Kopie eines Kontoauszuges, den sie ebenfalls an die Tafel gepinnt hatte. »Statt für irgendetwas zu bezahlen, hat ihm die BioGenTech AG offenbar Provisionen gezahlt, die meiner Ansicht nach deutlich über denen für normale Leistungen liegen dürften. Um genau zu sein, geht es dabei um zwei Zahlungen in Höhe von jeweils 50 000 Euro.«

Mike stieß einen Pfiff aus. »Für ein paar bevorzugt verschriebene Mittelchen erscheint mir das allerdings auch ziemlich viel.« Nun drehte er sich zu Tom und fragte: »Ist dieser Paul von Oppenheim nicht der Chef dieser Firma?« Tom klickte im Stehen auf einige Schaltflächen seines Computers, gab den Namen ein und schon zwei Sekunden später grinste ihnen Oppenheims Gesicht von der Firmen-Homepage entgegen, was Tom trocken mit »Ist er« kommentierte.

Mike dachte einen Augenblick nach, nickte dann für sich selbst und stellte fest: »Ich wusste, dass der Mann etwas verbirgt, und es würde mich nicht wundern, wenn sich der Kreis schließt.« Wieder an Sabina gewandt fragte er: »Du sagtest, ihr habt drei Auffälligkeiten ... was ist die dritte?«

Sabrina nickte. »Ein Name, der mehrfach auftaucht. Das Opfer stand wohl in relativ engem Kontakt zu einem Dr. Marius Reitner. Um was es dabei ging, ist zwar aus den Unterlagen nicht ersichtlich, aber der Name taucht auffällig oft als Notiz auf.«

Wieder ließ Mike diese Information sacken, bevor er vorschlug: »Ich würde sagen, wir reden erst mit diesem Dr. Reitner. Vielleicht bekommen wir von ihm noch mehr Fakten, um diesen von Oppenheim etwas unter Druck zu setzen.«

»Hast du eine Vermutung, um was es gehen könnte?«, fragte Tom seinen Freund und Kollegen, doch Mike schüttelte den Kopf. »Nichts Konkretes, aber dass Dr. Klausen getötet wird und Oppenheim in eine lebensgefährliche Lage gerät, erscheint mir etwas viel Zufall.«

»Soll ich Dr. Reitner anrufen?«, schlug Sabrina vor, doch Mike schüttelte den Kopf. »Nein. Spontane Besuche sind aufschlussreicher, suche uns nur die Praxis- und die Privatadresse raus und dann fahren wir.«

Zwei Minuten später verkündete die junge Kommissarin: »Die Praxis können wir vergessen. Laut der Homepage ist diese wegen Krankheit auf unbestimmte Zeit geschlossen.«

»Noch mehr Zufälle«, murmelte Mike und fügte laut hinzu: »Gut, ein Weg weniger. Wenn ihr sonst nichts zu tun habt, würde ich sagen, wir statten dem Doktor einen Besuch ab.«

Dieses Mal überließ Mike seinem Kollegen das Steuer, da er selbst nicht besonders gerne Auto fuhr und die Zeit nutzen wollte, um kurz Jenni anzurufen. Eine der Abmachungen war, dass er, wenn er wieder zur Polizei ging, nicht mehr Tag und Nacht arbeiten würde, und da heute ein neuer Film in den Kinos startete, beschloss er, seine Lebensgefährtin dorthin einzuladen.

# – 35 –

Nach der ersten Nacht in dem Ferienhaus und einem morgendlichen Bad im Pool fühlte sich Marius schon viel entspannter. Diese irre Geschichte mit dem Mann, der ihn bedroht hatte, rückte in seinen Gedanken immer weiter weg, und da er vorhatte, mindestens zwei Wochen in Italien zu bleiben, beschloss er, das hier alles erst einmal zu genießen. Wenn auch unfreiwillig, war dies genaugenommen sein erster Urlaub in den letzten acht Jahren. Fast unmittelbar nach seinem Studium hatte er begonnen, die eigene Praxis aufzubauen, was Arbeit, Arbeit und noch einmal Arbeit bedeutet hatte. In den ersten sechs Jahren glaubte er mehr als einmal, es nicht zu schaffen. Der Schuldenberg wuchs und die diversen Gesundheitsreformen der Regierung ließen ihm kaum noch Luft zum Atmen. Dann kamen das Arzneimittelseminar bei BioGenTech und die Einladung zu einem sogenannten Workshop für ausgewählte Jungärzte, wo er auch Dr. Stefan Klausen kennengelernt hatte. Im Nachhinein war schon nach der ersten Stunde des Workshops klar, warum man lauter junge Ärzte mit eigener Praxis eingeladen hatte. Bei der Firma wusste man natürlich, dass bei dieser Klientel chronischer Geldmangel herrschte und man so besser an sie herankam. Natürlich wurde vonseiten der Pharmaindustrie schon während der Studienzeit alles versucht, um die angehenden Mediziner auf die eigenen Produkte einzuschwören, aber das, was in diesem edel eingerichteten Vortragsraum ablief, übertraf alles. Nachdem der Seminarleiter eindeutig zweideutig klar gemacht hatte, um was es ging, kamen von den zehn eingeladenen Ärzten sieben nach der ersten Pause nicht mehr zurück. Die verbliebenen drei, zu denen er selbst gehörte, wurden daraufhin hofiert, als wären sie die Stars einer Show, und hätte einer von ihnen eine hübsche, willige Frau verlangt, er hätte sie vermutlich bekommen. Anschließend folgte eine viertägige Reise nach Dubai, wo Klartext gesprochen wurde und Marius erfuhr, dass Dr. Klausen das Ganze eigentlich nicht nötig hatte, aber für Geld sprichwörtlich über Leichen ging. Dessen klar definiertes Ziel war nicht die Heilung von Menschen, sondern mit spätestens vierzig in den Ruhestand zu gehen und das Leben zu genießen. Er selbst konnte dagegen fast nicht Nein sagen. Ein paar Monate der Testreihe hatten genügt, um schuldenfrei zu werden und ohne Druck weiter praktizieren zu können. Es gab eben Angebote, die kann man nicht abschlagen.

»Auch ein Stück Melone?«, holte ihn Petra aus seinen Gedanken, wobei sie sich neben ihn auf den Steinrand des Pools legte und einen der saftigen Melonenwürfel knapp über dem Bikinihöschen auf ihren Bauch legte. Marius brauche einen kurzen Augenblick, um die Vergangenheit aus dem Kopf zu bekommen, dann sah er sie mit einem frechen Grinsen an und nahm die Einladung an. Obwohl das Stück nicht besonders groß war, biss er nur eine Ecke davon ab und sorgte so dafür, dass sich ein dicker Tropfen des süßen Saftes auf den Weg unter das Bikinihöschen machte. Mit der Zunge dem Tropfen folgend, zog er den Stoff gleichzeitig ein Stück nach unten und sorgte so für ein leichtes Aufbäumen ihres Beckens. Nach einigen sanften Küssen auf ihre zarte rosa Haut strich er das Höschen komplett nach unten, küsste sich an der Innenseite ihrer Schenkel wieder nach oben und begann Petra richtig zu verwöhnen. Als sie kurz davor war, es nicht mehr auszuhalten, ließ er von ihr ab, zog sich selbst die Hose aus und schob sich langsam nach oben, wobei er sie immer weiterstreichelte, was sie fast verrückt machte. Gleichzeitig mit den sanften Küssen auf ihre Brustwarzen war sein Becken endlich über ihrem. Petra umgriff seine Hüfte und zog ihn zu sich herunter, wobei sie ihre Beine weit öffnete, um ihn zu empfangen. Eigentlich hatte sich Marius vorgenommen, seine Frau noch ein wenig zu quälen, doch nun konnte er seiner eigenen Lust nicht mehr widerstehen und drang mit einer einzigen Bewegung tief in sie ein. Doch dem vertrauten Gefühl, in ihr zu sein, folgte etwas, das er erst nicht zuordnen konnte. Zuerst hörte er Petras lautes Stöhnen, dann folgte ein lautes Poltern drüben aus dem Haus, dem der Schrei ihrer Katze folgte, die kurz darauf immer noch schreiend aus dem Haus gelaufen kam und im nächsten Busch verschwand. Nun war sie wieder da, die Angst, welche er seit einem Tag erfolgreich verdrängt hatte. Fast schon hektisch zog er sich aus seiner Frau zurück, was Petra nicht nachvollziehen konnte. Etwas verwirrt fragte sie: »Was ist los?«

Noch immer über ihr kniend, nickte er zu dem Ferienhaus hinüber und stellte erzwungen ruhig die Gegenfrage: »Hast du das nicht gehört?«

Nun breitete sich ein mitfühlendes Lächeln auf Petras Gesicht aus und mit einem sanften Streicheln über sein Gesicht antwortete sie: »Du hast diesen Urlaub wirklich bitter nötig. Jasmin hat bestimmt nur etwas umgeworfen und sich dadurch erschreckt, sonst ist da nichts.« Anschließend hob sie ihr Becken so weit, dass sie sich wieder leicht berührten, und als Marius den ersten Schreck abgeschüttelt hatte, liebten sie sich wesentlich unaufgeregter, dafür aber sehr innig.

Danach lagen sie noch eine Weile nebeneinander in der Sonne, ließen sich irgendwann in das warme Poolwasser gleiten und naschten von Beckenrand aus die letzten Melonenstücke.

Als es auch der Katze in ihrem Busch zu warm wurde und sie langsam wieder ins Haus trottete, folgten ihr die beiden und sahen, was passiert war. Marius hatte sich bereits bei ihrer Ankunft gefragt, warum man die kniehohe Vase so blöd in den kurzen Flur gestellt hatte. Irgendwie hatte es Jasmin geschafft, der tönernen Vase nun ein Ende zu bereiten.

Ohne es zu kommentieren, holte Petra einen Handfeger und beförderte die Reste damit in den Mülleimer, dann fragte sie: »Willst du heute noch irgendwo hin, oder machen wir uns einen ruhigen Tag am Pool?« Marius drückte den Startknopf der altmodischen Kaffeemaschine, blickte grinsend auf und entgegnete mit einem Zwinkern: »Wenn wir noch Melone haben, können wir gerne hierbleiben.«

»Du hast einen leichten Sonnenbrand«, stellte Petra fest, als Marius abends aus der Dusche kam, und drückte ihm eine kleine Plastikflasche mit Lotion in die Hand. Anschließend gab sie ihm noch einen Kuss und bestimmte: »Creme dich damit ein und ich bereite schon einmal das Abendessen.«

Der Abend verging wie der Tag auch. Sie saßen lange draußen, tranken etwas zu viel Wein und unterhielten sich über alles, außer über die Arbeit. Erst als gegen 23 Uhr ein mächtiger Blitz vom Himmel zuckte, beschlossen sie, den Tag zu beenden und ins Bett zu gehen. Hätte einer von den beiden in dem Augenblick des Blitzes in die richtige Richtung geblickt, wäre ihm der dunkle Umriss eines Menschen, der zwischen den nahen Bäumen kauerte, sicher aufgefallen. Doch schon beim nächsten Aufleuchten des Himmels war der Platz in dem kleinen Wäldchen wieder leer.

Der erste Donner brachte die Fenster des Hauses zum Vibrieren und Marius beeilte sich, alles ins Haus zu räumen, was ihn auch dazu veranlasste, noch einmal zum Pool zu gehen. Wieder wurde die Landschaft um ihn herum für den Bruchteil einer Sekunde in gleißendes Licht getaucht, wodurch er automatisch ein wenig den Kopf einzog, es aber trotzdem sah. Unterhalb des Hauses zog sich ein schmaler Feldweg den Hügel entlang, und genau dort, wo dieser zwischen hohen Weinreben verschwand, spiegelte sich nun die Windschutzscheibe eines Fahrzeuges.

Der nächste Blitz war zu schwach, um das Gelände ausreichend auszuleuchten, und als hätte jemand eine Schleuse geöffnet, begannen dicke Tropfen vom Himmel zu fallen. Marius wartete noch einige Sekunden, den Blick starr in die Richtung gerichtet, doch die Nacht war zu dunkel und die Blitze bereits in die andere Richtung weitergezogen, sodass es unmöglich geworden war, etwas zu erkennen. Völlig durchnässt gab er es schließlich auf und ging zurück zum Haus, wo ihn Petra bereits mit einem letzten Glas Wein erwartete und zu dem Gesehenen nur meinte: »Das sind bestimmt nur ein paar junge Leute, die ihren Spaß haben wollen. In Italien ist es bei den Jugendlichen nicht selten, dass sie sich im Auto vergnügen, da ihre Eltern streng katholisch sind.«

Etwas vom Wein benebelt, beschloss Marius, sich auch keine weiteren Sorgen zu machen, und außerdem, woher sollte dieser Irre denn wissen, wo sie waren? Trotzdem suchte er, während sich Petra im Bad fürs Bett fertig machte, nach seinem Handy, konnte es aber nirgends finden.

»Ist bestimmt noch im Auto«, stellte Petra fest, als er sie danach fragte. Dann ging sie an ihre Handtasche, zog ihr eigenes heraus und gab es ihm mit den Worten: »Reicht das, oder willst du bei dem Wetter zum Auto?«

Obwohl er sich sicher war, dass auch sein Gerät im Haus sein müsste, wollte er die Pferde nicht weiter scheu machen und gab sich damit zufrieden. Begleitet von dem Prasseln des Starkregens gingen sie ins Bett und schliefen innerhalb weniger Minuten ein.

# – 36 –

Nachdem Mike zum dritten Mal auf den Klingelknopf mit der Aufschrift *Dr. Marius Reitner* gedrückt hatte, zog er kurz die Schultern hoch und verkündete: »Hier ist der Doktor nicht, aber wenn die Angaben über eine Krankheit auf der Homepage stimmen, könnte er natürlich in einem Krankenhaus sein.«

»Und wie sollen wir das herausbekommen?«, fragte Tom, dem das drückend warme Wetter etwas auf die Nerven ging.

»Alle Krankenhäuser anrufen?«, schlug Sabrina vor, doch Mike schüttelte den Kopf. »Dauert zu lange, und ob die uns Auskunft geben, ist fraglich.«

»Also erst einmal die Nachbarn fragen«, schnaufte Tom, der lieber zurück in den klimatisierten Dienstwagen wollte, dann aber zu der gegenüberliegenden Straßenseite deutete. »Ich fange mit dem Haus gegenüber an.«

Mike nickte. »Gut. Dann übernehme ich den linken Nachbarn und Sabrina den rechten.«

»Und was soll ich fragen?« Sabrina fühlte sich gerade etwas überfahren, erntete aber nur die knappe Antwort: »Sei kreativ. Wenn es sich wirklich um eine schwere Erkrankung von Herrn oder Frau Reitner handelt, dürfte irgendjemand darüber Bescheid wissen. Wenn nicht, hat einer der Nachbarn vielleicht sonst etwas mitbekommen.«

Mike war als Erster mit seiner Befragung fertig, suchte

sich einen schattigen Platz und zündete sich eine Zigarette an. Während er daran zog, sah er sich das Haus Dr. Reitners etwas genauer an und fragte sich wieder einmal in seiner Karriere, warum die Welt so war, wie sie war. Soweit er sich erinnern konnte, war Dr. Reitner in etwa so alt wie Tom, doch im Gegensatz zu dem Arzt wohnte sein Kollege in einer kleinen Zweizimmerwohnung, und das nicht gerade in bester Lage. Wie zum Teufel konnte man so viel Geld damit verdienen, dass man ein paar Leuten die Lunge abhörte und den Rest an Fachärzte überwies?

»Hübsches Häuschen«, holte ihn Sabrina aus seinen Gedanken und blickte ihn triumphierend an.

»Was in Erfahrung gebracht?«, fragte Mike beiläufig, da er noch immer auf den gepflegten Vorgarten statt zu seiner Partnerin blickte.

»Allerdings.« Sabrina schob sich etwas in sein Blickfeld und wartete bewusst, bis sie seine ganze Aufmerksamkeit hatte, dann erst berichtete sie: »Herr Lindlmaier von nebenan kann den Doktor offenbar nicht besonders leiden und erzählte mir mit Freude, dass dieser abgereist ist.«

»Abgereist, was heißt das?« Nun war Mike bei der Sache, doch anstatt gleich zu erzählen, fragte Sabrina, die nur sehr selten rauchte: »Kann ich auch eine haben?«

Mike hielt ihr das Päckchen hin, gab ihr Feuer und wartete ungeduldig, bis sie den ersten Zug genommen hatte.

Doch Sabrina sah noch Tom dabei zu, wie dieser die Straße überquerte, und begann erst zu erzählen, als auch er in Hörweite war: »Ja, also ... dieser Nachbar, Herr Lindlmaier, mäht jeden Montag seinen Rasen und hat dabei mitbekommen, wie die Reitners eilig einige Taschen in ihr Auto luden und davonfuhren. Frau Doktor muss dabei ziemlich außer sich gewesen sein und Herr Lindlmaier hat mehrfach das Wort Toskana verstanden. Es sieht also ganz danach aus, als wären die beiden regelrecht geflüchtet.«

Tom war nun näher herangetreten, wischte sich einen Schweißtropfen von der Stirn und nickte. »Denselben Eindruck hatten auch die Leute von gegenüber. Sie haben etwas besseren Kontakt zu dem Paar und sind sich sicher, dass keiner von ihnen ernsthaft krank gewesen sei. Notfälle natürlich ausgenommen, aber bei einem Notfall holt man den Krankenwagen und unterhält sich nicht über die Toskana, während man sein Auto packt.«

»Was läuft da nur?«, fragte sich Mike laut und spann die Frage weiter: »Dr. Klausen ist tot, Dr. Reitner hat offenbar die Flucht angetreten, bleibt nur noch von Oppenheim.« Schlau sah er seine Partner an und fragte: »Das Dreieck aus zwei Ärzten und dem Chef eines Pharmaunternehmens macht doch Sinn, oder? Ich meine ... sehe ich Gespenster oder besteht die Möglichkeit, dass die drei etwas verbindet?«

Statt zu antworten, fragte Sabrina: »Können wir nicht einfach ein paar Hausdurchsuchungen machen? Wenn die drei etwas miteinander zu tun hatten, muss doch auch bei dieser BioGenTech AG etwas zu finden sein. Immerhin haben wir diese seltsamen Kontobewegungen bei Dr. Klausen gefunden.«

Mike und Tom schüttelten gleichzeitig den Kopf und sagten auch noch fast gleichzeitig: »Das genehmigt uns kein Richter.« Nach einem kurzen Augenblick des Schweigens begannen beide zu lachen, nur Sabrina fühlte sich wieder wie eine Anfängerin.

»Also, Mike, was schlägst du vor?«, fragte Tom, der als Erster wieder ernst wurde.

Mike zuckte die Schultern. »Bleibt ja nur noch von Oppenheim.«

»Und warum rufen wir diesen Dr. Reitner nicht einfach auf seinem Handy an?«, unternahm Sabrina einen neuen

Versuch, etwas beizutragen.

»Gute Idee«, stimmte Tom ihr zu. »Du kannst auf der Fahrt zu von Oppenheim die Zentrale beauftragen, die Nummer herauszusuchen.«

Der Rückruf aus dem Hauptpräsidium kam gerade, als Mike auf das kurze Stück Straße einbog, das zu von Oppenheims Villa führte. Er stoppte den Wagen, noch bevor das Anwesen in Sicht kam, ließ sich von Sabrina Dr. Reitners Handynummer geben und tippte die Zahlen in sein eigenes Handy. Nach vier Freizeichen meldete sich eine Männerstimme mit »Dr. Reitner«, und Mike stellte sich vor.

»Was kann ich für Sie tun, Herr Hauptkommissar?« Irgendetwas an der Stimme wollte nicht zu dem Bild passen, das Mike von dem Mann auf der Praxis-Homepage gesehen hatte, aber Stimmen wirkten am Telefon oft verändert. Mike räusperte sich und erklärte dann: »Wir würden gerne persönlich mit Ihnen reden, wo können wir Sie treffen?«

Für einige Augenblicke herrschte Stille in der Leitung, bis der Mann seltsam fröhlich feststellte: »Oh, das ist gerade ziemlich unmöglich, außer Sie machen einen kleinen Abstecher in die Toskana.«

»Was machen Sie dort? Auf Ihrer Homepage steht, dass Sie wegen Krankheit geschlossen haben.«

»Ja, das ist so …«, begann Dr. Reitner, »auch wir brauchen einmal Urlaub, daher haben wir uns ziemlich spontan entschlossen, hierher zu fahren.« Erneut folgte ein Augenblick der Stille, und da Mike nichts sagte, begann Dr. Reitner zu erklären: »Das Problem ist nicht meine Praxis, sondern die Bereitschaften im Krankenhaus, die hätten mir nie so kurzfristig freigegeben.«

»Also feiern Sie krank?«, hakte Mike nach.

»Erwischt«, gab Dr. Reitner wieder recht fröhlich zu.

»Und mit den Geschehnissen um Ihren Kollegen, Dr. Klausen, hat das nichts zu tun?«, ließ Mike nicht locker.

»Nein, hat es nicht, aber können wir das Gespräch vielleicht ein anderes Mal fortsetzen? Ich stehe hier gerade in einem italienischen Supermarkt und würde gerne weiter einkaufen.«

Mike dachte kurz nach und antwortete: »Wenn Sie mir noch Ihre Adresse in Italien geben, wären wir fürs Erste fertig.«

»Einen Augenblick«, sagte der Mann am anderen Ende der Leitung und diktierte anschließend einen Ortsnamen sowie einen ziemlich unaussprechlichen Straßennamen.

»Vielen Dank, das ist nur zu Ihrer Sicherheit«, verabschiedete sich Mike und legte auf. Dann starrte er noch kurz auf sein Handy und fragte sich laut: »Was war das denn?«

»Was meinst du?«, erkundigte sich Tom und sein Partner erklärte: »Also wenn ich nicht wüsste, dass es Dr. Reitners Nummer war, würde ich sagen, dass ich gerade mit keinem Arzt gesprochen habe. Der Mann wirkte irgendwie viel zu flapsig für einen Mediziner und die Antworten waren zu ... zu unglaubwürdig.« Mike machte eine kurze Pause und fragte dann: »Oder haltet ihr es für nachvollziehbar, dass ein Arzt blaumacht, weil er nicht von seinen Rufbereitschaften freigestellt wird?«

»Hm, warum nicht?«, erwiderte Sabrina und fügte hinzu: »Aber wir können doch in der Klinik nachfragen.«

»Schon wieder eine gute Idee«, stellte Tom fest, merkte aber selbst, dass es etwas überzogen klang, was Sabrina auch mit einem kurzen Seitenblick quittierte.

»Eins nach dem anderen«, bemerkte Mike, startete den Motor und fuhr durch den Wald bis an das Ende der Sackgasse, an der von Oppenheims Villa in unverbauter Natur stand.

»Auch nicht schlecht«, stellte Tom mit einem Blick über die Wiesen und Felder, die sich hinter dem Anwesen erstreckten, fest und Sabrina fragte: »Wohnt der alleine hier?«

»Laut dem Einwohnermeldeamt schon«, bestätigte Mike, fügte aber hinzu: »Wenn ich mir allerdings das Opfer aus diesem Club ansehe, würde es mich nicht wundern, wenn er hier öfter einmal Besuch hat.«

Alle drei verließen den Wagen und Tom drückte auf einen dicken Messingknopf neben der geschlossenen Toreinfahrt. Einige Sekunden lang passierte nichts, außer dass eine kleine Kamera zu ihnen schwenkte, dann erwachte ein unsichtbarer Lautsprecher zum Leben und eine unbekannte Stimme fragte: »Ja, bitte?«

Tom stellte sich und seine Kollegen vor und bat darum, zu von Oppenheim gelassen zu werden, was die Stimme mit dem kurzen Satz »Herr von Oppenheim ist nicht hier« abschmetterte. Tom wollte gerade nachfragen, mit wem er denn überhaupt das Vergnügen habe, doch der Lautsprecher knackte einmal kurz, dann herrschte Stille. »Das kann doch nicht sein, wer glauben die, dass sie sind?«, stieß Sabrina ungehalten aus, schob ihren Partner etwas zur Seite und drückte energisch zwei, drei Mal auf den Knopf, doch nichts rührte sich mehr. Anschließend drehte sie sich zu Mike, der die Aktion schmunzelnd beobachtet hatte, und fragte ihn: »Müssen wir uns das gefallen lassen?«

Mike zuckte mit den Schultern. »Willkommen bei der Kripo. Die wenigsten sprechen gerne mit uns, und zwingen können wir nur die wirklich Verdächtigen.« Ohne das weiter auszuführen, ging er zurück zum Auto und bestimmte über die Schulter: »Lasst uns zurück zum Präsidium fahren, dort schmeißt ihr mich raus und fahrt weiter zu dem Klinikum, in dem Dr. Reitner seine Bereitschaften leisten muss.«

»Und was machst du?«, fragte Tom, worauf Mike antwortete: »Ich rede mit unserem Chef darüber, wie weit wir gehen dürfen, und dann rufe ich die Italiener an, damit die eine Streife zu dieser Adresse schicken, die ich vorhin bekommen habe.«

Auf der Rückfahrt wurde kaum geredet. Jeder hing seinen eigenen Gedanken zu dem Fall nach, und nachdem Mike am Präsidium ausgestiegen war, freute sich Tom, ein wenig alleine mit seiner Kollegin ermitteln zu können.

# - 37 -

Eigentlich hatte Martin das Handy nur an sich genommen, damit weder die Polizei noch von Oppenheim Dr. Reitner vorwarnen konnte. Das Gespräch mit diesem Hauptkommissar hatte sich eher zufällig ergeben und ihm hoffentlich noch etwas Zeit verschafft. Bis diese Idioten merkten, dass er ihnen die falsche Adresse gegeben hatte und dann die Ferienhaus-Agentur ausfindig machten, würde bestimmt noch eine Nacht vergehen, und bis zum nächsten Morgen hatte er getan, was getan werden musste.

Martin umkreiste den Hügel, auf dem das Ferienhaus stand, so lange, bis er einen Weg zwischen den hohen Weinreben gefunden hatte, ohne an dem Haus vorbeifahren zu müssen. Immer wieder schlich er sich in die Nähe und beobachtete das Ehepaar, das diese Flucht tatsächlich zu genießen schien. Als die beiden auch noch Sex am Pool hatten, wäre er am liebsten aus seiner Deckung gekommen, um diesem arroganten Arzt eine Kugel in den Kopf zu schießen. Irgendwie hatte er es aber geschafft, seine Emotionen im Zaum zu halten, war von vorne in das Haus eingedrungen und hatte dort seine Vorbereitungen getroffen. Als er damit fertig war, nahm er das Handy an sich und wollte gerade wieder verschwinden, als diese bescheuerte Katze mit der seltsamen Rasur auf dem Rücken gegen die Vase stieß und ihn fast verriet.

Die anschließende Warterei war ein fast unerträglicher Wechsel zwischen zwei Zuständen. Nass geschwitzt lag er auf dem schmalen Bett seines Wohnmobils und es schien, als führte der Hass einen Kampf mit den letzten sogenannten menschlichen Zügen in ihm. Vielleicht war es die Umgebung, die ihn an friedliche Urlaubstage mit seiner zerstörten Familie erinnerte, oder Dr. Reitners Frau, die hingebungsvoll am Pool gelegen hatte. Immer wieder keimte der Gedanke auf, alles zu beenden und seinen Kampf aufzugeben. Doch jedes Mal, wenn er sich die alte Militärwaffe seines Großvaters an den Kopf hielt, kehrte auch sein Hass zurück und mit ihm der Schwur, dieser Gesellschaft den Spiegel vorzuhalten. Martin verbrachte den gesamten Nachmittag nackt auf dem Bett liegend mit diesem inneren Kampf zwischen Gut und Böse. Einmal löste das innere Bild der sich hingebenden Frau Doktor sogar eine Erektion aus, was ihn nur noch mehr in seinen Abgrund stürzte. Alles hatte er verloren, alles. Und jeder Einzelne, der Schuld auf sich geladen hatte, würde ihm das zehnfach büßen.

Irgendwann schoben sich dicke Wolken vor den großen Mond und gleißend helle Blitze erhellten das Innere des Wagens. Martin brauchte eine Weile, doch als das Monster in ihm spürte dass seine Zeit näher rückte, holte es ihn aus seiner Lethargie und zwang seinen Körper, sich zu erheben. Ohne jedes Gefühl trat er hinaus in den Regen, bewegte sich noch immer nackt durch die Nacht und schlich zu einer kleinen Baumgruppe oberhalb des Pools. Es war nur ein Sekundenbruchteil, und doch war er sich sicher, dass Dr. Reitner, der unten am Pool stand, ihn gesehen hatte. Als Martin sich ein Stück zurückzog, fühlte er sich wie ein Schatten, der die Macht hatte, überall zuschlagen zu können. Die Blitze entfernten sich und schon wenige Augenblicke später kauerte er direkt vor dem Schlafzimmerfenster des Paares, wo er fasziniert dabei zusah, wie sich die beiden für ihre letzte Nacht aneinanderkuschelten. *Genau wie sich Maria früher an mich geschmiegt hat … genau so …*, ging es ihm durch den Kopf, doch statt einer Träne lief ihm nur das Regenwasser über sein Gesicht.

Nachdem sich die beiden eine Zeit lang nicht mehr bewegt hatten, schlich Martin zurück zu seinem Wohnmobil, zog sich etwas an und schloss kurz die Augen, um die Bestrafung schon einmal vor seinem inneren Auge zu vollziehen.

Nach einigen Minuten öffnete er die Augen, griff in den schmalen Schrank, holte seine Waffe sowie ein leicht gebogenes Jagdmesser heraus und verstaute beides unter seinem Hosenbund. Ohne seine Umwelt bewusst wahrzunehmen, verließ er das Fahrzeug, ging zwischen den Weinreben bis kurz vor das Haus und überquerte den Schotterweg. Es genügte ein leichter Ruck, dann schwang das am Vormittag präparierte Fenster der kleinen Abstellkammer nach innen auf, was ihm wie eine Einladung vorkam, die er gerne annahm.

Wieder einmal zahlte es sich aus, dass er in den letzten Monaten so ziemlich alles, aber nicht seinen Körper vernachlässigt hatte. Wie zur Vorbereitung auf einen Krieg war er in jeder der wenigen freien Minuten joggen oder schwimmen gegangen, hatte Gewichte gestemmt und Dehnübungen gemacht. Es grenzte schon fast an Ironie: Jetzt, wo es auf sein Ende zuging, war er so fit wie nie in seinem Leben.

Ohne dass sich auch nur sein Puls beschleunigte, überwand er den Fensterrahmen und stand kurz darauf hinter der einen Spalt weit geöffneten Kammertür und lauschte in das Haus hinein. Stille und Dunkelheit verbanden sich zu der Welt, die er als Schatten brauchte. Lautlos schob er die Tür ein wenig weiter auf und versuchte sich an den Grundriss des Hauses zu erinnern. Langsam und mit ausgestreckten Armen verließ er die Kammer, wandte sich nach links und folgte dem fahlen Schein des Mondes, der durch die große Glasfront des Wohn- und Essbereiches hereindrang. In dem schwach beleuchteten Raum angekommen, blieb er in der Mitte stehen und sah sich nach allen Seiten um. Zunächst war nichts zu erkennen, dann zeigte ihm eine winzige Bewegung in einer der dunklen Ecken des Raumes, wo er seinen Köder fand.

## – 38 –

»Schatz, kommst du bitte mal?« Marius blinzelte in die Dunkelheit und brauchte einige Sekunden, um sich zu orientieren. Hatte ihn da eben Petra gerufen, oder hatte er das nur geträumt?

»Schatz, komm bitte mal rüber.« Jetzt war er sich sicher, nicht nur geträumt zu haben, drehte sich auf die andere Seite und erkannte, dass die andere Seite des Bettes leer war. »Petra?«, fragte er in die Dunkelheit des Ferienhauses, doch nichts rührte sich.

Verschlafen sich die Augen reibend, widerstand er dem Drang einfach liegen zu bleiben, schob erst die Beine aus dem Bett und stand dann auf. Anschließend knipste er die Nachttischleuchte an und ging zur Schlafzimmertür, von wo er die Küchenzeile des Wohn- und Esszimmers sehen konnte. Da aber auch hier nichts von seiner Frau zu sehen war, fragte er noch einmal: »Petra, wo bist du?« Dieses Mal antwortete sie mit einem verhaltenen »Hier«, doch irgendetwas in ihrer Stimme alarmierte ihn. Er überwand die drei Schritte bis zu dem großen Raum, wobei er deutlich ernster fragte: »Ist alles in Ordnung?« Jetzt konnte er den ganzen Raum überblicken und stutzte. Durch das wenige Mondlicht sah er zunächst nur ihre Silhouette, die irgendwie seltsam auf dem Sofa saß, und gerade als er fragen wollte, was sie denn dort machte, sagte eine Männerstimme in ruhigem

Tonfall: »Guten Abend, Herr Doktor. Es stimmt also doch … man sieht sich immer zweimal im Leben.«

»Was zum Teufel …«, stieß Marius aus, tastete nach dem Lichtschalter und drückte ihn. Doch statt der erhofften Deckenbeleuchtung flammte nur die kleine Lampe über dem Kamin auf, was die Szene noch unheimlicher erscheinen ließ. Direkt neben seiner Frau saß ein Mann, der seinen Arm um sie gelegt hatte, und vor ihrem Hals schwebte die blanke Klinge eines ziemlich langen Messers.

Obwohl es Marius so vorkam, als würde ihm jemand den Hals zudrücken, brachte er ein ersticktes »Was soll das, lassen Sie sofort meine Frau los.« heraus. Als ihm allerdings klar wurde, dass er sich in einer völlig aussichtslosen Position befand, bat er: »Bitte, wir haben Ihnen doch nichts getan – wenn Sie Geld wollen, werden wir uns sicher einig.« Noch während er die Worte sagte, suchte sein Gehirn nach einem Bild des Mannes, der dort in fünf Meter Entfernung vor ihm saß, doch er konnte sich beim besten Willen nicht daran erinnern, ihn schon einmal gesehen zu haben.

Petra versuchte sich zu bewegen, was die kalte Klinge noch näher an ihren Kehlkopf brachte und sie erneut erstarren ließ, doch der Mann schien das nicht zu beachten, und an Marius gewandt forderte er: »Setzen Sie sich da drüben hin«, wobei er auf das gegenüberstehende Sofa deutete, auf dem eine ziemlich alt aussehende Pistole lag. Marius ging ohne den Blick abzuwenden zu dem Sofa, deutete auf die Waffe und fragte: »Und was soll ich damit machen?«

»Liegen lassen und hinsetzen«, befahl der andere barsch, was Marius befolgte. Obwohl er nicht wusste, was das sollte, erleichterte es ihn ein wenig, dass die Waffe bei ihm und nicht bei dem Mann lag. Vielleicht konnte sich so eine Chance ergeben, um hier doch noch heil herauszukommen.

»Kennen Sie mich?«, begann sein Gegenüber, worauf

Marius den Kopf schüttelte, dann aber doch nachfragte: »Waren Sie der Anrufer, als ich Bereitschaft in der Klinik hatte?«

Nun bildete sich ein eigenartiges Grinsen auf dem Gesicht des Mannes, bis er bestätigte: »Natürlich war das ich, oder haben Sie noch mehr Todfeinde? Wundern würde es mich ehrlich gesagt nicht.«

»Schatz, was meint der Mann damit?«, mischte sich jetzt Petra ein, doch Marius ignorierte die Frage seiner Frau.

»Was ist?«, sprach der Mann wieder Marius an. »Möchten Sie ihr nicht erzählen, warum sie in so einem schönen großen Haus leben darf, während andere nie mehr arbeiten können oder gleich qualvoll sterben?«

»Hör nicht auf ihn«, rief Marius etwas zu barsch und fügte hinzu: »Ich habe keine Ahnung, was dieser Irre von uns will.« Anschließend löste er den Blick von seiner Frau und blickte dem Mann in die Augen. »Also, da ich nicht weiß, was Sie mit diesen Lügengeschichten bezwecken wollen, wäre es vielleicht ganz sinnvoll, wenn Sie mir jetzt sagen, was Sie eigentlich von uns wollen.«

Der Mann lehnte sich etwas zurück, natürlich nicht ohne Petra mitzuziehen, und sagte entspannt: «Vielleicht will ich Ihre hübsche Frau.« Marius entging nicht, wie sich Petra versteifte und ihn flehend ansah, doch dann redete der Mann weiter: »Keine Sorge, Petra ... Sie heißen doch Petra, oder?« Nun wartete er ihr Nicken ab und fuhr fort: »Wenn Ihr Mann genügend Stolz besitzt und zu seinen Taten steht, wird Ihnen hier nichts passieren.« Wieder wartete er eine kurze Pause ab und fragte sie dann: »Was denken Sie, wie viel sind Sie ihm wert?«

»Keine Ahnung«, antwortete sie etwas erstickt, da sie nicht länger gegen ihre Tränen ankämpfen konnte.

Der Mann kniff die Lippen etwas zusammen und sah

Marius mit fragendem Blick an. »Also, wie viel ist Ihnen Ihre Frau wert?«

»Alles«, antwortete Marius. Was sollte er auch anderes sagen?

»Und wie ist es mit Ihren Taten? Immerhin haben Sie meine Tochter auf dem Gewissen ... Jasmin Liebknecht ... sagt Ihnen das etwas, oder vergisst man die Namen der einfachen Kassenpatienten, die eigentlich nur auf ein etwas besseres Präparat gehofft hatten?« Die Stimme des Mannes war nun so scharf geworden, dass Marius bei dem Namen etwas zusammenzuckte. Auch wenn das Ganze hier fast wie eine Plauderstunde anmutete, wurde ihm langsam wieder bewusst, in welcher Gefahr er schwebte. Neben seiner Hand, die auf dem Sofa lag, spürte er das kalte Metall des Revolvers und einen Augenblick lang spielte er mit dem Gedanken diesen einfach zu nehmen und abzudrücken. Was aber passierte, wenn dieser nicht geladen war oder er auch nur 20 Zentimeter danebenschoss ... den Mut hatte er nicht.

»Und, wie sieht es aus?«, wiederholte der Mann. »Sagt Ihnen Jasmin Liebknecht etwas?«

Marius wusste natürlich, wem er die Proben gegeben hatte, schüttelte aber den Kopf. »Nein, leider nicht.«

Nun richtete sich der Mann wieder etwas auf, wobei Marius genau beobachtete, wie dieser das Messer hielt, doch die erhoffte Chance bekam er nicht. Stattdessen sagte dieser Herr Liebknecht: »Dann eben nicht. Kommen wir zum Wesentlichen: Im Grunde gibt es für Sie drei Möglichkeiten, um diese Situation hier zu lösen.« Mit einem umständlichen Griff in die Tasche holte er ein Handy aus seiner Hosentasche, das Marius als sein eigenes erkannte, und warf es ihm zu. Marius fing es und fragte verständnislos: »Soll ich jetzt telefonieren, oder was?«

Liebknecht nickte. »Genau, das ist die erste Möglichkeit ... Sie rufen Paul von Oppenheim an, hoffen darauf, dass er ans Telefon geht, und dann erklären Sie ihm, dass er seine Machenschaften augenblicklich online veröffentlicht. Wenn er das tut, die Erklärung an eine große Zeitung und eine Kopie an mich schickt, verlasse ich diesen Raum und keinem wird etwas passieren.«

Marius dachte einen Augenblick nach, bevor er fragte: »Und wenn nicht?«

Doch die knappe Antwort lautete: »Dazu kommen wir, wenn es so weit ist. Los jetzt, ich habe nicht ewig Zeit.«

Marius schaltete das Handy ein, öffnete das Adressbuch und drückte auf von Oppenheims Privatnummer. Nach einigen klickenden Geräuschen begann das Gerät zu wählen und ein Freizeichen ertönte. Angesichts der Tatsache, dass es bereits 3 Uhr nachts war, hatte er kaum Hoffnung, dass der Chef des Pharmakonzerns überhaupt abheben würde, und wollte schon wieder auflegen, als sich dieser mit dem Satz »Dr. Reitner, was zum Teufel soll das mitten in der Nacht?« meldete.

Marius entschuldigte sich, bat um einen Augenblick Geduld und fragte dann leise in Richtung Liebknecht: »Was darf ich ihm erzählen?« Dieser zuckte mit den Schultern. »Alles. Schildern Sie ruhig, in welcher Situation Sie sich befinden und was er zu tun hat.«

Marius brauchte nicht lange, um die Geschehnisse zu erzählen, und die mitfühlenden Kommentare von Oppenheims ließen ihn darauf hoffen, dass dieser mitmachte. Als er aber zu den Forderungen kam, setzte erst Stille in der Leitung ein, dann atmete von Oppenheim hörbar aus und sagte: »Ich schicke Ihnen Hilfe, aber sagen Sie diesem Irren, dass ich das niemals tun werde. Wir haben die Verantwortung für 2300 Arbeitsplätze, und unzählige Patienten sind auf unsere Mittel angewiesen. Außerdem ist er nicht der erste Erpresser, mit dem unser Konzern zu tun hatte, und keiner von denen hat irgendetwas bekommen.« Wieder folgte eine kurze Pause, dann sagte von Oppenheim mit gespielt versöhnlicher Stimme: »Ich bin mir sicher, Sie bekommen die Lage in den Griff, und dieser Mann meint es sicher nicht ernst. Ich schicke jetzt ein paar Leute los, die Ihnen helfen werden. Wo befindet sich das Ferienhaus?«

Liebknecht, der alles über den Lautsprecher mitgehört hatte, zog das Messer wieder näher an Petras Hals und sagte laut: »Auflegen und komplett ausschalten.«

Mutlos ließ Marius das Handy sinken, drückte auf den seitlich angebrachten Knopf und legte das Gerät neben sich auf das Sofa. Liebknecht lehnte sich mit einem entspannten Grinsen zurück und erklärte: »Willkommen in einer Welt voller Arroganz. Vielleicht können Sie sich jetzt vorstellen, wie es einem hilflosen Patienten ergeht, der nichts weiter will als Wiedergutmachung und etwas Geld, um den Schaden, den Sie verursacht haben, wieder umzukehren. Ihre Situation hat sich nun übrigens deutlich verschlechtert.«

»Aber ich kann doch nichts dafür«, versuchte Marius ihn zu beruhigen. »Wenn Sie möchten, schreibe ich jetzt sofort an eine Zeitung, was wir damals getan haben. Bitte lassen Sie mich die Angelegenheit klarstellen.«

Das Grinsen in Liebknechts Gesicht erstarrte und zwei dick hervortretende Adern auf der Stirn waren die Vorboten des Wutausbruchs, der nun folgte sollte. Viel zu laut und eindeutig aggressiv brüllte er plötzlich: »Sie, Dr. Reitner, sind genau das Arschloch, für das ich Sie immer gehalten habe. Sie hatten Ihre Chance, als ich Sie in Nürnberg anrief, doch da glaubten Sie noch, unantastbar zu sein. Jetzt aber, wo Sie in die Ecke gedrängt werden, fällt Ihnen plötzlich ein, für welchen Scheiß Sie damals das viele Geld genommen haben. Habe ich schon ein Wort der Entschuldigung von Ihnen gehört? Haben Sie die anderen Versuchspersonen gewarnt, als es die ersten Probleme mit dem Mittel gab?« Liebknechts Stimme drohte fast überzuschnappen. »Nichts, absolut gar nichts kam von Ihnen, und vermutlich würden Sie es jederzeit wieder tun, wenn der Scheck nur dick genug wäre.« Jetzt deutete Liebknecht auf die Waffe neben Marius und aus dem Schreien wurde eine fordernde Stimme, die keine Widersprüche duldete: »Sie nehmen jetzt diese Waffe, halten sie an Ihren Kopf und drücken ab. Ich schenke Ihnen noch eine Minute, um sich bei Gott zu entschuldigen, dann haben Sie entweder abgedrückt oder Ihre Frau verblutet vor Ihren Augen. Sollten Sie tatsächlich den Arsch in der Hose haben und Ihre Frau genug lieben, werde ich Petra gehen lassen und sie nie mehr behelligen ... Ihre Zeit läuft ab jetzt.«

»Das können Sie nicht tun.« Marius hatte mit allem gerechnet, aber nicht damit, dass er sich selbst hinrichten sollte.

»Nehmen Sie die Waffe«, beharrte Liebknecht und verstärkte den Griff, mit dem er nun Petras Kopf ein Stück nach hinten zog, und tatsächlich, Marius nahm die Waffe, konnte sie aber mit seiner zittrigen Hand kaum halten.

»Nicht, Schatz«, stieß Petra aus und sah ihn mit großen, nassen Augen an.

Das Zittern in seiner Hand verstärkte sich und Marius musste die andere Hand zu Hilfe nehmen, um die Pistole richtig greifen zu können. Langsam, wie in Zeitlupe, hob er sie höher, bis der Lauf seitlich auf seine Stirn zeigte, und mit kaum hörbarer Stimme fragte er: »Und Sie lassen Petra danach in Ruhe?«

»Sie haben mein Wort«, bestätigte Liebknecht, der jetzt fast schon zufrieden klang.

Marius warf einen langen Blick auf seine Frau, wobei ihm

eine einzelne Träne über die Wange lief, dann zog er den Abzug millimeterweise nach hinten. Irgendwann spürte er einen Widerstand und alles in ihm sperrte sich. Weinend ließ er die Pistole ein kleines Stück sinken und sagte heulend: »Ich kann das nicht.«

Liebknecht zögerte keine Sekunde, er riss Petras Kopf ein weiteres Stück nach hinten und drückte ihr die Klinge so weit in das schutzlose Fleisch des Halses, dass sich ein feiner roter Strich bildete.

»Nein«, brüllte Marius und hob zeitgleich die Waffe erneut an seine Stirn. »Ich mache es ja, aber geben Sie mir bitte noch zehn Sekunden.«

Petra spürte, wie sich Liebknecht ein wenig entspannte, packte den Arm, mit dem er das Messer hielt, mit beiden Händen und ließ sich einfach zur Seite weg kippen. Ganz konnte sie der Klinge nicht entgehen, aber sie hoffte einfach darauf, dass die Verletzung nicht allzu schlimm sein würde. Nun zog sie mit aller Kraft, die sie hatte, und schaffte gerade so viel Abstand zu ihrem Angreifer, dass dessen Körper ein freies Ziel darstellte. Mit einem laut gebrüllten »Schieß doch endlich.« musste sie Marius erst aus seiner Lethargie holen. Dann endlich schwenkte dieser die Waffe und drückte ab.

Was danach folgte, war absolute Stille, doch Petra stellte entsetzt fest, dass Liebknechts Widerstand nicht weniger wurde, und wunderte sich, warum ihr Mann nicht noch einmal abdrückte. Erst einige Augenblicke später öffnete sich langsam die Hand und das Messer fiel scheppernd zu Boden.

»Komm rüber«, hörte sie Marius sagen und als sie sich nicht rührte, wiederholte er: »Komm rüber, es ist vorbei.«

Immer noch panisch löste sie ihren Griff und stieß sich im gleichen Augenblick von dem Sofa ab, um aus Liebknechts Reichweite zu kommen. Erst als sie bei ihrem Mann angekommen war, wagte sie hinüberzublicken, und nun sah sie es: Die Kugel war offenbar auf Höhe der linken Gesichtshälfte in den Kopf eingedrungen und musste absolut tödlich gewesen sein, denn Liebknecht saß zusammengesunken da. Blut tropfte langsam, aber stetig auf das einstmals weiße T-Shirt und vermischte sich dort mit noch einer weiteren Flüssigkeit, die etwas zäh aus seinem Kopf floss.

Endlich schaffte es auch Marius, sich von seiner Schockstarre zu befreien. Langsam ließ er die Waffe sinken, legte diese wieder zurück auf das Sofa und sagte monoton: »Lass uns von hier verschwinden.«

# – 39 –

Nach dem ersten Kaffee traten die drei Kommissare wie gewohnt an ihre große Wand und trugen die Erkenntnisse des letzten Tages zusammen, wobei Mike eine neue Vertrautheit zwischen Tom und Sabrina zu spüren glaubte. Früher hätte er so etwas missbilligend kommentiert, doch nach allem, was er in den letzten Jahren erlebt hatte, ließ ihn dies nur noch schmunzeln.

Da sie am Vorabend noch kurz mit Mike telefoniert hatten, erklärte Tom ein wenig unsachlich: »Also, wie ich dir gestern schon kurz erzählt habe, konnten wir mit etwas Nachdruck, und nicht zuletzt durch Sabrinas Charme, ein paar Leute im Krankenhaus zum Reden bringen. Es scheint tatsächlich so, dass der Tod von Dr. Klausen so etwas wie der Startschuss zu einer Serie gewesen ist. Jedenfalls musste Dr. Reitner am Samstagabend für die Pflichtbereitschaft von Dr. Klausen im Südklinikum einspringen, und in diesem Dienst lief es alles andere als normal. Irgendwann in der Nacht machte Dr. Reitner seine Pause, kam aber schon nach kurzer Zeit wieder zurück in die Notaufnahme und bat völlig aufgelöst einen Kollegen darum, bei ihm eine Magenspülung durchzuführen ... angeblich hatte er ein verdorbenes Thunfischsandwich gegessen.«

Mike dachte kurz darüber nach, sagte dann aber: »Gut, das ist nicht unbedingt alltäglich, erscheint mir aber durchaus möglich zu sein. Als Arzt weiß er, welche Auswirkung eine Fischvergiftung hat.«

»Schon klar«, stimmte nun Sabrina zu, »aber warum ließ er danach eine Probe seines Mageninhaltes analysieren, wenn er sich sicher war, dass dieses angebliche Sandwich nicht mehr ganz frisch gewesen ist?«

»Hat man in der Probe etwas gefunden?«

Sabrina schüttelte den Kopf. »Absolut nichts, was in irgendeiner Form giftig wäre.« Nun ließ sie eine Pause folgen und fügte hinzu: »Tom und ich haben uns ein paar Gedanken gemacht ...«

*Bevor ihr zusammen ins Bett seid,* schoss es Mike durch den Kopf. Er ließ sich aber nichts anmerken.

»Und wir glauben, dass irgendjemand dem Arzt nur damit Angst gemacht hat, er wäre vergiftet worden.«

Nun schwieg Mike eine Weile, und wie aus dem Nichts offenbarte sich ihm der Zusammenhang. Wie so oft hatte man die besten Spuren vor Augen, ohne dass man sie erkannte, eben weil sie so offensichtlich waren. Laut sagte er: »Das könnte zusammenpassen: Von Oppenheim wurde durch die Sache in dem Nachtclub in Todesangst versetzt, und Dr. Reitner wähnte sich ebenfalls durch eine wahrscheinlich nur fiktive Vergiftung in Lebensgefahr.«

Nun warf Tom, der bis jetzt nur zugehört hatte, ein: »Man könnte den Gedanken auch weiterspinnen. Wer von beiden, würdet ihr sagen, hat durch die Bedrohung mehr gelitten?«

»Von Oppenheim war eindeutig in der schlimmeren Situation«, stellte Mike fest.

Tom nickte. »Dann würde ich sagen, der Täter hält ihn für den Hauptverantwortlichen, von was auch immer.«

»Dazu kommen die hohen Geldeingänge bei den beiden Ärzten ...«, stellte Sabrina fest und führte ihren Gedanken aus, »... irgendwie stehen die Ärzte in einer Abhängigkeit zu der BioGenTech AG.«

»O. k.«, unterbrach Mike die Gedankengänge seiner Partner, »ich war gestern noch bei Karl, und der stellte eindeutig klar, dass wir mit unseren paar Beweisen keinen Durchsuchungsbeschluss für die Pharmafirma bekommen werden. Folglich bleibt uns nichts anderes übrig, als weiterzuermitteln.« Nun wandte er sich an Sabrina: »Du setzt dich bitte an den Rechner und versuchst herauszufinden, ob es in den letzten Jahren bei der BioGenTech AG irgendwelche Skandale oder unklare Zwischenfälle gab.« Tom bat er: »Und du bringst bitte in Erfahrung, ob die Spurensicherung oder die Gerichtsmedizin endlich ein paar Fakten bezüglich der beiden Morde herausgefunden haben.«

»Und was machst du?«, fragte Tom nach.

Mike sah ihn todernst an und antwortete: »Ich gehe ins Freibad, diese Hitze hält ja kein Mensch aus.« Erst als ihn seine beiden Partner verwundert ansahen, begann er zu lachen, nahm den Hörer seines Telefons ab und stellte klar: »Ich hake einmal bei den Italienern nach, inzwischen sollten die es geschafft haben, bei dieser Ferienhausadresse nachzusehen.«

Keine drei Minuten und einige zusammengestammelte englische Sätze später schüttelte er den Kopf und verkündete: »Die Adresse gibt es zwar, aber da steht nur ein altes, verfallenes Bauernhaus. Der Typ, den ich am Telefon hatte, war entweder Dr. Reitner, der mir nicht sagen wollte, wo er ist, oder ich habe mit dem Täter telefoniert.« Ohne eine Reaktion seiner Kollegen abzuwarten, suchte er Dr. Reitners Handynummer heraus und tippte diese in sein Telefon. Eigentlich hatte er nicht damit gerechnet, bekam aber tatsächlich ein Freizeichen, das seltsamerweise genau mit einem Klingelton draußen vor der Bürotür zusammenpasste. Zwei Sekunden später klopfte es an genau dieser Tür, und als er »Ja, bitte.« rief, erschien ein Beamter im Türrahmen und sagte: »Draußen steht ein Ehepaar Reitner, das Sie unbedingt sprechen möchte.«

Es dauerte einen kurzen Augenblick, bis die Information angekommen war, dann sprangen alle drei Kommissare gleichzeitig auf und drängten aus dem Büro.

Wie üblich ließ man die beiden erst einmal kurz alleine im Verhörzimmer sitzen und beobachtete deren Verhalten, während ein Kommissar vorgab, Kaffee zu holen. Tom war an die einseitig beschichtete Scheibe getreten und stellte fest: »Mann, sehen die fertig aus … ist das Blut auf der Rückseite von Frau Reitners T-Shirt?« Tatsächlich wirkten die beiden, als wären sie von irgendwo geflohen. Dr. Reitner saß mit einem leichten Sonnenbrand, aber tiefen Augenringen an dem quadratischen Tisch mit dem Mikrofon in der Mitte und rieb sich ständig die Augen, während seine Frau sich immer wieder nervös umsah und ihre Beine nicht still halten konnte.

Mike, der ebenfalls durch die Scheibe beobachtet hatte, wartete noch, bis Sabrina mit dem Kaffee zurück war, trat dann in den Flur hinaus und sagte, bevor er die Tür zum Verhörzimmer öffnete: »Na, jetzt bin ich aber mal gespannt.«

Während sich Sabrina auf den Stuhl neben der Tür setzte, gingen Mike und Tom an den Tisch, stellten jedem von ihnen eine Tasse hin und nahmen anschließend gegenüber dem Arztehepaar Platz.

Mike zog das Mikrofon zu sich, sprach die Daten für das Protokoll hinein und fragte dann einzeln: »Sie sind Herr Dr. Marius Reitner und Sie Frau Petra Reitner. Ist das richtig?« Da beide nur nickten, wies er sie an: »Bitte bestätigen Sie das mit einem Ja.«

Als das geschehen war, schob Mike das Mikro wieder in

die Mitte des Tisches, lehnte sich zurück und fragte an den Arzt gewandt: »Herr Dr. Reitner, würden Sie uns bitte sagen, was Sie zu uns geführt hat?« Dieser räusperte sich, senkte den Blick auf die Tischplatte und sagte monoton: »Ich habe jemanden erschossen.« Mit einem Mal war die Spannung in dem Raum fühlbar. Jeder der drei Kommissare hatte sonst etwas erwartet, aber keiner ein Geständnis dieser Art. Tom fragte entgeistert: »Sie haben was?.«

Ohne den Kopf zu heben, rechtfertigte sich der Arzt: »Ich hatte keine Wahl. Er hat meine Frau mit einem Messer bedroht, und als die Gelegenheit günstig war, habe ich ihn erschossen.«

»Wo ist das passiert?«, mischte sich nun Mike ein, der sofort einen Notarzt dorthin schicken wollte.

»In Italien, in dem Ferienhaus«, sah Dr. Reitner Mike an und erklärte: »Wir wollten nicht in Italien festgenommen werden, daher sind wir nach dem Kampf sofort ins Auto und die ganze restliche Nacht durchgefahren. Ich habe keine Schuld, aber ich stehe zu der Tat ... darum sind wir hier.«

Mike konnte den Mann insofern verstehen. Niemand wollte in einem fremden Land Probleme mit den Behörden haben. Allein der Fall des deutschen Jungen, der in der Türkei eine angebliche Vergewaltigung begangen haben sollte, hatte gezeigt, wie übel so etwas ausgehen konnte.

Noch bevor er sich die ganze Geschichte erzählen ließ, legte er dem Arzt seinen Block und einen Stift hin und bat: »Bitte schreiben Sie mir die Adresse auf, vielleicht lebt der Mann doch noch. Das würde es auch für Sie leichter machen.«

Dr. Reitner ergriff den Stift mit zitternder Hand und tat, was der Kommissar wollte. Dieser nahm den Block und bat Sabrina: »Frag bitte die Kollegen, ob jemand Italienisch kann, ansonsten müssen wir einen Dolmetscher beauftragen. Die italienischen Kollegen sollen sofort jemanden zu dieser Adresse schicken …« Nun drehte er sich zu Dr. Reitner um und fragte: »Hat der Mann noch eine Waffe, oder haben Sie die mitgenommen?«

»Er hat ein Messer und die Pistole«, lautete die leise Antwort.

»Du hast es gehört … die sollen dort auf jeden Fall vorsichtig sein«, gab Mike an Sabrina gewandt weiter. Diese hätte zwar lieber dem Verhör beigewohnt, tat aber, was ihr Kollege von ihr verlangte.

Nachdem Sabrina den Raum verlassen hatte, setzte sich Mike wieder auf seinen Platz und forderte: »Jetzt erzählen Sie bitte alles und von vorne. Warum und wann nahm der Täter das erste Mal mit Ihnen Kontakt auf und wer war er?«

Obwohl Dr. Marius Reitner hundemüde war, schaffte er es, die Geschichte so darzustellen, wie er sich diese zusammen mit seiner Frau zurechtgelegt hatte. Er gab zu Protokoll, einen Patienten falsch behandelt zu haben, und da dieser ihn auf offiziellem Wege nicht zur Rechenschaft ziehen konnte, wollte er sich das Schmerzensgeld auf diese Weise erpressen. Sowohl die Testreihe als auch seinen Kontakt zur BioGenTech AG ließ er außen vor.

Irgendwann fragte Tom: »Und was hat es mit dieser Sache im Krankenhaus auf sich, als Sie sich den Magen auspumpen ließen?«

»Paranoia«, antwortete der Arzt müde. »Dieser Irre hatte mich kurz zuvor angerufen und bedroht. Als dann mein Wasser etwas komisch schmeckte, bekam ich Panik.«

»Hm«, machte Mike und schüttelte leicht den Kopf. »Was ich an der ganzen Sache nicht verstehe, ist: Warum sind Sie denn nicht schon viel früher zur Polizei gegangen? Sie sagen doch selbst, dass man Ihnen wegen dieser falschen Behandlung, oder was immer das war, offiziell nichts hätte anhängen können.«

Mit dieser Frage hatte Dr. Reitner offenbar nicht gerechnet, denn dieses Mal brauchte er deutlich länger für die Antwort, doch irgendwann zuckte er mit den Schultern und antwortete: »So einfach ist das nicht. Der Mann drohte, an die Öffentlichkeit zu gehen und falsche Tatsachen über mich zu verbreiten. Ärzte gibt es in der Stadt mehr als genug, und beim leisesten Zweifel wären mir die Patienten weggeblieben. Ich bat mir vor ein paar Tagen etwas Bedenkzeit aus, und um meine Frau aus der Schusslinie zu bekommen, sind wir mehr oder weniger in dieses Ferienhaus geflüchtet.« Es folgte eine kurze Pause, bis Dr. Reitner noch erklärte: »Wahrscheinlich wäre ich danach wirklich zu Ihnen gekommen, aber es ging alles so schnell, dass ich erst einmal Zeit zum Nachdenken brauchte. Damit, dass uns dieser Irre bis dorthin verfolgen könnte, habe ich ehrlich gesagt nicht gerechnet.«

Als Dr. Reitner geendet hatte, lehnte er sich zurück, gähnte ausgiebig und fragte: »Wie geht es nun weiter? Müssen wir hierbleiben, oder können wir nach Hause?«

Mike spürte zwar, dass die ganze Sache nicht ganz schlüssig war, sah aber ein, dass die beiden eine Pause brauchten. Er stand auf und antwortete: »Dazu muss ich kurz mit dem Staatsanwalt sprechen. Von meiner Seite aus würde ich Sie nach Hause lassen, aber ich möchte mich noch rückversichern.«

Nach fünf Minuten betrat er den Raum erneut, nickte dem Arzt zu und erklärte: »Unten im Hof steht eine Streife, die Sie heimbringt und morgen Vormittag um 9 Uhr wieder abholt. Sie dürfen die Stadt bis dahin nicht verlassen, und morgen möchte auch der Staatsanwalt mit Ihnen reden. Ist das für Sie in Ordnung, oder wollen Sie einen Anwalt anrufen?«

Das Ehepaar erhob sich. Dr. Reitner gab Mike die Hand und sagte: »Vielen Dank für Ihr Vertrauen. Morgen bringen wir einen Anwalt mit, wobei ich hoffe, dass Sie das alles bis dahin aufgeklärt haben und ich ihn nicht mehr brauche.«

Mike wollte den Arzt schon vorbeilassen, da fiel ihm noch ein: »Ich hatte Sie gestern am Handy angerufen, waren das Sie am Apparat?« Dr. Reitner schüttelte den Kopf. »Nein, dieser Liebknecht hatte zuvor mein Handy aus dem Ferienhaus gestohlen und offenbar die Dreistigkeit besessen, sich für mich auszugeben.«

Mike nickte. »Dachte ich mir fast.« Anschließend trat er zur Seite und ließ die beiden gehen.

# – 40 –

Der Rückruf aus Italien kam, als die drei Kommissare gerade wieder in ihrem Büro Platz genommen hatten. Sabrina schaltete einen Italienisch sprechenden Kollegen per Telefonkonferenz dazu und den Lautsprecher ein. Zunächst hörten alle den Schilderungen des italienischen Kollegen zu, der bestätigte, dass sie Liebknecht erschossen vorgefunden hatten und dessen Wohnmobil unweit des Ferienhauses stand. Dann bat Mike um die Untersuchungsergebnisse und sie einigten sich darauf, dass die jeweils zuständigen Staatsanwälte der beiden Länder über den weiteren Fortgang in dieser Sache bestimmen sollten. Alles, was sie dem Italiener entlocken konnte, war das Modell der Waffe, die Dr. Reitner am Tatort zurückgelassen hatte.

»Ziemlich verrückter Fall«, war das Erste, was Mike sagte, als Sabrina das Gespräch beendet hatte, und Tom vervollständigte: »Mit immer noch ziemlich vielen Fragezeichen.«

»Da hast du recht«, stimmte Mike zu, stand auf und fragte: »Will jemand mit zum Chef?«

Da seine beiden Kollegen den Kopf schüttelten, ging er alleine zur Tür, drehte sich aber noch einmal um und sagte trocken: »War mir klar. Dann tragt bitte alles, was wir haben, auf der Wand ein und seht euch noch einmal den Bericht der Pathologie bezüglich Dr. Klausen an. Wenn auch er mit einer derart alten Waffe erschossen wurde, sollte man das eigentlich am Geschoss erkennen können. Und wenn sich das bestätigt, wissen wir wenigstens, dass nicht noch ein zweiter Psychopath herumläuft.« Mike hatte die Klinke schon in der Hand, als er sich noch ein zweites Mal umdrehte. »Ach, und sucht alles zu diesem Herrn Liebknecht heraus. Wenn wir ein Foto von ihm haben, erkennt ihn vielleicht Paul von Oppenheim wieder und wir haben auch den Mörder der Studentin aus dem Herrenclub.«

»Machen wir«, bestätigte Tom, der schon an die Tafel getreten war, dann verließ Mike das Büro. Nun erhob sich Sabrina ebenfalls, ging zu Tom an die Tafel und legte ihre Arme um seinen Hals.

Mike klopfte nur einmal an die Tür seines Chefs und trat schon ein, als dieser noch auf die Internetseite eines Angelzubehörshops blickte. Karl ließ die Seite mit einem Mausklick verschwinden, drehte seinen Stuhl vor die freie Schreibtischfläche und bedeutete seinem Hauptkommissar, sich zu setzen. Mike nahm Platz und fragte: »Hast du schon etwas gehört?«, worauf Karl nickte. »Ja, der Staatsanwalt hat mich gerade darüber informiert, dass die Zusammenarbeit mit den Italienern ohne Hindernisse funktionieren wird. Nach den Schilderungen eurer Erkenntnisse und den Dingen, die man im Wohnmobil von Herrn Liebknecht gefunden hat, wird auch dort von Notwehr ausgegangen. Dr. Reitner wird zwar noch einige Male aussagen müssen, dürfte aber ohne größere Probleme durch die Sache kommen.«

Mike hörte erst schweigend zu, dachte kurz nach und sagte dann: »Ich denke, wir haben mit Herrn Liebknecht den Täter für alle drei Taten, was uns dieser von Oppenheim aber erst noch bestätigen muss. Was mir allerdings etwas sauer aufstößt, ist der Grund für Liebknechts Rachefeldzug.

Wenn du mich fragst, da ist irgendeine größere Sauerei gelaufen, und du weißt, wie ich es hasse, über solche Dinge hinwegsehen zu müssen.«

Karl atmete hörbar aus und reagierte fast genervt: »Ach, Mike, lass es doch gut sein. Wenn wir den Täter haben, ist unser Job erledigt.«

»Interessiert dich das überhaupt nicht?«, warf Mike ein. Karl hob resigniert die Hände und schlug vor: »Bring die Sache zum Abschluss und rede danach mit den zuständigen Stellen beim Gesundheitsamt. Mehr können wir nicht tun, und das weißt du.«

»Ja, ich weiß«, antwortete Mike resigniert und bereute es einen Augenblick lang, in den Job zurückgekehrt zu sein. Anschließend erhob er sich und stellte zynisch fest: »Dann werde ich mal weiterermitteln.«

Auch seine beiden Partner hatten offenbar anderes zu tun gehabt, als den Taten nachzugehen. An der großen Wand hatte sich so gut wie nichts verändert, und als er wieder in das Büro trat, wirkten beide etwas ertappt. Ohne ein Wort zu sagen, setzte er sich an seinen Schreibtisch, loggte sich in den Computer ein und rief die Daten von Martin Liebknecht auf. Nach wenigen Sekunden erschien ein Bild von dem Mann, der aussah wie der nette Nachbar von nebenan, und ein Hinweis, dass dieser vor Kurzem bei einer Gasexplosion in seinem Haus ums Leben gekommen sei. Mit einem Mal wurde Mike so einiges klar: Dieser Mann hatte nie vorgehabt, wieder in ein normales Leben zurückzukehren. Er wollte diesen Rachefeldzug durchziehen und hatte entweder damit gerechnet, im Gefängnis zu landen oder zu sterben. Fehlte immer noch die Frage nach dem Warum, und plötzlich kam Mike das Schicksal seiner eigenen toten Familie in den Sinn. Es folgten einige weitere

Mausklicks, dann hatte er zumindest einen Teil der Antwort. Sowohl Liebknechts Frau als auch dessen Tochter waren nicht mehr am Leben, aber auch noch nicht sehr lange tot. Mikes Bauchgefühl sagte ihm, dass es da einen Zusammenhang gab, und es erschien ihm ziemlich unwahrscheinlich, dass Dr. Reitner beide derart falsch behandelt hatte, dass sie daran gestorben waren. Wenn er doch nur diese verdammten Patientenakten der beiden Ärzte hätte, aber in diesem Land war es leichter, den Zentralrechner der Polizei zu hacken, als an solche Akten zu kommen.

Da er so nicht weiterkam, kehrte er zu Liebknechts Akte zurück, druckte das Foto aus und verkündete: »Ich fahre zu von Oppenheim, macht ihr mit den anderen Ermittlungen weiter«, worauf Tom nur fragte: »Kommst du noch einmal zurück oder telefonieren wir später?«

Mike, der seine eigene Laune selbst gerade nicht leiden konnte, fragte bissig zurück: »Seid ihr bei dir oder bei Sabrina?« Hastig verließ er das Büro, ohne eine Antwort abzuwarten, und schloss die Tür dabei so rabiat, dass seine beiden Kollegen zusammenzuckten.

»Hauptkommissar Köstner, ich möchte Herrn von Oppenheim sprechen.« Dieses Mal hatte Mike nicht vor, sich abwimmeln zu lassen, und den Satz ziemlich energisch in die Sprechanlage des Anwesens gesagt. Zu seiner Überraschung wurde ihm aber nur mit einem »Sie können hereinfahren« geantwortet, wobei sich die beiden Flügel des großen Tores in Bewegung setzten und nach innen aufschwangen.

Als Mike sein Dienstfahrzeug direkt vor einer kurzen Treppe parkte, fühlte er sich an den alten Fall erinnert, der dafür verantwortlich gewesen war, dass er seinen Dienst quittiert hatte. Damals war es das Schloss eines Mafiabosses, jetzt ein überdimensioniertes Herrenhaus mit Parkanlage, in dem, soviel er wusste, nur ein einziger Mensch wohnte.

Ohne den Wagen zu verschließen, ging er die wenigen flachen Stufen hinauf und wurde dort schon von einem Mann, der praktisch »Türsteher« auf der Stirn stehen hatte, erwartet. Dieser musterte ihn misstrauisch und verlangte: »Kann ich bitte Ihren Ausweis sehen?«

Mike hielt ihm sein Mäppchen etwas zu nahe vor das Gesicht und war sich eigentlich sicher, dass der Sicherheitsmann nichts darauf erkennen konnte, trotzdem nickte dieser und trat mit der Aufforderung »Bitte folgen Sie mir« zur Seite.

Das Innere des Hauses stand der äußeren Hülle in nichts nach. Doch im Gegensatz zu dem Mafia-Schloss damals war hier alles viel dezenter und geschmackvoll eingerichtet. Immer zwei Schritte hinter dem Hünen herlaufend, durchquerten sie eine Art Haupthalle und traten durch eine weitere Tür in ein riesiges Arbeits- und Lesezimmer, in dessen Mitte ein wuchtiger, antik aussehender Schreibtisch stand, hinter dem Paul von Oppenheim saß und zu ihm aufblickte.

Zur Begrüßung sagte Mike bissig: »Nett haben Sie es hier«, worauf von Oppenheim aufstand, abwinkte und feststellte: »Halb geerbt, halb erarbeitet.« Dann ging er Mike entgegen, gab ihm die Hand und fragte: »Was kann ich für Sie tun?«

Mike, der diese aalglatten Typen nicht ausstehen konnte, machte sich gar nicht erst die Mühe, freundlich zu sein, sondern zog das Foto aus seiner Innentasche und fragte: »Ich weiß, Sie waren in dieser Badewanne im Club ziemlich sediert, aber könnte es dieser Mann gewesen sein, der Sie dort bedroht hat?«

Von Oppenheim nahm das Foto, drehte sich in ein besseres Licht und blickte es lange an. Anschließend gab er es Mike zurück und antwortete: »Trotz der Maske, die dieser

Irre trug, bin ich mir zu 98 Prozent sicher, dass er es war.«

»Und was macht Sie so sicher?«, hakte Mike nach, worauf von Oppenheim das Bild noch einmal an sich nahm und auf den Bereich unterhalb des Kinns deutete. »Sehen Sie das kleine Feuermal? Das dürften nicht gerade viele Männer genau an dieser Stelle haben. Außerdem ist es die Art, wie er seinen Kopf gehalten hat. Immer leicht nach links geneigt, genau wie auf diesem Foto hier.« Nun gab er das Foto zurück und fragte: »Haben Sie den Typen etwa erwischt?«

Am liebsten hätte Mike ihn noch ein wenig zappeln lassen, aber aus dienstlicher Sicht konnte er das nicht machen. Also nickte er und erklärte genauso steif, wie sich sein Gegenüber gab: »Dr. Reitner, der Arzt, der für Ihre Firma arbeitet, hat ihn letzte Nacht erschossen.«

Manch einer wäre darauf hereingefallen, doch von Oppenheim hatte seinen hohen Posten nicht wegen des guten Aussehens. Er blickte Mike in die Augen und erwiderte: »Die BioGenTech AG arbeitet nicht mit niedergelassenen Ärzten zusammen, aber es freut mich, dass dieser Arzt dem Spuk ein Ende bereitet hat.« Sofort erkannte er, dass er doch einen Fehler gemacht hatte, und fügte gespielt erschrocken hinzu: »Aber wenn Sie sagen, der Täter war hinter diesem Arzt her, meinen Sie dann, der Vorfall im Club könnte doch etwas mit mir zu tun gehabt haben und diese Studentin war gar nicht das Ziel, sondern ich?«

»Gäbe es einen Grund dafür?«, fragte Mike zurück, aber von Oppenheim ließ sich nicht auf eine Diskussion über seine Firma ein und antwortete: »Da fällt mir eigentlich nur Geld ein. Dass ich ein wenig mehr davon habe, ist wohl kaum zu übersehen, und bei den Ärzten glaubt man gemeinhin, dass jeder von ihnen etwas wohlhabend ist.«

»Und mit den Medikamenten, die Ihre Firma herstellt, könnte es nichts zu tun haben?«, ließ Mike nicht locker.

Von Oppenheim schüttelte den Kopf. »Ich wüsste nicht. Warum fragen Sie das?«

Innerlich kochend, versuchte es Mike direkt, wobei seine Stimme fast bedrohlich wurde: »Weil sowohl der ermordete Dr. Klausen als auch Dr. Reitner vor einiger Zeit ziemlich hohe Beträge von der BioGenTech AG erhalten haben und ich mir nicht vorstellen kann, dass Ihre Firma einfach so Geld verschenkt.«

Wieder tat von Oppenheim unschuldig, zuckte mit den Schultern und antwortete: »Da müsste ich erst nachfragen, vielleicht haben die beiden früher an einer Studie teilgenommen.«

»Sie sagten doch gerade, dass Sie nicht mit niedergelassenen Ärzten zusammenarbeiten, also was denn nun?« Mike wurde es langsam zu bunt, doch von Oppenheims lapidare Antwort lautete: »Ich habe mich falsch ausgedrückt, früher haben wir so etwas gemacht, aber seit einiger Zeit führen wir nur noch Studien im eigenen Haus durch.«

»Dann haben die beiden für Sie gearbeitet?«, versuchte es Mike wieder, doch dieses Mal war es von Oppenheim, der etwas schärfer reagierte: »Hören Sie, Herr Hauptkommissar, wir verschwenden hier unsere kostbare Zeit. Wie ich Ihnen schon sagte: Wenn Sie diese Information brauchen, muss ich erst in den Firmenarchiven danach suchen lassen.«

Irgendwie schaffte es Mike, ruhig zu bleiben, auch wenn ihm dieser arrogante Typ immer mehr auf die Nerven ging. Obwohl er sich sicher war, dass von Oppenheim etwas wusste, forderte er nur: »Dann tun Sie das! Ich erwarte Sie morgen Vormittag um 10 Uhr persönlich und mit dieser Information bei mir im Präsidium.«

In von Oppenheims Blick zeigte sich nun zum ersten Mal Wut. »Und wenn ich zu der Zeit verhindert bin? Schließlich habe ich einen Konzern zu leiten.«

Mike, der sich schon halb zur Tür gedreht hatte, hielt noch einmal inne, drehte sich zurück und sagte kalt: »Dann könnte es passieren, dass zwei nette Kollegen von mir Sie medienwirksam abholen.«

Zurück in Nürnberg, überlegte Mike, doch noch ins Präsidium zu fahren, entschloss sich aber dagegen, und auch ein Treffen mit Jenni kam nicht infrage, da er sie mit seiner aktuellen Laune nicht gerade beglückt hätte. Blieb nur seine eigene Wohnung, die immer noch aussah, als wäre er gerade erst aus Dänemark zurückgekommen. Die Tasche mit den Klamotten stand noch so da, wie er sie nach seiner Rückkehr hingestellt hatte, und alles, was der Kühlschrank hergab, waren drei Flaschen seines Lieblingsbieres, die er in einer Kneipe um die Ecke gekauft hatte.

Durch die Hitze ziemlich erledigt, machte er sich eins davon auf, nahm sein Handy und wählte Toms Nummer. Nach dem fünften Klingelton hob dieser ab und meldete sich etwas außer Atem. Mike verkniff sich jeden Kommentar und fragte nach dem aktuellen Stand der Ermittlungen, die Tom sehr kurz zusammenfasste: »Die Art des Geschosses, mit dem Dr. Klausen ermordet wurde, entsprach tatsächlich einer Waffe, wie sie auch in Italien benutzt wurde. Außerdem schickten die Italiener eine Datei mit der Kopie von Liebknechts Festplatte aus dem Wohnmobil, und da diese nur eine leichte Verschlüsselung aufwies, konnten wir uns den Inhalt bereits ansehen. Der Tatverlauf an Dr. Klausen entspricht tatsächlich dem Tathergang, wie ihn Frau Bock geschildert hat. Liebknecht hatte alles gespeichert, was durch die Brille gefilmt wurde, einschließlich seiner eigenen Aufnahmen.«

Mike verabschiedete sich und nahm einen langen Schluck aus der Flasche. Das einzig Positive an diesem Tag war wohl die Tatsache, dass der Staatsanwalt Frau Bock endlich aus der Untersuchungshaft entlassen hatte, was Mikes Laune ein wenig hob. Er hasste es, wenn unschuldige einfache Leute für Dinge bestraft wurden, die sie ohne eine Notsituation nie getan hätten, während Menschen wie von Oppenheim scheinbar treiben konnten, was sie wollten.

Mike trank den Rest seines Bieres, lud Jenni zu sich ein und ging anschließend unter die Dusche.

# - 41 -

Nachdem der Kommissar wieder gegangen war, setzte sich Paul von Oppenheim an seinen Schreibtisch und dachte nach. Sein Hauptproblem war zwar gelöst, doch er musste einen Weg finden, um diesen Köstner so weit zu beruhigen, dass dieser keine weiteren Ermittlungen gegen seine Firma einleitete. Bisher waren bei den Kontrollen immer nur geringe Verdachtsmomente aufgekommen, die mit der einen oder anderen Zuwendung an die Kontrolleure aus der Welt geschafft werden konnten.

Nachdem er einige Lösungsmöglichkeiten im Kopf durchgegangen war, beschloss er, bei Dr. Reitner anzufangen, und griff zum Telefon. Das Gespräch begann erwartungsgemäß unterkühlt, da der Arzt nicht gerade davon begeistert war, wie ihn von Oppenheim in der Nacht mit diesem Irren hatte sitzen lassen. Erst nach einigen Entschuldigungen und dem Versprechen eines neuen Ultraschallgerätes für dessen Praxis wurde Dr. Reitner etwas zugänglicher und sah schließlich ein, dass sie im selben Boot saßen. Glücklicherweise passten seine Aussagen, die er eben bei der Polizei zu Protokoll gegeben hatte, gut mit denen von Oppenheims gegenüber Kommissar Köstner zusammen. Gemeinsam beschlossen sie, in Zukunft alles Brisante abzustreiten und nur einen der üblichen Praxistests, den Dr. Reitner vor zwei Jahren für die BioGenTech AG durchgeführt hatte, zuzugeben.

Etwas zuversichtlicher legte von Oppenheim auf, rief den Chef der Buchhaltung seiner Firma an und ließ ihn unter strengster Vertraulichkeit die entsprechenden Dokumente anfertigen, um die frühere Zusammenarbeit belegen zu können.

Als auch das erledigt war, informierte er den immer noch ermittelnden Privatdetektiv und den Sicherheitsdienst, dass er ihre Hilfe nicht mehr benötigte, und lehnte sich anschließend zufrieden zurück. Eigentlich glaubte er alles unter Kontrolle zu haben. Als er allerdings seine Augen für einige Augenblicke schloss, war sie wieder da. Es war immer das gleiche Bild und immer aus der Perspektive, wie er ihr in dem Whirlpool gegenübergesessen hatte, zusammen mit dem Gefühl, völlig hilflos zu sein. Ihr schöner Körper wurde zur Nebensächlichkeit, als sie immer tiefer in den Pool gerutscht war und schließlich aufgehört hatte zu atmen.

Früher hatte es von Oppenheim nie verstanden, warum so viele Soldaten mit einem Trauma heimkehrten, und er hatte diese insgeheim sogar als Weicheier bezeichnet. Jetzt aber war er es, bei dem sich ein schrecklicher Eindruck eingebrannt hatte und dort wie ein Stigma auftauchte, sobald er die Augen schloss.

Von Oppenheim hasste es, verletzlich zu sein, und war sich sicher, dies selbst wieder unter Kontrolle zu bringen. Zuerst ließ er die Augen noch geschlossen und rief sich dieses Bild ganz bewusst noch einmal vor sein inneres Auge. Dann versuchte er sich den Umstand, dass sie und nicht er gestorben war, als Zeichen seiner eigenen Stärke schön zu denken, und beschloss, es in Zukunft genauso zu sehen. Anschließend öffnete er die Augen, erhob sich entschlossen aus seinem Bürosessel und zog sich seine Joggingsachen an.

Es brauchte nur wenige Meter und einige tiefe Atemzüge an der etwas abgekühlten Luft, um den Kopf wieder klarzubekommen. Als sich das Tor zur Einfahrt hinter ihm schloss, war die Sonne kurz vor dem Untergehen und erzeugte ein Gefühl, als würde er dieser entgegenlaufen. Zunächst lief er seine gewohnte Runde über einige Feldwege, folgte anschließend dem Wanderweg entlang des Baches und traf dann auf die schmale Landstraße, die zurück zu der Zufahrtsstraße zu seinem Anwesen führte. Da sich die ersten zwei Kilometer der Straße hinauf bis zum höchsten Punkt der Gegend zogen und damit ziemlich anstrengend waren, verfiel er oben angekommen in ein schnelles Gehen, um wieder etwas Luft zu schöpfen. Zwischen ihm und der Zufahrtsstraße musste er jetzt nur noch durch ein kurzes Waldstück, an dessen Anfang jedoch ein etwas älteres Auto mit geöffneter Kühlerhaube stand. Von Oppenheims erster Gedanke war, lieber wieder umzudrehen, doch dann fiel ihm ein, dass es keinen Grund mehr dafür gab.

Von Oppenheim schimpfte sich selbst einen Narren, begann wieder zu laufen und beschloss nachzufragen, ob er helfen konnte. Falls es eine Frau sein sollte, ergab sich ja vielleicht sogar noch ein kleines Date, das ihn auf andere Gedanken bringen würde.

Später sollte seine letzte Erinnerung an den Abend ein erstaunter Gedanke daran sein, wie kräftig der Schlag auf seinen Hinterkopf ausgeführt wurde.

# – 42 –

Am nächsten Morgen war die Stimmung wieder deutlich entspannter. Mike hatte auf dem Weg zum Präsidium für jeden eine Kleinigkeit vom Bäcker mitgenommen, und als er das Büro betrat, lief bereits die Kaffeemaschine. Nachdem er am Abend zuvor mit Jenni über Toms und Sabrinas vermutliche Affäre gesprochen hatte, war ihm klargeworden, dass es eigentlich keinen Grund gab sich darüber aufzuregen. Er wollte den Tag noch abwarten und Tom nach Feierabend zu einem Bier und einem kurzen Gespräch einladen. Im Grunde konnte es ihm egal sein, was die beiden trieben, seine einzigen Bedenken betrafen die Zusammenarbeit, denn was würde passieren, wenn sie in kritische Umstände gerieten? Würde sich Tom an die Eigensicherung halten oder zuerst Sabrina retten wollen?

Mike begrüßte die beiden mit einem fröhlichen »Guten Morgen, ich habe Frühstück mitgebracht«, stellte die Tüte neben die Kaffeemaschine und schaltete seinen Computer mit der Frage ein: »Gibt es etwas Neues?«

Tom, der etwas übernächtigt aussah, blickte von seinem Monitor hoch und murmelte ein »Morgen« und schüttelte dann den Kopf. »Nichts, was ich dir nicht schon gestern am Telefon erzählt hätte. Wie war es eigentlich bei diesem von Oppenheim?«

Mike ließ sich in seinen Stuhl fallen. »Der hat Dreck am

Stecken, da bin ich mir sicher. Und da der Herr glaubt, über allem zu stehen, habe ich ihn für heute um 10 Uhr in unsere heiligen Hallen eingeladen.«

Tom verzog das Gesicht und fragte vorsichtig: »Ist das mit Karl abgesprochen? Solche Typen zu verdächtigen sorgt doch in der Regel für einen Haufen Ärger.«

»Und deshalb sollen wir wegschauen?« Mike spürte selbst, dass sein Ton zu scharf gewesen war, und mäßigte sich. »Es kann doch nicht angehen, dass solche Leute sich ihren eigenen rechtsfreien Raum schaffen.«

»Ist das wirklich so, wie man es aus Filmen kennt?«, mischte sich jetzt Sabrina ein. Mike sah sie an und fragte etwas verwirrt: »Was meinst du?«

»Na, da ist es doch auch oft so, dass Leute mit Geld und Einfluss ziemlich immun gegen unseren Rechtsstaat sind.«

Mike ließ sich etwas Zeit für die Antwort, dann nickte er. »Das war der Grund, warum ich nach meinem letzten Fall als Hauptkommissar den Job hingeschmissen habe. Allerdings habe ich mittlerweile kapiert, dass man als Kommissar doch wenigstens die Chance hat, so jemanden hinter Gitter zu bringen. Man braucht nur wesentlich stärkere Beweise ...« Weiter kam er nicht, da die Bürotür regelrecht aufgerissen wurde und Karls etwas massiger Körper darin erschien. Dieser stockte kurz, blickte von einem zum anderen und fragte in einem Tonfall, der nichts Gutes verhieß: »Ist euch langweilig?«

Tom, auf dem der Blick seines Chefs nun ruhte, zuckte mit den Schultern und fragte vorsichtig: »Eigentlich nicht, ist etwas passiert?«

Ohne eine direkte Antwort zu geben, ging Karl zu Mike, deutete auf dessen Monitor und forderte: »Öffne die E-Mail, die ich euch gerade geschickt habe«, und an die anderen beiden gerichtet: »Kommt rüber und seht euch das an.«

Noch während Mike darauf wartete, bis sich das E-Mail-Programm öffnete, erklärte Karl: »Dieses Video wurde vor ca. einer Viertelstunde auf mehreren Internetkanälen gleichzeitig veröffentlicht. Unsere Techniker haben versucht, es zu stoppen, doch es war schon zu spät. Haufenweise Privatleute und natürlich einige Reporter haben sich darauf gestürzt und es bereits Hunderte Male geteilt, kopiert und weiterverbreitet.«

Nun hatte Mike es endlich geschafft, die E-Mail zu öffnen, und klickte auf den Start-Button der angehängten Mediendatei. Das zunächst schwarze Fenster öffnete sich, anschließend folgte das Youtube-Logo, dann begann der Film.

Da alle drei Kommissare nicht die leiseste Ahnung hatten, was sie erwarten würde, zuckten sie fast gleichzeitig zusammen, als mit einem Schlag das ziemlich lädierte Gesicht von Dr. Reitner in Großaufnahme zu sehen war. Der Raum um den Arzt herum war so dunkel, dass fast nichts zu erkennen war, einzig eine schwache Lampe beleuchtete sein Gesicht. Dr. Reitners Blick verriet grenzenlose Angst, gepaart mit Schmerz und Sorge um etwas, das er zwar sehen, aber die Kamera nicht einfangen konnte. Leises Wimmern aus dem Hintergrund legte nahe, dass sein unruhiger Blick immer wieder in Richtung seiner Frau zuckte, die sich ihm gegenüber, aber hinter der Kamera befinden musste.

Nachdem einige Sekunden vergangen waren, schreckte er kurz zusammen und sah starr nach vorne. Seine Zunge versuchte die aufgeplatzten Lippen ein wenig zu befeuchten, dann begann er leise zu sprechen: »Mein Name ist Marius Reitner, Doktor der Medizin.« Es folgte eine Pause, in der sein Adamsapfel pausenlos auf und ab hüpfte, bis er endlich die nächsten Worte hervorbrachte. »Auch wenn dieses Geständnis unter Zwang zustande kommt, ändert dies nichts an der Tatsache, dass ich eine große Schuld auf mich geladen habe.« Fahrig senkte sich sein Blick und er schien auf seinen eigenen Körper herabzublicken, was ihm offenbar große Sorge machte. Als er weitersprach, hatte man den Eindruck, als würde er sich beeilen müssen. Mit etwas festerer Stimme fuhr er fort: »Vor ca. zwei Jahren hat mich und Dr. Klausen, der ebenfalls in Nürnberg praktizierte, die BioGenTech AG dazu angeworben, an einer Versuchsreihe teilzunehmen. Man gab uns je 20 Ampullen, in der Verpackung einer anderen, namhaften Pharmafirma, die allerdings ein noch völlig ungetestetes Mittel der BioGenTech AG enthielten. Das Mittel sollte gegen die durch Zeckenbisse verursachte Borreliose helfen, war aber noch lange nicht ausgereift. Unser Auftrag lautete, dieses Mittel Borreliosepatienten zu injizieren und den weiteren Verlauf zu dokumentieren. Vergütet wurde diese Testreihe, die uns zu absolutem Schweigen verpflichtete, mit einer kompletten Praxiseinrichtung und einer hohen Geldsumme.« Wieder stockte Dr. Reitner, redete aber nach einem kurzen Blick an der Kamera vorbei weiter: »Weder Dr. Klausen noch ich hatten damit gerechnet, dass man uns ein derart schlecht erforschtes Mittel zum Testen gegeben hatte. 28 Patienten bekamen zwar Nebenwirkungen, brachten diese aber nicht mit dem Medikament in Zusammenhang.« Dr. Reitners Augen wurden feucht. »Zwölf Patienten überlebten die folgenden zwei Jahre nicht und starben an rapidem körperlichen Verfall.« Wieder folgte ein Blick an sich selbst hinab, wobei Dr. Reitners Kopf kurz nach vorne kippte. In einer Art letztem Aufbäumen hob er den Kopf wieder und beendete sein Geständnis mit der Erklärung: »Einige der Angehörigen kamen uns auf die Schliche und fragten nach dem Mittel, doch die BioGenTech AG hatte vorgesorgt. Alles sah danach aus, als wäre es das Mittel einer anderen Pharmafirma gewesen. Da die Sache schon zwei Jahre zurücklag, war ein Nachweis schwierig, und so erklärte diese andere Firma, dass es sich nur um eine verunreinigte Charge gehandelt haben könne. Sie forderten absolutes Stillschweigen und zahlten den Angehörigen der Betroffenen ein hohes Schmerzensgeld.«

Nachdem der Arzt geendet hatte, herrschte im Büro die gleiche Stille wie in dem Video, das noch immer Dr. Reitners Gesicht zeigte. Dieser hatte offenbar große Mühe, den Kopf oben zu halten, und schaffte nur noch, ein leises »Es tut mir leid« zu flüstern. Mike wollte sich schon abwenden, als durch die Lautsprecher seines Computers ein lauter Schuss zu hören war, der jeden Anwesenden zusammenzucken ließ. Auf wen da auch immer geschossen wurde, Dr. Reitner war nicht das Ziel gewesen. Dieser blickte noch immer mit blassem Gesicht in die Kamera, und gerade als sich eine Träne von seinem Auge löste, verschwand das Bild und der Film endete.

»Wir müssen da hin«, erholte sich Tom als Erster und war schon auf dem Weg, um seinen Schultergurt mit der Waffe zu holen.

»Ich habe bereits das SEK alarmiert, aber die warten dort auf euch. Die Jungs sind mir zu stürmisch und ich möchte, dass du sie leitest«, informierte Karl Mike, der nun ebenfalls nach seinem Holster griff. Nur vier Minuten später saßen alle drei in ihrem Dienstwagen und verließen mit Blaulicht den Innenhof des Hauptpräsidiums.

Tom stoppte den Wagen direkt neben dem Kleinbus ihrer bis obenhin vermummten Kollegen, die in etwa hundert Meter Entfernung zu Dr. Reitners Haus standen. Einer von ihnen kam gerade mit seinem Fernglas in der Hand zurück und berichtete: »Von hier aus ist nichts zu sehen. Die Rollos sind alle heruntergelassen und im Garten scheint alles ruhig zu sein. Bei der Terrassentür bin ich mir nicht ganz sicher, es könnte sein, dass diese nur angelehnt ist.«

»Danke, Veit«, nickte der Chef der kleinen Gruppe seinem Mann zu und wandte sich anschließend an Mike: »Sie haben es gehört, wie sollen wir vorgehen? Mein Vorschlag wäre die Terrassentür, die bekommen wir, auch wenn sie verschlossen ist, viel schneller auf.«

Mike dachte kurz nach. »Könnte aber auch eine Falle sein. Ich habe gerade ein Video gesehen, das ganz und gar nicht so wirkte, als hätten es der oder die Täter sehr eilig gehabt. Warum also sollten sie das Haus hinten heraus verlassen? Sie müssten dann noch durch den ganzen Garten, denn soweit ich mich erinnern kann, gibt es nach hinten keinen Ausgang aus dem Garten.« Mike ließ eine Pause folgen, bevor er fragte: »Ist es ein Problem für Sie, die Haustür leise zu öffnen?«

Der SEK-Mann schüttelte den Kopf. »Nein, es besteht nur immer die Gefahr, dass durch die geschlossene Tür geschossen wird, aber davor können wir uns schützen.«

Mike nickte zufrieden. »Gut, dann lassen Sie bitte die anderen drei Seiten des Hauses sichern und öffnen vorne die Haustür.«

»Und wenn die Tür offen ist?«, erkundigte sich der Kollege.

»Dann würde ich Sie bitten, dass Ihre Leute Zimmer für Zimmer sichern«, erwiderte Mike, der vor zehn Jahren selbst da rein wäre, jetzt aber andere Zukunftspläne hatte, als sich erschießen zu lassen.

Der Mann nickte, trat an die offene Tür des Transporters und gab seine Anweisungen. Nach wenigen Sekunden verließen sieben Vermummte das Fahrzeug und bewegten sich wie Schatten durch die grelle Vormittagssonne in Richtung des Zielobjektes, wo fünf von ihnen kurz darauf hinter Büschen und Mauern wieder unsichtbar wurden.

Die beiden anderen näherten sich der Eingangstür entlang der Hauswand, wobei sie sich vor jedem der Fenster klein machten. Dort angekommen, hielt einer ein großes schwarzes Schutzschild vor den Bereich des Schlosses, hinter das sich der andere kauerte und mit seiner Arbeit begann. Keine zehn Sekunden später sahen die drei Kommissare aus sicherer Entfernung, wie sich die Tür ein winziges Stückchen öffnete und die beiden SEK-Beamten sich zunächst hinter die schützende Wand zurückzogen. Nachdem ihr Chef eine kurze Anweisung in sein Headset gesprochen hatte, tauchten die beiden Beamten auf, die zuvor die Stirnseiten des Hauses gesichert hatten, und platzierten sich auf der anderen Türseite.

Mit gezogenen Waffen warteten sie, bis einer von ihnen drei Finger in die Luft streckte, einen nach dem anderen wieder einzog und, als die Hand nur noch eine Faust war, die Tür nach innen aufdrückte.

Nachdem alle vier in dem Haus verschwunden waren, konnten die anderen nur abwarten. Doch Mike nahm es als gutes Zeichen, dass auch zehn Sekunden nach dem Eindringen noch kein Schuss gefallen war, und bedeutete seinen Partnern, sich langsam dem Haus zu nähern.

Gerade am Gartenzaun angekommen, erschien einer der eingedrungenen Männer in der Haustür, atmete tief durch und sagte laut: »Was für eine Scheiße.«

»Gesichert?«, rief ihm Mike von Weitem zu, worauf der vermummte Polizist »Gesichert.« zurückrief und feststellte: »Sie können jetzt reingehen, aber ich hoffe, Sie haben noch nicht gefrühstückt.« Nach einem weiteren tiefen Atemzug fügte er hinzu: »Wir holen in der Zwischenzeit die KTU und den Gerichtsmediziner.« Nun erschienen auch seine drei Kollegen, traten ebenfalls ins Freie und atmeten kopfschüttelnd tief durch.

Mike warf Tom einen vielsagenden Blick zu und sagte an Sabrina gewandt: »Wenn es dir zu viel werden sollte, geh lieber wieder raus.« Entschlossen öffnete er das Gartentürchen und ging auf die Haustür zu.

Im Eingangsbereich schien noch alles völlig normal zu sein. Einige Paar Schuhe standen ordentlich aufgereiht an der Wand und alles wirkte sehr sauber und aufgeräumt. Die erste Tür auf der linken Seite stand offen und gab den Blick auf eine ebenso ordentliche Küche frei, die fast schon unbenutzt wirkte. Mike streckte kurz den Kopf hinein und sah, dass die Küche nur durch eine Art Tresen vom Wohnzimmer getrennt war, in das eine Tür am Ende des kurzen Flures führte, dem sie weiter folgten. Auch diese Tür stand offen, und obwohl das Licht in dem großzügigen Wohnbereich brannte, war noch immer nichts Außergewöhnliches zu sehen.

Durch Mikes Blick in die Küche hatte Tom die Führung übernommen und betrat als Erster den Raum. Der erste Blick nach links wirkte noch unbekümmert, doch als er den Kopf in die andere Richtung wendete, erstarrte er in der Bewegung und sagte laut: »Ach du Scheiße.«

Mike und Sabrina folgten ihm und sahen nun, was er sah. Das Bild hatte trotz seiner Grausamkeit fast schon etwas Romantisches. Herr und Frau Reitner saßen sich am Boden gegenüber, wobei hinter jedem ein Stuhl als Stütze stand. Daran waren die Köpfe mit Klebeband fixiert, sodass sie auf diese Weise gezwungen waren, sich gegenseitig anzusehen. Als wäre dies noch nicht genug, waren auch die Hände der beiden an ihren eigenen Oberschenkeln mit Klebeband fixiert und in dem jeweils linken Arm steckte eine Art Respekt einflößende Nadel, die man selbst nicht im Arm stecken haben mochte.

Eine Tatsache begriff man allerdings sofort: Die seltsame Nadel diente nicht dazu, etwas zu injizieren, sie sollte dafür sorgen, dass das Blut ungehindert aus den beiden herauslaufen konnte. Und genau dies war das fast schon Romantische an der Szene. Durch Zufall war der Blutstrom bei beiden nach vorne gelaufen und hatte sich auf dem Platz zwischen ihnen vereint. Ein sterbendes Ehepaar, dessen Blut sich während der letzten Augenblicke auf Erden vereinte.

Was Tom als Erstes auffiel, waren die unnatürlich weit geöffneten Augen der beiden, und als er etwas näher heranging, sah er auch warum. Kaum sichtbar hatte man mit einem einfachen Tesafilm dafür gesorgt, dass sich die beiden bis zur letzten Sekunde anblicken mussten.

»Wer immer das getan hat, er wollte, dass die beiden auch seelisch litten ... und zwar richtig«, zerriss Mikes Stimme die Stille, wobei Sabrina, die bisher nur fassungslos dagestanden hatte, zusammenzuckte. Entgegen Mikes Erwartungen drehte sich seine junge Partnerin nicht weg, um diesen Tatort zu verlassen. Stattdessen ging sie tiefer in den Raum, blickte sich langsam um, wobei ihr Blick lange auf den Toten ruhte, und fragte mit nüchternem Tonfall: »Wem hatte der Schuss gegolten? In dem Film war am Ende ein Schuss zu hören, aber so wie man die beiden präpariert hat, war hier keine Waffe nötig.«

Mike wusste im ersten Moment nicht, ob ihn Sabrinas kalte Art beeindrucken oder erschrecken sollte, schob den Gedanken aber beiseite und antwortete: »Gut aufgepasst, du hast recht.« Anschließend trat er näher an die Opfer und stellte fest: »Denen hat der Schuss auf jeden Fall nicht gegolten.«

»Und wenn«, mischte sich Tom ein, der sich am besten mit den neuen Medien auskannte, »der Schuss nur dazu dienen sollte, das Video interessanter zu machen? Das ist natürlich reine Spekulation, aber wenn ich daran denke, welche Wirkung der Knall auf uns hatte, erscheint es mir durchaus möglich. Auf diese Weise erreicht man sehr viel mehr Interesse, die Leute da draußen wollen es möglichst krass.«

»Alles gut und schön, aber im Augenblick nicht so wichtig«, kam Mike zum Wesentlichen zurück. »Dieser Liebknecht liegt in Italien im Leichenschauhaus und kann es folglich nicht gewesen sein. Eine andere Person ist, soweit uns bekannt, in Zusammenhang mit dem Fall nie in Erscheinung getreten ... wer also könnte das hier veranstaltet haben?«

# – 43 –

Mike und Sabrina traten ihre Zigaretten aus und folgten Dr. Gruber in das Innere des Hauses. Ohne sich weiter umzusehen, trat der alte Gerichtsmediziner erst vor die beiden Toten, umrundete diese, ohne die riesige Blutlache zu berühren, und sagte dann an Mike gewandt: »Ich werde ja wirklich zu vielen Tatorten gerufen, aber Ihre sind immer besonders kreativ.«

Mike ignorierte die Aussage und fragte stattdessen: »Was sind das für seltsame Spritzen in den Armen der Opfer?«, worauf sich Dr. Gruber in die Hocke begab, diese genauer musterte und fast murmelnd sagte: »Sehr interessant, fast schon außergewöhnlich.«

»Wir haben wirklich wenig Zeit«, warf Mike ungeduldig ein, da ihm gerade etwas eingefallen war.

Der Gerichtsmediziner erhob sich, deutete auf Dr. Reitners Arm und stellte fest: »Das, mein lieber Kommissar Köstner, das ist keine Spritze, das ist ein Aderlassbesteck. Mit einer modernen Spritze können Sie das Blut nicht einfach so herauslaufen lassen, das klappt nur mit so einem Besteck.«

»Aber einen Aderlass macht doch kein Mensch mehr, oder?«, warf Sabrina ein, die diese Methode nur noch aus historischen Büchern kannte.

Dr. Grubers Blick wechselte zu der jungen Kommissarin und wurde etwas abschätzig. »Das kann man so nicht sagen. Natürlich ist es nicht mehr gängige Praxis, aber hin und wieder kommt es dennoch zur Anwendung.«

»Und wer kann so etwas anbringen?«, erkundigte sich Mike, der immer unruhiger wurde.

»Im Grunde jeder, der auch eine Spritze setzen kann. Kaufen kann man das übrigens im Internet, das ist heute kein Problem mehr.«

»O. k.«, nahm Mike das zur Kenntnis, wandte sich an seine Partner und sagte gehetzt: »Sabrina, du bleibst hier und hilfst dabei, den Tatort zu untersuchen. Achte auf jedes Detail und notiere, was dir auffällig erscheint.« Nun sah er Tom an und bestimmte: »Tom, du kommst mit mir. Wenn jemand Dr. Reitner auf der Liste hatte, ist auch Paul von Oppenheim nicht mehr sicher.« Ohne auf eine Antwort zu warten, drehte er sich um und verließ fast rennend das Haus. Tom warf Sabrina noch einen Blick zu, fasste ihr zum Abschied kurz an den Oberarm und folgte seinem Partner.

Eigentlich wollte Mike sich während der Fahrt mit Tom über Sabrina unterhalten, da sie aber mit Blaulicht unterwegs waren, galt seine ganze Konzentration dem zäh dahinfließenden Verkehr. Immer wieder in seinem Sitz hin und her geworfen, fiel es Tom schwer, von Oppenheims Nummer in sein Handy einzugeben. Irgendwann schaffte er es aber und ließ es lange, aber erfolglos klingeln.

»Ist nicht zu erreichen«, stellte er schließlich fest, öffnete den Internetbrowser und suchte sich eine zentrale Nummer der BioGenTech AG heraus, die er zum Glück nur abtippen musste. Nach einer kurzen Diskussion mit der dortigen Telefonzentrale wurde er schließlich in von Oppenheims Vorzimmer verbunden, wo er allerdings auch nur erfuhr, dass der Firmenchef nicht zur Arbeit erschienen war. Inzwischen auf der Stadtautobahn, beschleunigte

Mike den Wagen auf knappe 180 Stundenkilometer, was beide dazu brachte, doch lieber den Gurt anzulegen. In der Rekordzeit von nur 15 Minuten hatten sie schließlich die kurze Zufahrtsstraße zu von Oppenheims Villa erreicht, wo Mike den BMW stoppte, seine Waffe prüfte und ausstieg.

»Nichts«, stellte er mit einem unguten Gefühl im Magen fest, als er den Messingknopf zum fünften Mal tief hineingedrückt hatte.

»Und jetzt?«, fragte Tom, der inzwischen versucht hatte, einen Blick auf das Anwesen zu erhaschen.

Mike zuckte mit der Schulter. »Keine Ahnung. Liebknechts Tod hat von Oppenheim wohl dazu veranlasst, die Leibwächter nach Hause zu schicken. Als ich das letzte Mal hier war, hatte er mindestens zwei Männer eines Sicherheitsdienstes beschäftigt.«

»Einfach über die Mauer?«, schlug Tom vor, doch Mike schüttelte den Kopf. »Bei dem nicht ohne Durchsuchungsbeschluss.«

Zurück im Auto, rief Mike Karl an und erklärte ihm, was passiert war. Anschließend beschlossen sie, nach von Oppenheim als Zeugen fahnden zu lassen, da es für eine Vermisstenmeldung noch zu früh war.

Mike legte auf, startete den Motor und bestimmte etwas frustriert: »Also zurück ins Büro. Wir brauchen dringend eine Idee, wer den Doppelmord an dem Ehepaar Reitner begangen haben könnte.«

Bis Sabrina vom Tatort zurückkam, versuchten die beiden Kommissare irgendetwas über von Oppenheims Verbleib festzustellen. Alles, was sie dabei erreicht hatten, war herauszufinden, welche Sicherheitsfirma er beauftragt hatte und dass er die Zusammenarbeit am Vortag beendet hatte. Anschließend sahen sie sich den Film noch einige Male an, wobei Tom das Schussgeräusch am Computer isolierte und separat abspielte. Nachdem er die Töne zusätzlich als Diagramm darstellen ließ, war er sich sicher. Er deutete auf eine etwas dickere Linie und sagte: »Siehst du das? Diese Linie beendet die Originalaufnahme, und alles, was danach kommt, wurde nachträglich hinzugefügt.«

»Also fiel tatsächlich kein Schuss und deine Theorie war richtig?«, fragte Mike, um sicherzugehen, dass er den Technikkram richtig verstanden hatte, was ihm Tom mit einem Nicken bestätigte.

Gegen Mittag kam auch Sabrina zurück und sie begannen alle Fakten des Doppelmordes an einer separaten Tafel aufzulisten. Nachdem dort alles vermerkt war, trat Mike einen Schritt zurück und betrachtete die noch unsortierten Karten. Er nahm einen Schluck aus seinem Wasserglas und begann zu lesen:

»Ausbluten lassen,
Geständnis (Wahrheit, oder aufgezwungen?),
mussten sich beim Sterben ansehen,
professionelles Aderlassbesteck,
professionelle Ausführung (lt. Dr. Gruber),
Verbreitung über das Internet,
von Oppenheim verschwunden«.

Mike endete, ließ die Worte ein wenig nachwirken und stellte dann fest: »Mehr als dürftig, hat jemand eine Idee?«

Seine Kollegen blickten ebenso ratlos auf die Wand wie er selbst, bis Tom sich von der Tischkante erhob und vorschlug: »Vielleicht sollten wir uns den Fall noch einmal von vorne und mit etwas Ruhe ansehen. Ich meine, bis jetzt sind wir kaum dazu gekommen, etwas aufzuarbeiten, und sind eigentlich nur den Ereignissen hinterhergehetzt.

Es würde mich wirklich nicht wundern, wenn wir etwas übersehen haben.«

Mike nickte zustimmend, trat an die drei aus Platzgründen hintereinander aufgestellten Tafeln und zog die beiden anderen heraus. Da nur vor dem Fenster genügend Platz für alle Tafeln war, verdunkelten diese jetzt zwar den Raum, aber man hatte alles auf einen Blick. Anschließend deutete er auf die erste von links und befand: »Also dann, es begann mit Dr. Klausen und Laura Bock.«

Nach und nach ging jeder von ihnen die Tafeln ab, schrieb noch das eine oder andere Detail dazu, doch eine zündende Idee hatte keiner von ihnen. Schließlich wandte sich Tom ab und stellte fast schon wütend fest: »Das gibt es doch gar nicht, irgendetwas müssen wir übersehen. Tatsache ist, dass es einen zweiten Mann gibt und dieser vermutlich von Anfang an dabei war.« Nun drehte er sich zu Mike und fragte: »Irgendeine Spur hinterlässt doch jeder, oder? Es kann doch fast nicht sein, dass dieser Jemand bis zu dem Mord an den Reitners völlig unsichtbar geblieben ist.«

Mikes Blick fiel zum gefühlt hundertsten Mal auf die erste Tafel, und obwohl es die ganze Zeit dort gewesen war, nahm er das Fragezeichen zum ersten Mal richtig wahr. Vielleicht lag es an dem Foto von Laura Bock, das jede Aufmerksamkeit auf sich zog und völlig von ihrer Tochter, die nur als kleines Viereck dargestellt war, ablenkte. Auch das war nur eine kleine Chance, aber besser als nichts, und da Mike nicht von Anfang an dabei war, fragte er: »Was ist eigentlich mit dem Kind, Pauline Bock? Immerhin war sie Liebknechts Opfer und Druckmittel. Hat man sie vernommen?«

»Das meinte ich mit ... wir hetzen immer nur hinterher«, fluchte Tom. »Sie war nach der Tat nicht vernehmungsfähig, und um ehrlich zu sein, ich habe danach nicht mehr an sie gedacht.«

»Verdammt«, stimmte nun auch Sabrina ein, »ich habe mich schon bei der Rekonstruktion des Tatverlaufes gewundert, wie eng der zeitliche Rahmen für den Täter war, habe es aber nicht weiterverfolgt. Wenn Liebknecht natürlich jemanden hatte, der die Kleine wieder zurück in die Wohnung gebracht hat, würde das einiges erklären.«

Mike hatte genug gehört und bestimmte: »Inzwischen sind einige Tage vergangen. Lasst uns zu Frau Bock fahren und mit Pauline Bock reden.«

»Willst du nicht erst einmal anrufen und fragen, ob sie schon fit ist?«, gab Sabrina zu bedenken, doch Mike schüttelte den Kopf. »Nein. Mütter sind in aller Regel übervorsichtig. Wir haben bessere Chancen, wenn wir direkt vor der Tür stehen.«

# - 44 -

Paul öffnete die Augen, was den stechenden Kopfschmerz fast bis zur Unerträglichkeit steigerte und trotzdem nichts brachte. Schwärze war alles, was ihn umgab. Schwärze und furchtbar abgestandene Luft, die bei jedem Atemzug den Eindruck hinterließ, als würde man etwas Zähes in sich hineinsaugen. Instinktiv wollten seine Hände zu der brennend juckenden Wunde am Hinterkopf greifen, wurden aber schon nach wenigen Millimetern gestoppt. Das bisschen, was er ertasten konnte, ließ ihn darauf schließen, dass man ihn sitzend an ein Metallrohr gebunden hatte. Etwas besser erging es ihm mit seinen Beinen, die er zumindest frei bewegen konnte.

Nachdem er die erste Übelkeit überwunden hatte, schafften es ein paar Bilder der Erinnerung in sein Bewusstsein, doch die Erkenntnis daraus war mehr als dürftig. Da waren dieses Auto und ein kurzes Gespräch mit der Bitte um Hilfe. Ein kurzer Blick in den Motorraum und dann ... nichts mehr.

Der pulsierende Kopfschmerz verlangte nach Sauerstoff, aber jeder Atemzug verschlimmerte die gerade abgeklungene Übelkeit. Paul versuchte dies zu ignorieren und zwang sich, über seine Optionen nachzudenken. Das Seil, mit dem man seine Arme nach hinten gebunden hatte, machte nicht den Anschein, als könnte er sich davon befreien. Die Beine waren allerdings frei beweglich und, fast wäre es ihm nicht aufgefallen, auch seinen Mund hatte man nicht geknebelt. Bevor er schreien würde, beschloss er, seine nähere Umgebung abzutasten, und begann sich langsam nach rechts um das Metallrohr herumzuschieben. Immer wieder mit einem Bein hin und her wischend, kam er nach einer kompletten Umdrehung zu der Erkenntnis, dass nichts in der Nähe war, was ihm helfen konnte.

Obwohl sich seine Augen längst darauf eingestellt hatten, war absolute Schwärze das Einzige, was sie wahrnahmen. Es gab hier nichts, was auch nur ein winziges bisschen Licht erzeugte oder hereinließ und die langsam einsetzende Beklemmung verbot ihm, einfach nur tatenlos sitzen zu bleiben. Noch immer wagte er es nicht, um Hilfe zu schreien, denn was, wenn sein Entführer in der Nähe war? Vielleicht wartete dieser nur darauf, dass er wach wurde, um ihn zu quälen. Nein, das konnte er nicht riskieren. So hatte er wenigstens die Gelegenheit, eine Flucht zu versuchen.

Die körperliche Anstrengung zwang ihn dazu, noch mehr dieser widerlich warmen, stinkenden Luft einzuatmen, und sorgte dafür, dass ihm der Schweiß von der Stirn in die nutzlosen Augen rann. Paul hatte die Beine bis an seinen Körper gezogen und begann nun damit, sich langsam an dem Rohr nach oben zu schieben. Zentimeter für Zentimeter drückte er sich ein Stück höher, musste aber, kurz bevor er aufrecht stand, feststellen, dass der Raum, oder was immer es war, höchstens 1,60 Meter hoch war. Vorsichtig mit dem Kopf tastend, erlebte er gleich die nächste Enttäuschung, denn das Rohr, hinter dem seine Hände zusammengebunden waren, machte nicht wie erhofft einen Knick, sondern verschwand einfach in der Decke.

Erschöpft ließ er sich wieder auf den Boden sinken, wobei er zufällig sein Ohr an das Rohr hielt. Zuerst glaubte er an eine Täuschung seiner Sinne, legte nun aber sein Ohr gezielt an das kalte Material, und tatsächlich ... er hatte sich nicht getäuscht: Das, was er hörte, war eindeutig das Geräusch eines fahrenden Aufzuges. Folglich musste er unter einem Gebäude sein, das hoch genug war, damit man einen Fahrstuhl einbaute. Fast in der gleichen Sekunde, in der er sich freute, etwas herausgefunden zu haben, wurde ihm klar, dass diese Information so nutzlos wie seine nicht gefesselten Beine war, denn heutzutage hatte schließlich jedes größere Haus einen Fahrstuhl. Auch seine neue Idee, einfach gegen das Rohr zu schlagen und darauf zu hoffen, dass man ihn hörte, löste sich augenblicklich wieder in Luft auf, denn er hatte nichts außer seiner Stimme, mit dem er Lärm machen könnte.

In dem Bewusstsein, wie aussichtslos seine Lage war, keimte noch ein anderer Gedanke: Was wäre, wenn derjenige, der ihn hierher verschleppt hatte, einen Unfall hätte oder von der Polizei festgenommen würde? Er hatte weder Wasser noch Nahrung, nach ein paar Tagen würde er einfach sterben und niemand bekäme es mit.

All diese Szenarien beschworen ein Gefühl herauf, das er zuvor nicht kannte. Paul hatte die Verzweiflung anderer Menschen nie verstanden und als Schwäche abgetan, doch jetzt und hier bekam er eine Kostprobe davon. Die aufkommende Panik kam wie ein Funke und steigerte sich innerhalb von Sekundenbruchteilen zu einem Flächenbrand. Wut und Verzweiflung ließen ihn an seinen Fesseln zerren. Er gab seine überlegte Vorsicht auf und begann zu schreien. Erst relativ leise, dann so laut, wie es seine Stimmbänder vermochten. Immer wieder gab er alles, doch es war, als würden die Mauern um ihn herum jedes Geräusch einfach aufsaugen. Irgendwann ging er dazu über, nur noch kurz zu rufen und anschließend zu lauschen, aber nichts deutete darauf hin, dass er gehört wurde. Sobald er still war, wurde auch seine Umgebung still. So still, dass es fast schon wehtat. Sekunde für Sekunde verrann die Zeit und immer seltener versuchte er, seine inzwischen schon heisere Stimme einzusetzen. Erschöpft und mutlos gab er es schließlich auf, legte den Kopf an das kühle Rohr und schloss die Augen.

Gleißend helles Licht ... ein Traum oder Realität? Noch weit weg, aber näher kommend und unglaublich hell, analysierte sein Verstand und holte ihn langsam aus seinem Dämmerzustand. Er musste eingeschlafen sein und hatte keine Ahnung, wie lange er einfach so dagesessen hatte. Alles, was er spürte beziehungsweise nicht mehr spürte, war die Taubheit seiner eingeschlafenen Gliedmaßen.

Paul wollte sehen, doch seine Augen waren empfindlich geworden und die Bedrohung zwang ihn, zu lange in das Licht zu blicken. Licht bedeutete Gefahr, und er konnte es sich nicht leisten, unaufmerksam zu sein. Zusammen mit dem Näherkommen der Lichtquelle erreichte ihn noch eine weitere Sinneswahrnehmung in Form von Geräuschen. Es waren eindeutig Schritte, die in dem engen Gang widerhallten. Er musste sich zwingen, wagte es jetzt aber doch, seinen Blick von der Lichtquelle zu lösen. Nach einigen Augenblicken hatten sich seine Augen so weit beruhigt, dass er etwas deutlicher erkennen konnte, wo er sich befand. Vor ihm erstreckte sich ein langer, enger Korridor aus grauem Beton, an dessen linker Seite dicke Rohre verliefen. Sein Platz war eine Nische am Ende dieses Versorgungsganges, in der ein einzelnes Rohr oben aus der Decke kam und unten im Boden wieder verschwand. Und auch die Frage, wie er hierhergekommen war, beantwortete sich nun in Form eines alten Klapprollstuhles, der ein Stück vor der Nische stand.

Inzwischen hatte ihn die Person mit der starken Lampe fast erreicht, doch es war unmöglich, gegen das Licht blickend außer der Silhouette etwas zu erkennen. Erst als die ersten Worte gesprochen wurden, stellte sich sein Entführer als eine Frau heraus, die ohne jede Begrüßung forderte: »Drehen Sie sich mit dem Gesicht zur hinteren Wand und mit den Händen zu mir.«

»Was wollen Sie von mir?«, versuchte Paul ein Gespräch zu beginnen und fügte noch hinzu: »Wenn Sie Geld wollen, ist das kein Problem. Ich gebe Ihnen so viel, dass Sie nie wieder arbeiten müssen.«

»Gesicht zur Wand und Hände zu mir«, forderte die Frau in exakt dem gleichen Tonfall wie zuvor und ohne auf sein Angebot einzugehen.

Paul versuchte an der Lichtquelle vorbeizusehen, aber außer ein Paar Turnschuhen konnte er nichts erkennen. Dass es sich um eine Frau handelte, beruhigte ihn ein wenig und ließ ihn in seinen geschäftsmäßigen Verhandlungstonfall übergehen, als er es noch einmal versuchte: »Bitte, ich habe Ihnen doch nichts getan, nehmen Sie mein Geld und wir gehen wieder unserer Wege. Niemand muss etwas erfahren.«

Die Kugel schlug nur wenige Zentimeter neben ihm in den Beton ein, wobei ihn einige der herausgelösten Brocken im Gesicht trafen und kleine, aber schmerzhaft brennende Wunden hinterließen. Paul hasste es, Schwäche zu zeigen, doch sein Schrei kam noch, bevor er es verhindern konnte. Nachdem sich seine Trommelfelle wieder etwas erholt hatten, hörte er erneut die Anweisung, sich umzudrehen, und dieses Mal befolgte er sie.

Das Licht schwenkte hinter seinem Rücken einige Male hin und her, dann folgte ein kurzes Ziehen an seinen Händen, bis die etwas entfernt klingende Stimme der Frau ihm befahl: »Stehen Sie auf und kommen Sie einen Meter auf mich zu. Sollten Sie auf dumme Gedanken kommen, werde ich ohne Vorwarnung schießen.«

Jetzt erst spürte Paul, dass die Fesseln um seine Hände zwar noch da waren, das Seil aber so locker war, dass er es ohne Probleme abstreifen konnte. Obwohl ihm jedes Gefühl in Armen und Beinen fehlte, schaffte er es, sich aufzurichten und gebückt rückwärts aus seiner Nische zu treten.

»Nicht umdrehen«, lautete das scharfe Kommando, als er sich der Frau zuwenden wollte. Kurz verharrend, befolgte er die Anweisung und machte einen weiteren Schritt rückwärts.

»Stopp. Und jetzt ziehen Sie sich aus.«

»Wie bitte?«, fragte Paul, der glaubte, sich verhört zu haben.

»Ziehen Sie sich aus. Sofort«, wiederholte seine Entführerin und er gehorchte verwirrt.

»Die können Sie anlassen«, bestimmte die Frau, als er nach seiner Unterhose griff und diese herunterziehen wollte. Anschließend schlitterte eine Tasche knapp an ihm vorbei, was ihn zusammenzucken ließ, da er bei dem Geräusch dachte, ihn würde gleich etwas rammen. Paul kam nicht weiter zum Nachdenken, da bereits der nächste Befehl kam: »Machen Sie die Tasche auf und ziehen Sie an, was Sie darin finden.«

»Was haben Sie …?« Paul drehte den Kopf nur leicht in ihre Richtung, was offenbar Anlass genug für einen weiteren Schuss war.

»Scheiße, hören Sie auf«, rief er kreischend, sah aber wieder konsequent in Richtung seiner Nische, griff nach der Tasche und zog den Reißverschluss zurück.

Schon das erste Kleidungsstück, ein strahlend weißes Businesshemd, verwunderte ihn, doch es ging so weiter, und nach wenigen Minuten sah er aus, als würde er gleich zu seiner Firma fahren. Der sehr modisch geschnittene Anzug musste ein Vermögen gekostet haben, und Paul konnte sich absolut keinen Reim darauf machen, warum er sich so kleiden sollte.

»Und jetzt?«, fragte er, als er den letzten Knopf seines Sakkos geschlossen hatte.

»Hände auf den Rücken«, lautete die Ansage, welche er zögerlich befolgte. Was jetzt kommen würde, war Paul eigentlich klar, und für einen Augenblick dachte er daran, einen Fluchtversuch zu wagen. Er atmete zwei, drei Mal tief ein und wieder aus, um Mut zu schöpfen, und war gerade dabei, sich zu überlegen, was er tun könnte, da legte sich auch schon der erste Metallbügel um die rechte Hand und schnappte hörbar ein. Nun berührte ihn der zweite Bügel und Paul handelte, ohne zu denken. Mit einer Drehung um die eigene Achse schaffte er es, mit seiner linken Hand den Handschellen zu entgehen. Für einen Sekundenbruchteil blickte er direkt in die Augen der noch relativ jungen Frau, dann zog diese die Metallfessel erbarmungslos in die Höhe. Durch die bereits gefangene rechte Hand und die nun sehr unnatürliche Armhaltung drehte sich sein Körper wieder zurück, dann wurde sein Arm hinter dem Rücken noch weiter nach oben gerissen und irgendetwas passierte in seiner Schulter. Zunächst war es nur ein seltsam fremdes Gefühl, bis der Schmerz einsetzte und ihm den Atem raubte.

Ohne weitere Gegenwehr leisten zu können, schnappte der Bügel jetzt auch um seine linke Hand ein und jede Chance war vergeben. Es folgte ein erneuter Ruck an seinem lädierten Arm, dieses Mal nach unten, was eine neue Schmerzwelle auslöste und Paul aufschreien ließ. Wie durch einen Schleier hörte er die unbeeindruckte Stimme der Frau sagen: »Glück gehabt, war nicht ganz ausgekugelt.«

Anschließend gab sie ihm ein paar Sekunden, drehte ihn an den Handschellen in die andere Richtung und bestimmte: »Gehen wir.«

# – 45 –

Ohne diese wirklich wahrzunehmen, starrte Mike auf die sich in der Ferne auftürmenden Gewitterwolken, während Tom den Dienstwagen durch den Nachmittagsverkehr steuerte. Wie in dieser Region üblich, vergingen kaum einmal drei heiße Tage, ohne dass sich irgendwann ein schweres Gewitter entlud. Ein Geistesblitz wäre jetzt genau das, was sie bräuchten. So oft sich Mike auch alle Fakten durch den Kopf gehen ließ, es war, als gäbe es einen Bereich, der im Schatten lag und in den seine Gedanken einfach nicht vordringen konnten.

Nach einigen wilden Flüchen bog Tom endlich in die Zielstraße ein und stellte den Wagen in einer Feuerwehrzufahrt ab, da es um diese Zeit unmöglich war, einen Parkplatz zu finden. Kaum dass sie ausgestiegen waren, schimpfte ein frustrierter Rentner von seinem Balkon herunter, doch die Kommissare ignorierten ihn und steuerten auf einen der Hauseingänge zu. Erst als der Alte etwas von Polizei rief, streckte Tom seinen Ausweis in die Höhe und rief: »Die ist schon da.« Danach murmelte er leise: »Hoffentlich werde ich nicht so.« Er suchte nach dem richtigen Klingelknopf, doch als er diesen drücken wollte, hielt ihn Mike zurück und schlug vor: »Klingel irgendwo anders, ich möchte nicht durch die Gegensprechanlage abgewimmelt werden. Frau Bock ist verständlicherweise nicht besonders gut auf uns zu sprechen.«

Da Tom sich nicht recht entscheiden konnte, fackelte Sabrina nicht lange und drückte auf gleich fünf verschiedene Knöpfe, alle im oberen Bereich. Tom sah sie etwas von der Seite an, worauf sie mit einem Schulterzucken erklärte: »Als Kind hat das immer geklappt. Irgendeiner macht immer auf.«

Tatsächlich dauerte es nur wenige Sekunden, bis ein Wirrwarr aus Stimmen und dem Summen des Türöffners erklang und Sabrina mit einem triumphierenden Gesichtsausdruck die Tür öffnete.

Auch vor Frau Bocks Wohnungstür benutzte Mike nicht die Klingel, sondern klopfte eher zaghaft gegen das dünne Holz der Sozialbauwohnung. Zunächst blieb alles still und Mike wiederholte das Klopfen etwas lauter, bis im Inneren der Wohnung die zarte Stimme eines Kindes fragte: »Wer ist denn da?«

Noch während Mike darüber nachdachte, was er sagen konnte, um das Mädchen dazu zu bewegen, die Tür zu öffnen, deutete Sabrina auf sich, drehte sich zur Tür und fragte: »Bist du Pauline?«, und als hinter dem Holz ein schüchternes »Ja« zu hören war, sagte sie: »Gut, Pauline, ich bin Kommissarin Sabrina Faust von der Nürnberger Polizei, ich müsste kurz mit dir und deiner Mutter reden.«

Nach einer kurzen Pause antwortete das Mädchen: »Meine Mutter ist nicht da und ich darf Fremden nicht aufmachen.«

Sabrina verzog kurz das Gesicht, versuchte es aber weiter: »Das ist auch völlig richtig so, aber ich bin doch keine Fremde, wir haben uns doch schon gesehen. Hör zu ... schaffst du es schon, an das Guckloch in der Tür zu kommen?«

Diese Mal klang Paulines »Ja, klar« fast schon beleidigt und Sabrina ließ ihr keine Zeit für Diskussionen, sondern sagte sofort: »Gut, dass du schon so groß bist. Schau mal durch, da siehst du erst mich, und dann halte ich dir meinen Polizeiausweis davor. Wir machen das so, wie man es im Fernsehen immer sieht. O. k.?«

Gleichzeitig bedeutete sie ihren Partnern, aus dem Blickfeld des Spions zu treten, und stellte sich selbst direkt davor, blieb ein paar Sekunden stehen und fragte: »Hast du mich gesehen? Dann kommt jetzt mein Ausweis.« Ohne eine Antwort abzuwarten, klappte sie das kleine Ledermäppchen auf, hielt es vor das Loch und forderte: »Machst du mir nun bitte die Tür auf? Ich möchte dich etwas sehr Wichtiges fragen.«

Erleichtert hörten die Kommissare, wie eine Kette ausgehängt wurde und das Schloss leise knackte. Dann öffnete sich die Tür und alle drei zuckten zusammen.

Sabrina erholte sich als Erste, beugte sich zu dem blassen Mädchen hinunter und fragte sanft: »Ist alles in Ordnung mit dir?«

Trotz der fiebrigen, glasigen Augen schaffte Pauline ein Lächeln. »Ist nur eine Erkältung, meine Mutter holt gerade Medizin für mich.«

Die Kommissarin ließ den Satz erst einmal so stehen, nickte zu ihrem Partner und sagte: »Das sind meine Kollegen von der Polizei, lässt du uns kurz rein? Es dauert auch nicht lange, wir haben nur zwei, drei kurze Fragen.« Die Kleine warf einen Blick auf Mike und Tom, nickte und öffnete die Tür ein Stück weiter. Alle vier gingen durch den schmalen Flur bis ins Wohnzimmer, wo Sabrina vorschlug: »Komm, leg dich auf das Sofa und deck dich zu.«

Nachdem es sich Pauline bequem gemacht und die Kindersendung im Fernseher leiser gestellt hatte, begann Mike mit einfühlsamer Stimme: »Wie du dir bestimmt denken kannst, geht es um deine Entführung. Fühlst du dich stark genug, um darüber zu sprechen?«

Pauline zuckte ein wenig zusammen, hob aber den Blick und deutete ein Nicken an.

»Keine Sorge, wir haben den Mann inzwischen gefangen«, log Mike, um das Mädchen etwas zu beruhigen.

»Darf er denn im Gefängnis auch als Clown herumlaufen?«, fragte Pauline und brach damit die düstere Stimmung.

»Das wäre bestimmt lustig, aber ich glaube, das geht nicht«, ging Sabrina auf die Frage ein und fügte noch hinzu: »Und eigentlich war er ja gar kein richtiger Clown, denn die machen nie so böse Sachen.«

Pauline schien kurz darüber nachzudenken, runzelte dann die schweißnasse Stirn und entgegnete: »So richtig böse war er aber auch nicht, eigentlich hat er mir ja nichts getan.«

Sabrina sah ihre Chance und fragte: »Sag mal, bist du dir eigentlich sicher, dass er alleine war, oder hatte er noch jemand anderen bei sich?«

Pauline schüttelte ohne jedes Zögern den Kopf. »Außer dem Papagei war er immer ganz alleine …« Nun stutzte sie kurz. »Wo ist der eigentlich? Der darf doch bestimmt nicht mit in das Gefängnis.«

»Ich werde mich nach dem Tier erkundigen. Vielleicht kannst du ja sogar auf ihn aufpassen«, versprach Mike und bekam ein flaues Gefühl im Magen, als er die Vorfreude im Gesicht des kleinen Mädchens sah. Hoffentlich hatte er nicht zu viel versprochen.

»Und du bist dir sicher, dass niemand sonst dem Clown geholfen hat?«, fiel ihm der eigentliche Grund für ihr Kommen wieder ein.

Pauline schüttelte den Kopf und setzte sich etwas aufrechter hin, wobei sie auf die Fernbedienung des Fernsehers kam, was zunächst niemandem auffiel. Erst als sich Tom ein wenig in dem Zimmer umsah, blieb sein Blick an dem Gerät hängen. Offenbar war das Mädchen zufällig auf das Programm eines Nachrichtensenders gekommen, bei dem gerade eine Eilmeldung eingeblendet wurde. Die Nahaufnahme zeigte erst das riesige Logo der BioGenTech AG, dann zoomte die Kamera von dem Schriftzug weg und zeigte den Platz vor der Firmenzentrale, wo sich bereits eine beachtliche Menschenmenge eingefunden hatte.

»Mike«, sagte Tom und stieß seinen neben ihm sitzenden Partner an. Als Mike keine Reaktion zeigte, wiederholte Tom den kleinen Kick und forderte ziemlich laut: »Mike, schnell! Mach den Fernseher lauter.«

Mike wendete genervt den Blick von Pauline ab, blickte einige Sekunden auf den Fernseher und begriff. Ohne das Bild aus den Augen zu lassen, griff er zu dem Sofa, auf dem Pauline lag, nahm die Fernbedienung und stellte den Ton an. Obwohl die Sendung schon ziemlich fortgeschritten war, hörten sie gerade noch, wie der Sprecher sagte:

»... wie unser Reporter soeben von einem der Demonstranten erfahren hat, wurden die Menschen offenbar durch einen weit verbreiteten Aufruf im Internet auf diese Aktion aufmerksam. Angeblich wird dort von einer skandalösen Testreihe der Pharmafirma berichtet und zu einer spontanen, ungenehmigten Demonstration heute um 18 Uhr aufgerufen. Unsere Mitarbeiter prüfen gerade den Wahrheitsgehalt dieser Aussage, wir gehen aber davon aus, dass sie echt ist.«

*Eine Bühne für Paul von Oppenheims Tod,* ging es Mike durch den Kopf. Möglichst beherrscht drehte er sich zu Pauline und fragte: »Können wir dich alleine lassen, bis deine Mutter wieder da ist, oder sollen wir jemanden schicken, der auf dich aufpasst?«

Pauline, die von den ganzen Zusammenhängen keine Ahnung hatte, antwortete: »Ich kann alleine bleiben. Meine

Mum kommt bestimmt auch gleich wieder zurück.«

Mike gefiel dies nicht recht; er wusste aber, dass Pauline nicht das einzige Kind war, das oft stundenlang alleine zu Hause war. Er zog eine seiner Visitenkarten heraus und legte diese auf den Tisch. »Wenn irgendetwas ist, kannst du mich jederzeit, auch nachts, unter dieser Nummer erreichen.« Dann stockte er kurz und fragte: »Du kannst doch schon telefonieren, oder?« Statt einer Antwort verdrehte die Kleine ihre Augen. Mike hob, sich ergebend, die Arme und murmelte: »Natürlich kannst du schon telefonieren.« Anschließend drehte er sich zu seinen Partnern und drängte: »Los jetzt, wir müssen schnellstmöglich nach Erlangen.«

Sabrina wünschte Pauline noch gute Besserung und wiederholte Mikes Versprechen bezüglich des Papageis, dann verließ auch sie die Wohnung und rannte hinter ihren Kollegen her.

# – 46 –

Nach einigen Minuten hatte Paul von Oppenheim aufgehört zu schreien und war dazu übergegangen, mit den jetzt ebenfalls gefesselten Füßen gegen den Innenraum des Kofferraums zu treten.

Die Frau hatte ihn aus dem Versorgungsgang in die Tiefgarage seiner eigenen Firma geführt und ihn auf die Kante des Kofferraums setzen lassen. Aus der anfänglichen Hoffnung auf Hilfe wurde schnell Enttäuschung, als Paul feststellen musste, dass es offenbar mitten in der Nacht war. Außer dem alten Ford stand gerade einmal ein einziges Fahrzeug in der Garage, und auf ein Überwachungssystem hatte er vor Jahren aus Kostengründen verzichtet.

Als wäre der teure Anzug, den sie ihm zum Anziehen gegeben hatte, nicht schon seltsam genug, holte sie nun auch noch einen Kamm und ein feuchtes Tuch aus dem Kofferraum.

Nachdem sie ihm das Gesicht gewaschen und die Haare gekämmt hatte, kam der Schlag gegen seinen Brustkorb wie aus dem Nichts und beförderte ihn in das Innere des Fords. Wortlos legte sie ihm Fußfesseln an, dann wurde die Kofferraumklappe geschlossen, und wieder gab es nichts als undurchdringliche Schwärze um ihn herum. Anschließend startete der Motor und die Fahrt begann.

Paul konnte unmöglich einschätzen, wie lange er schon in dem engen Raum lag. Obwohl ihm alles wehtat und er jedes Gefühl für seine Beine verloren hatte, war er immer wieder eingeschlafen.

Die Fahrt hatte nicht sehr lange gedauert, doch seine Hoffnung, wieder herausgelassen zu werden, musste er irgendwann aufgeben. Obwohl der Motor schon lange nicht mehr lief, schien es, als hätte man ihn vergessen. Niemand öffnete die Klappe, und das einzige Geräusch, welches er wahrgenommen hatte, klang wie ein sich schließendes Garagentor. Natürlich versuchte er eine Zeit lang, den kleinen Bereich hinter seinem Rücken abzutasten, erreichte durch die Handschellen aber nichts, was ihm auch nur im Ansatz nützlich wäre.

Wieder fiel er in einen Dämmerzustand, dieses Mal mit Albträumen, die ihn fast in den Wahnsinn trieben. Einmal glaubte er kalte Hände auf seinem Körper zu spüren, Hände, die ihn erst fast zärtlich streichelten, dann über seinen Kehlkopf glitten und schließlich zudrückten. Paul warf sich mehrmals in dem engen Kofferraum hin und her, stieß sich den Kopf bei dem Versuch, sich aufzurichten, und brüllte unverständliche Dinge.

Er war gerade in einer Phase phlegmatischer Ruhe, da erklang das erste Geräusch seit Langem, das nicht von ihm verursacht wurde. Sein Verstand brauchte einen Augenblick, um es zuzuordnen, bis er begriff, dass die Garage wieder geöffnet wurde. Sekunden später spürte er die Erschütterung der zuschlagenden Fahrertür und das Auto wurde gestartet, ohne dass sich jemand die Mühe machte, nach ihm zu sehen.

Paul wusste im Grunde, dass es Schwachsinn war, und trotzdem versuchte er sich wie in den alten Mafiafilmen jede gefahrene Kurve einzuprägen, gab dieses Unterfangen aber nach dem zehnten Abbiegen auf und versuchte sich zu entspannen.

Die Fahrt dauerte nicht lange, schien aber eine Zeit lang über eine Autobahn zu führen, und als sie diese schließlich verließen, glaubte Paul ein Muster erkannt zu haben ... es könnte die Strecke von Nürnberg nach Erlangen gewesen sein.

Nachdem sie einige Male anhalten mussten, vermutlich wegen roter Ampeln, wurde der Wagen schließlich rückwärts eingeparkt, und wieder herrschte Ruhe.

Da Paul davon ausging, dass sie nun im Freien standen, sah er seine Chance gekommen und begann gleichzeitig zu schreien und mit den Füßen gegen den Innenraum zu treten. Er trat einmal, zweimal, dreimal, hörte Stimmen, hielt inne und begann zu rufen. Die Stimmen wurden lauter, schienen näher zu kommen, was seine Hoffnung nährte und ihn wieder schreien ließ. Plötzlich verstummten die Stimmen, es folgte ein kurzer Augenblick absoluter Stille, an dessen Ende wahnsinnig laute Musik einsetzte und stampfender Bass jedes andere Geräusch eliminierte. Dieses Mal schrie Paul aus Frust und nicht vor Angst ... sie hatte einfach das Radio eingeschaltet.

Der Abfolge der gespielten Lieder nach dürfte ungefähr eine halbe Stunde vergangen sein, als die Musik etwas leiser gedreht wurde und sich andere Geräusche daruntermischten. Paul hörte lauter werdende Stimmen, die sich immer wieder zu einem Chor zusammenschlossen und gemeinsam etwas brüllten, was er nicht verstehen konnte. Immer öfter schien jemand an das Auto zu stoßen und es leicht zum Schwanken zu bringen. Natürlich versuchte er es erneut mit Tritten und Hilferufen, doch die immer weiter anwachsende Geräuschkulisse verschluckte jeden Versuch, sich bemerkbar zu machen. Paul versuchte zu begreifen, was da draußen los sein könnte, fand aber keine Erklärung, und der Umstand, dass er mitten in einer Menschenansammlung gefangen war, trieb ihn fast in die Verzweiflung. Sollte das alles dazu dienen, ihm zu zeigen, welche Macht sie über ihn hatte, oder steckte noch ein anderer Plan dahinter? Er konnte es drehen und wenden, wie er wollte, es blieb ihm nichts anderes übrig, als abzuwarten und zu hoffen.

# – 47 –

Die Fahrt nach Erlangen wurde zu einer echten Herausforderung, die Tom dazu zwang, zusätzlich zum Martinshorn an fast jeder Kreuzung die Hupe einzusetzen. Morgens waren die meisten Autofahrer noch halbwegs entspannt, aber nach der Arbeit wollten sie nur noch nach Hause und ignorierten selbst einen Einsatzwagen der Polizei.

Sabrina, die auf dem Rücksitz saß, versuchte anfangs noch mehr über diesen Aufruf zu einem Flashmob vor der Pharmafirma herauszufinden, gab dieses Unterfangen aber bereits nach der dritten Kurve auf, steckte ihr Smartphone weg und fragte Mike: »Glaubst du wirklich, jemand könnte diese Bühne dafür nutzen, um von Oppenheim etwas anzutun? Ich meine, das wäre doch wie freiwillig ins Gefängnis gehen. Inzwischen sind sicher mehrere Fernsehteams und unsere Kollegen vor Ort, da unerkannt zu bleiben ist so gut wie unmöglich.«

Mike, der sich an dem Haltegriff über der Tür festhielt, drehte sich etwas zu ihr um. »So ganz verstehe ich es auch noch nicht. Wenn ich mir allerdings anschaue, was bisher passiert ist, würde es mich aber nicht wundern.«

Trotz der geforderten Konzentration schüttelte Tom den Kopf, ohne den Blick von der Straße zu wenden, und widersprach: »Mike, das passt nicht zusammen. Dieser ominöse zweite Täter hat es so lange geschafft, im Hintergrund zu bleiben, warum sollte er sich jetzt der gesamten Öffentlichkeit präsentieren?«

»Weil er die ganz große Bühne will«, sagte Mike laut, was ihm gerade durch den Kopf schoss. »Es ging die ganze Zeit darum, irgendein Fehlverhalten der Ärzte und dieser Firma an die Öffentlichkeit zu bringen. Von Anfang an wurden Internetseiten manipuliert, aber immer nur kleine Häppchen einer vermeintlichen Wahrheit präsentiert. Es war nichts dabei, was einen ernsthaften Skandal auslösen könnte, und ich glaube, das war so gewollt. Der oder die Täter wollten nur eine gewisse Sensibilität schaffen, um genügend Menschen zu erreichen, wenn sie die Bombe platzen lassen.«

»Und du glaubst, heute ist es so weit?«, führte Tom seinen Gedanken fort, was Mike mit einem Nicken bestätigte.

Tom drückte noch ein wenig mehr aufs Gaspedal, musste aber gleich wieder abbremsen, da sich wieder jemand nicht entscheiden konnte, auf welche Straßenseite er ausweichen sollte. Nach einem lauten Fluch und einer drohenden Geste fragte er: »Glaubst du wirklich, dass man von Oppenheim in aller Öffentlichkeit etwas antut? Sabrina hat schon recht, das wäre eine direkte Fahrkarte in die Haft.«

»Ich weiß es nicht«, gab Mike zu. »Noch wissen wir noch nicht einmal mit Sicherheit, ob der sich nicht einfach abgesetzt hat. Der Mann hat zwar ein großes Ego, ich kann mir aber durchaus vorstellen, dass er den Schwanz einzieht, wenn es eng für ihn wird.«

Auf den letzten beiden Kilometern herrschte Schweigen zwischen den Kommissaren, erst als sie an eine Straßensperre ihrer Kollegen kamen und das Navi noch 500 Meter bis zu der Firmenzentrale anzeigte, fluchte Mike: »Was ist hier denn los?«

Direkt hinter der Absperrung waren einige Beamte verzweifelt damit beschäftigt, die immer neu eintreffenden Menschen irgendwie zu kanalisieren, was ihnen nur leidlich gelang.

Tom stellte den Wagen etwas abseits ab, blickte fassungslos auf die Menschenmenge und sagte: »Und ich dachte, unsere Gesellschaft kann nichts mehr hinter dem Ofen hervorlocken.«

»Kinder sind immer ein Thema«, warf Sabrina ein.

»Wie meinst du das?« Tom sah sie durch den Rückspiegel an.

»Ich habe mir einen Teil der Internetkampagne angesehen und dort wird sehr glaubhaft geschildert, dass die BioGenTech AG unter anderem Kinder als Versuchskarnickel für neue Medikamente benutzt haben soll.«

Mike verzichtete auf einen Kommentar und forderte seine Partner auf: »Los jetzt, wir müssen irgendwie vor die Firmenzentrale kommen. Ihr beide versucht, den hinteren Häuserblock zu umlaufen und von dort vor das Firmengebäude zu kommen, und ich probiere den direkten Weg.« Nachdem sich keiner rührte, fragte er: »Alles klar?«

»Alles klar«, bestätigten Tom und Sabrina, wobei sie bereits ihre Türen öffneten.

Mike stieg ebenfalls aus und wollte sich schon der abgesperrten Straße zuwenden, als Sabrina ihm zurief: »Was sollen wir dort eigentlich machen?«

Diese Frage hatte sich Mike bereits selbst gestellt, war allerdings zu keinem Ergebnis gekommen, daher rief er über das Autodach zurück: »Haltet einfach die Augen offen. In erster Linie geht es um von Oppenheim. Sollte er hier tatsächlich als Schuldiger präsentiert werden, halte ich nach den anderen Morden alles für möglich.« Mike stockte. »Es würde mich nicht einmal wundern, wenn man ihn spektakulär hinrichten würde.«

Die beiden Kommissare nickten, drehten sich um und begannen sich gegen den Strom aus Menschen ihren Weg zu bahnen. Auf den ersten Metern hatte es Mike leichter, da er mit der Masse ging, was sich an der Polizeiabsperrung allerdings änderte. Nun wurde Mike auch bewusst, wie klug diese Aktion geplant war. Jetzt am späten Freitagnachmittag hatten die Menschen Zeit, und wenn man sich die Leute genauer ansah, stellte man fest, dass es eine bunte Mischung aus allen Bevölkerungsschichten war. Neben besorgten Eltern waren viele andere dabei, denen es offensichtlich mehr um den Unterhaltungswert dieses Aufruhrs ging, und nicht wenige sahen alkoholisiert und gewaltbereit aus. Immer wieder wurden Handys in die Höhe gehalten und Fotos und kurze Videos gemacht, die vermutlich umgehend im Netz landeten und so noch weitere Schaulustige anzogen.

Bald gab Mike seine anfängliche Zurückhaltung auf, schubste und drängelte wie alle andern, musste dabei aber immer eine Hand auf seiner Dienstwaffe haben, damit sie ihm in diesem Gedränge nicht abhandenkam. Mehr als einmal hatte er gut Lust, einfach in die Luft zu schießen, was natürlich völlig außer Frage stand. Nachdem er die ersten 200 Meter hinter sich gebracht hatte und schon aufgeben wollte, sah er die Einfahrt zu einem Parkhaus, das offenbar zu dem Pharmakonzern gehörte. Nach geschlagenen weiteren fünf Minuten hatte er die geschlossene Schranke erreicht, zeigte den fünf Wache stehenden Streifenpolizisten seinen Ausweis und atmete erst einmal tief durch, als er endlich in der menschenleeren Auffahrt zur ersten Etage stand. Für einen Augenblick dachte er daran, Tom auf dem Handy anzurufen, war sich aber ziemlich sicher, dass ihn dieser bei dem Lärm auf der Straße nicht einmal hören würde. Mike konnte es sich nicht verkneifen, zündete sich eine Zigarette an und folgte anschließend der in einer engen Kurve ansteigenden Auffahrt.

Oben angekommen, musste er sich erst kurz orientieren, fand dann die richtige Seite mit Aussicht auf den Platz vor der Firmenzentrale und rannte dorthin. An der brusthohen Mauer angekommen, fiel sein Blick auf ein Meer aus Köpfen. Einige schrien Parolen, manche hielten einfach nur stumm eine Kerze und andere versammelten sich um ein altes Auto, auf dem eine Frau leidenschaftlich in ein Megafon sprach. Erst ignorierte Mike die Sprecherin, dann glaubte er sich getäuscht zu haben, und schließlich war er sich sicher: Dort oben auf dem Dach eines alten Ford stand Laura Bock und erzählte von dem Leidensweg ihrer Tochter, mit der er selbst vor gerade einmal einer halben Stunde gesprochen hatte. Die Kleine hatte keine einfache Erkältung. Wenn es stimmte, was ihre Mutter gerade eben dort unten erzählte, war sie unheilbar krank und hatte nur noch wenige Wochen zu leben.

# – 48 –

Pauls Panikattacken steigerten sich mit der anwachsenden Geräuschkulisse, die sich anhörte, als würde permanent eine Riesenwelle über dem Auto brechen, und der inzwischen unerträglichen Hitze im Kofferraum. Der teure Anzug klebte juckend an seinem Körper und das nasse Haar hing ihm fast bis in die Augen, wobei ihm immer wieder Schweißtropfen in den Mund liefen und seinen Durst noch steigerten.

Irgendwann erklangen zwei, drei Schläge auf dem Blech über ihm, die sich von ihm entfernten, aber dennoch sein Trommelfell attackierten. Anschließend ertönte ein kurzer Pfeifton und die Geräuschkulisse ebbte etwas ab. Auch wenn die Stimme nur dumpf und durch irgendein Gerät verzerrt zu ihm durchdrang, erkannte er sie sofort wieder. Es war dieselbe Frau, die ihn in diesen Versorgungsgang gesperrt und danach in diesen verdammten Kofferraum verfrachtet hatte.

Die Ansprache der Frau begann zunächst gemäßigt. Sie bedankte sich für das zahlreiche Erscheinen der Menschen und schilderte anschließend erschreckend viele Details über Pauls Machenschaften. Doch statt eine erneute Panik auszulösen, wirkte dieser Umstand auf seltsame Weise beruhigend auf ihn. Sein bisheriges Leben würde sich drastisch ändern, und damit bekam die augenblickliche Bedrohung einen anderen Stellenwert.

Die Stimme der Frau wurde lauter und lauter, was dazu führte, dass auch die Menschen, welche offenbar um das Auto herumstanden, immer öfter einstimmten und ihrer Wut freien Lauf ließen.

»Und genau diese Anzugträger, die den baldigen Tod meiner Tochter fahrlässig in Kauf genommen haben, sitzen jetzt dort oben und zählen gerade ihre Millionen.« Nun schnappte die Stimme der Frau fast über, und zusammen mit dem Satz ertönten erneut Schläge auf dem Blech. Nach einer kurzen Pause forderte die Frau: »Schreit es hinaus, schreit es denen dort oben entgegen.« Endlich wurde der Kofferraum aufgerissen.

## – 49 –

Mike beobachtete die Situation vom Parkhaus aus mit wachsender Unruhe. Auch wenn Paul von Oppenheim nirgends zu sehen war, sagte ihm sein Gefühl, dass bald etwas passieren würde. So weit er wusste, waren außer der Bereitschaftspolizei keinerlei Spezialkräfte in der Nähe. Vermutlich würde es viel zu lange dauern, bis ein SEK-Team hier ankam. Sollte dort unten allerdings irgendetwas eskalieren, wäre es sicher kein Schaden, die Leute hier zu haben. Mike zog sein Handy aus der Tasche, wählte die abgespeicherte Nummer und hielt sich das Gerät ans Ohr. Zuerst glaubte er wegen des Lärms auf der Straße nichts hören zu können, als er allerdings einen Blick auf das Display warf, sah er den Grund für die fehlende Verbindung. Offenbar war das Netz hier völlig überlastet, denn die Netzanzeige schwankte zwischen einem und keinem Balken. Fluchend steckte er das nutzlose Gerät wieder weg und suchte nach einem Plan B.

Führte Laura Bock, die gerade wieder von dem Auto herunterstieg, etwas im Schilde, oder nutzte sie nur die Bühne? Mike versuchte sich vorzustellen, was er tun würde, wenn er hier jemanden der Öffentlichkeit vorführen wollte. Wie würde er Paul von Oppenheim bestrafen?

Nun fiel sein Blick auf die verspiegelte Fassade des Firmenhauptsitzes seitlich von ihm und blieb an dem großen leuchtenden Firmenlogo hängen. War es eine optische Täuschung oder stand eines der Fenster knapp über dem B im Logo der BioGenTech AG tatsächlich offen? *Ein idealer Platz, um den Firmenchef zu präsentieren,* ging es ihm durch den Kopf.

Mike riss sich von dem Anblick los, suchte nach einer Möglichkeit, in das Gebäude zu kommen, und hatte Glück. Keine hundert Meter weg, am Ende der nächsten Etage des Parkdecks, gab es eine Brücke, die direkt in das Firmengebäude führte. Ohne sich noch einmal umzusehen, rannte Mike zurück zu der sich nach oben schraubenden Auffahrt und folgte dieser, wobei er wieder einmal seinen Zigarettenkonsum verfluchte. An der Brücke angekommen, verlangsamte er seinen Schritt, überwand diese und stand kurz darauf vor einer Personenschleuse, die sich ohne einen Mitarbeiterausweis nicht öffnen ließ.

Erst drückte, dann schlug er auf die dort angebrachte Gegensprechanlage ein, bis sich endlich die gelangweilte Stimme eines Betriebsschutzmitarbeiters meldete und, ohne dass Mike sein Anliegen vorbringen konnte, verkündete: »Das Gebäude ist heute aufgrund der angespannten Situation für Gäste gesperrt. Bitte verlassen Sie umgehend das Parkhaus, da ich sonst die Polizei rufen muss.«

»Ich bin die Polizei, machen Sie auf.« Mike kochte und hätte fast noch eine Beleidigung mitgeschickt, aber der Mann machte auch nur seinen schlecht bezahlten Job.

Wieder leuchteten ein paar LEDs auf und aus dem Lautsprecher kam die Ansage: »Dann begeben Sie sich bitte zum Haupteingang, dort wird Sie ein Mitarbeiter hereinlassen. Aus Sicherheitsgründen müssen wir diesen Zugang jetzt leider komplett schließen.«

Das Licht erlosch und an seiner Stelle wurde eine kleine Rundumleuchte über dem Zugang aktiviert. Zeitgleich begann sich ein flexibles Gitter direkt über Mike abzusenken und zwang ihn, sich ein Stück zurückzuziehen.

»Verfluchte Scheiße.« Begleitet von diesem Fluch trat Mike einmal gegen das scheppernde Gitter, drehte sich um und rannte zurück zu der Auffahrt. Eine Etage tiefer machte er einen Umweg zu dem Platz, an dem er schon vor wenigen Minuten gestanden hatte, um sich ein neues Bild von der Situation zu machen. Der Platz auf dem großen leuchtenden B des Logos war noch immer leer und auch hinter dem offenen Fenster war nichts zu sehen, doch irgendetwas hatte sich verändert.

Mike brauchte einen Augenblick, dann erst wurde ihm bewusst, dass es viel zu leise geworden war. Zwar war die Menschenmasse im weiteren Umfeld des Platzes noch genauso aktiv und laut wie zuvor, doch die Menschen um das Auto, auf dem nun wieder Laura Bock stand, schienen aus irgendeinem Grund innezuhalten. Auch jetzt hielt die Frau ein kleines Megafon in der einen Hand, doch dieses Mal war sie nicht alleine auf dem Dach des alten Ford. Mike glaubte nicht richtig zu sehen, war sich aber dennoch sicher … neben ihr stand Paul von Oppenheim und er sah eindeutig verängstigt aus. Wenn Mike es richtig deutete, waren dem Firmenchef die Hände hinter dem Rücken gefesselt und Laura Bock hielt ihn genau dort fest, als sie ihr Wort erst leise, dann immer lauter werdend an die Demonstranten richtete. Mit triumphierender Stimme verkündete sie: »Und hier ist er, der feine Chef dieses skrupellosen Unternehmens. Ich gab ihm mehr als einmal die Chance, zu seinen Taten zu stehen, aber grenzenlose Arroganz hielt ihn davon ab.« Es folgte eine kurze Pause, bis sie aggressiver fortfuhr: »Dieser Mann nutzte die verzweifelte Situation hilfloser Menschen dazu aus, um seine illegalen, genveränderten Impfstoffe an ihnen zu testen …«

Bis hierher hörte Mike fast schon gebannt zu, doch plötzlich zog etwas anderes seine Aufmerksamkeit auf sich. Fast schon unmerklich kam Bewegung in die zuvor wie erstarrte Menschenansammlung und immer mehr radikal gekleidete Männer und Frauen schoben sich langsam in Richtung des Fahrzeuges. Mike ahnte die Gefahr, löste sich von der brusthohen Mauer und begann zu rennen.

Erst die Auffahrt hinunter, vorbei an dem Schlagbaum und den Kollegen, die die Einfahrt sicherten, und mitten hinein in das Gedränge. Immer wieder laut »Polizei, lassen Sie mich durch.« brüllend, bahnte er sich seinen Weg durch die Menschen. Bei manchen fuhr Mike seine Ellenbogen mehr als nötig aus, bei wieder anderen schrie er ein Wort der Entschuldigung, wenn er sie anrempelte. Er stolperte über Füße und musste sich beschimpfen lassen. Endlich kam er zu dem engeren Kreis rund um Laura Bock und Paul von Oppenheim, und hier gab es kein Durchkommen mehr. Laura Bock brüllte ihren letzten Satz, hob den Blick zu von Oppenheim und sagte leise, aber hörbar: »Das hier ist Ihr ganz persönliches Jüngstes Gericht.« Es folgte eine kaum sichtbare Bewegung und von Oppenheim stürzte mit dem Gesicht voraus in die aufgebrachte Menge.

Für einige Sekunden verlor Mike den Mann aus den Augen, dann tauchte dessen blutiges Gesicht wieder auf und er versuchte ein paar Schritte zu gehen. Überraschenderweise stürzte sich niemand auf ihn, ganz im Gegenteil, die etwas ratlosen Menschen bildeten sogar eine enge Gasse, um ihn durchzulassen. Ein, zwei Schritte weit ging das gut, dann spielten von Oppenheims geschwächte Beine nicht mehr mit. Torkelnd rammte er gegen einen der Männer, die Mike von oben gesehen hatte, und dem kam das offenbar sehr gelegen. Mit einem wütenden »Hey, du Arschloch, pass doch auf.« versetzte er dem Firmenchef einen derartigen Stoß, dass dieser in der anderen Seite der Gasse regelrecht einschlug und dadurch weitere Aggression förderte.

Einige bieder angezogene Menschen traten zwar einen Schritt zurück, doch inzwischen waren genug radikalere zwischen ihnen und attackierten von Oppenheim, mal mit Stößen, mal mit Schlägen.

Mike, der erst dachte, dass alles gut werden könnte, suchte nach einer Lösung und fand nur eine einzige. Er musste handeln, bevor ihm die immer weiter anschwellende Geräuschkulisse die Wirkung versaute. Entschlossen zog er seine Dienstwaffe aus dem Holster, entsicherte diese und schoss dreimal hintereinander in die Luft. In den ersten zwei Sekunden änderte sich nichts an der Situation, dann herrschte schlagartig Stille. Die beiden Frauen, zwischen denen sich von Oppenheim gerade auf Knien befand und irgendwie versuchte, seinen Kopf gegen die Tritte zu schützen, hielten erst inne und traten anschließend einen Schritt zurück. Mike, der die Waffe noch immer nach oben gerichtet hielt, atmete ein wenig durch, doch gleichzeitig brüllte irgendjemand neben ihm: »Vorsicht, sie hat eine Waffe.«

Mike verfluchte sich selbst, an Laura Bock hatte er überhaupt nicht mehr gedacht. Er wirbelte herum und erstarrte. Die Frau, für die er sich noch vor Kurzem beim Staatsanwalt eingesetzt hatte, stand jetzt auf dem Dach des Ford, hielt eine ziemlich alt aussehende Pistole in den Händen und hatte freies Schussfeld in Richtung Paul von Oppenheim. Offenbar hatte sie gehofft, dass ihr die Demonstranten den Job abnehmen würden, resümierte Mike, doch das war jetzt unwichtig.

Auf sie schießen kam in dieser Menschenmenge nicht infrage, und so blieb ihm nur, sich weiter voran, in ihre Nähe zu kämpfen, um auf sie einwirken zu können.

»Frau Bock ... Frau Bock, hören Sie auf«, hörte sich Mike immer wieder selbst brüllen, und tatsächlich, als er nur noch wenige Meter von dem Auto entfernt war, schien sie ihn endlich wahrzunehmen. Doch statt die Waffe herunterzunehmen, schwenkte sie diese auf Mike und rief: »Halten Sie sich da raus, das ist eine Sache zwischen mir, meiner Tochter und diesem skrupellosen Arschloch da drüben.« Mit einem Kopfnicken zeigte sie auf Paul von Oppenheim, der ungefähr acht Meter von ihr entfernt auf dem Boden kniete und um den sich inzwischen eine große freie Fläche gebildet hatte. Jeder der Anwesenden, auch die Radikalen, hatte Respekt vor einer Schusswaffe, und so zog sich die Menschenmenge fast schon panisch zurück.

»Sie müssen das nicht tun«, versuchte es Mike wieder. »Ich glaube Ihnen, und wenn sich Ihre Anschuldigungen bestätigen, werde ich diesen Mann eigenhändig hinter Gitter bringen.«

Laura Bock schüttelte den Kopf und mit Entschlossenheit in der Stimme rief sie: »Das müssen Sie nicht.« Es war nur eine kurze Bewegung, und auf diese Entfernung musste sie nicht besonders gut zielen, dann löste sich der Schuss. Mikes Blick folgte der imaginären Flugbahn des Projektils, er sah, was passiert war, und brüllte: »Nein, verdammt.«

Auch wenn er mit dem Rücken zu ihm stand, war sich Mike sicher, dass es Tom war, der sich zwischen Laura Bock und von Oppenheim geworfen hatte und nun über diesem zusammensackte. Doch Mike hatte keine Zeit, um das Geschehnis zu verarbeiten. Erst dachte er, den Schrei habe Laura Bock ausgestoßen, doch dann sah er im Augenwinkel, wie sich jemand von hinten auf sie stürzte und die beiden Personen in seine Richtung vom Auto fielen. Nach einem kurzen Handgemenge gewann Sabrina die Oberhand, drehte Laura Bock den Arm auf den Rücken und sicherte deren Körper mit ihrem Knie. Mike fasste sich wieder, rief fragend: »Hast du sie sicher?«, und als Sabrina nickte, wandte er sich um und rannte zu Tom.

# – 50 –

Als wollte der Himmel ebenfalls ein Zeichen setzen, hatten sich die dunklen Gewitterwolken kurz nach ihrem Einsatz zu einer bedrohlichen Wand formiert. Was zunächst mit Starkregen begann und dafür sorgte, dass sich die Demonstration schnell auflöste, war ihnen bis nach Nürnberg gefolgt und entlud sich nun scheinbar direkt über dem Hauptpräsidium der Stadt. Erneut sorgte ein mächtiger Donnerschlag dafür, dass ein leichtes Beben durch das Gebäude ging und die Fensterscheiben zum Vibrieren brachte. Für Toms gebrochene Rippe reichte diese Erschütterung, um einen dumpfen Schmerz auszulösen, was er sich jedoch nicht anmerken ließ. Stattdessen blieb er kurz vor dem Vernehmungsraum stehen, drehte sich mit der dampfenden Kaffeetasse zu Sabrina um und sagte leise: »Ich habe mich noch gar nicht bei dir bedankt.«

»Für was?«

Tom senkte den Blick. »Wenn du nicht darauf bestanden hättest, dass wir noch einmal zurückgehen, um die Schutzwesten zu holen, stände ich jetzt vermutlich nicht hier.« Er stockte. »Es tut mir leid, dass ich dich deswegen so blöd angeredet habe.«

Mit einem schnellen Blick über die Schulter versicherte sie sich, dass sie alleine in dem Korridor waren, dann legte ihre Arme um seinen Hals und zog ihn zu sich herunter. Der

Kuss war kurz, aber intensiv, dann flüsterte sie: »Ich bin einfach nur froh, dass dir nichts passiert ist.« Noch bevor er etwas antworten konnte, schob sie ihn wieder ein Stück von sich weg, öffnete die Tür und trat ein.

Der Vernehmungsraum glich einem Krankenzimmer. Laura Bock hatte eine Schürfwunde im Gesicht und den verstauchten linken Arm in einer Armschlinge, Tom zuckte wegen seiner Rippe bei jeder Bewegung zusammen und Sabrinas Hand steckte in einem Gipsverband, da sie sich diese bei dem Sprung über das Auto geprellt hatte.

Mike wartete, bis seine Kollegen Platz genommen hatten, dann schob er Laura Bock die Kaffeetasse hinüber und schaltete das Mikrofon ein. Anschließend lehnte er sich zurück und warf einen Blick auf sein kleines Notizbuch, in dem er einige Fragen notiert hatte. Auf besondere Spitzfindigkeiten bei der Befragung konnte er verzichten, da Laura Bock bereits signalisiert hatte, dass sie alles erzählen würde, und so begann er geradeheraus: »Frau Bock, ist es richtig, dass Ihre Tochter ebenfalls schwer erkrankt ist, und woran leidet sie?«

Laura Bock hob den Kopf und sah Mike erschöpft an. »Das stimmt so nicht. Im Grunde ist Pauline nicht erkrankt, sondern wurde vergiftet. Und das Resultat daraus ist, dass ihre Zellen nicht das tun, was sie sollten, sondern sich gegen ihren Körper wehren.«

Mike vermied es, irgendetwas zu werten oder zu kommentieren, und fragte weiter: »Und wer, glauben Sie, hat Ihre Tochter vergiftet, und wie kommen Sie darauf?«

»In unserem Fall war das ganz eindeutig mein jetzt toter Chef, Herr Dr. Klausen. Bei Martins Familie war es Herr Dr. Reitner. Beide haben unseren Angehörigen ein noch völlig unerforschtes Mittel der BioGenTech AG, das gegen Borreliose helfen sollte, verabreicht.«

»Und warum sollten sie das tun beziehungsweise warum sollte dieses Pharmaunternehmen so einen Versuch in Auftrag geben?«, fragte Sabrina dazwischen. Es gibt heutzutage doch sicherlich andere Möglichkeiten, um ein neues Medikament zu testen.«

Um Laura Bocks Mund legte sich ein böses Grinsen. »Was glauben Sie, warum die beiden Ärzte das getan haben? Es ging natürlich um Geld.« Nun wurde sie lauter. »Es geht doch immer um das Scheißgeld.«

Mike wartete, bis sie sich ein wenig beruhigt hatte, und fragte dann noch einmal nach dem Grund.

Laura Bock schien kurz nach den richtigen Worten suchen zu müssen, dann antwortete sie: »Das ist nicht so einfach zu erklären, aber im Grunde lag es wohl daran, dass sie dieses Zeug in Europa noch nicht einmal hätten erforschen dürfen. So weit Martin und ich recherchiert hatten, handelte es sich bei dem Mittel nicht um ein klassisches Medikament, sondern um eine Art Impfung. Nicht das Mittel selbst sollte wirken, sondern es wurde so genverändert, dass es vielmehr den Körper dazu bringen sollte, sich selbst gegen die Viren zu wehren. Und genau diese Genveränderung war der Grund, warum sie es heimlich taten, da dies, wie gesagt, in Europa nicht erlaubt ist. Hätten sie allerdings ein fertiges und funktionierendes Patent auf den Tisch gelegt, hätte keine einzige Regierung den Menschen erklären können, warum man bei uns so ein Supermedikament nicht verwenden darf. Für die BioGenTech AG hätte sich eine Schatzkammer geöffnet.«

Mike spürte wieder diese alte Wut aufsteigen, trotzdem blieb er äußerlich ruhig. »Und was macht das Mittel mit denen, die es bekommen haben?«

Laura Bock atmete einmal tief durch, wobei ihr anzusehen war, dass sie an ihre Tochter dachte. »Am Anfang wirkte es gut ...«, begann sie, »doch leider hörte es nicht auf zu wirken. Als die Viren besiegt waren, machten die umprogrammierten Abwehrzellen bei den Organen weiter. Langsam und unaufhaltsam zersetzt sich der Körper von innen.« Wehmütig wischte sie sich eine Träne aus dem Augenwinkel. »Und wie Martins Frau und seine Tochter wird auch Pauline an multiplem Organversagen sterben.«

Betroffenes Schweigen machte sich breit, bis Tom die Befragung wieder aufnahm, aber das Thema wechselte: »Warum haben weder Martin Liebknecht noch Sie selbst Anzeige erstattet?«

Laura Bock stieß Luft zwischen ihren Zähnen aus, was einen abfälligen Zischlaut erzeugte. »Was glauben Sie, was wir getan haben? Es gab eine kurze Befragung der Ärzte und auch dieser von Oppenheim wurde vorgeladen. Alle drei leugneten, etwas Derartiges getan zu haben, und natürlich fanden sich weder Unterlagen noch das Mittel selbst. Stattdessen hatte man eine Spur zu einer anderen Pharmafirma gelegt, in deren Fläschchen das Zeug abgefüllt war. Alle Patienten hatten damals gedacht, ein Mittel dieser Firma zu bekommen. Diese andere Firma konnte sich natürlich keinen Reim darauf machen, sprach schließlich von einem Produktionsfehler und bot allen Betroffenen eine stattliche Abfindung.«

»Es gab noch mehr Patienten?«, hakte Mike nach.

»Ja, mir sind 15 bekannt, vielleicht gibt es aber auch mehr.« Wieder musste Laura Bock schlucken, bevor sie hinzufügte: »Meine Pauline ist die Einzige, die noch lebt.«

»Sie und Martin, waren Sie ein Paar?«, sprach Sabrina laut aus, was ihr gerade in den Sinn kam.

»Ach, Martin«, antwortete Laura Bock gedehnt. »Ich lernte ihn durch einen Nebenjob kennen. Er brauchte Hilfe bei der Pflege seiner dahinsiechenden Familie und ich brauchte

Geld. Es war eher Zufall, aber natürlich haben wir uns über die Umstände dieser angeblichen Krankheit unterhalten, und als es auch bei meiner Tochter losging, fingen wir an nachzufragen. Ich stöberte ein wenig in der Praxis meines Chefs und fand tatsächlich einige Ungereimtheiten. Als wir dann sahen, dass man gegen diese sogenannten Halbgötter tatsächlich keine Chance hat, beschlossen wir, ihnen die Möglichkeit zu geben, ihre Machenschaften selbst aufzudecken.« Laura Bock nahm noch einen Schluck Kaffee, lehnte sich zurück und fügte hinzu: »Aber wie sagt man so schön ... Hochmut kommt vor dem Fall, und da deren Hochmut besonders ausgeprägt war, brachten wir sie zu Fall.«

»Und in welcher Beziehung standen Sie zu Martin Liebknecht? Immerhin haben Sie Ihre Tochter von ihm narkotisieren lassen, damit Sie den Mord an Ihrem Chef jemand anderem anhängen konnten.«

Laura Bock kniff erst die Lippen zusammen, dann schüttelte sie leicht den Kopf. »Ich hatte nichts mit Martin, im Grunde war er eine Niete. Am Anfang war er eigentlich ein ganz netter Kerl, doch als auch noch seine Tochter starb, konnte man dabei zusehen, wie er langsam abdrehte. Natürlich war mir bei der Sache mit meiner Tochter nicht ganz wohl, aber es ging nicht anders. Wir planten sämtliche Aktionen, als Martin noch halbwegs klar im Kopf war, und ich wollte meinen Chef unbedingt eigenhändig dafür bestrafen, was er Pauline angetan hatte. Das, was Sie auf diesem Video gesehen haben, war in Wirklichkeit natürlich ziemlich harmlos. Wenn Martin gewollt hätte, dass es niemand zu sehen bekommt, hätte er es doch gar nicht erst aufgezeichnet. Diese angebliche Entführung meiner Tochter war zu nichts anderem gedacht, als meine Unschuld zu belegen.« Sie atmete einmal tief durch und fuhr dann fort: »Eigentlich wäre es Martins Aufgabe gewesen, auch die anderen zu bestrafen, aber diese Niete hat ja, wie Sie wissen, kläglich versagt.«

Mike anfängliches Verständnis wich, als er trocken feststellte: »Sie hatten da ja letzte Nacht weniger Probleme, es wirkte fast schon mühelos, wie Sie das Ehepaar Reitner hingerichtet haben.«

Es kam aus heiterem Himmel und überraschte jeden der drei Kommissare. Die zuvor scheinbar ruhige und abgeklärte Laura Bock explodierte regelrecht, als sie von ihrem Stuhl aufsprang und brüllte: »Dieses Arschloch hatte mehrere Male die Chance, zu seinen Taten zu stehen, aber was macht er? Er macht einfach so weiter. Niemand, auch Sie nicht, hätten ihn ins Gefängnis gebracht. Er und von Oppenheim hätten etwas Gras über die Sache wachsen lassen und niemand hätte dem Einhalt geboten.« Da ihr die am Tisch befestigten Handschellen kaum Bewegungsfreiheit ließen, setzte sie sich wieder und sagte mit dem Gesichtsausdruck einer Irren: »Die Welt sollte mir dankbar sein, aber stattdessen lande ich hinter Gittern und dieser von Oppenheim wird als armes Opfer behandelt ... Sie hätten mich ihn erschießen lassen sollen.«

Mike kannte solche Sprüche, antwortete aber trotzdem: »Wenn es stimmt, was Sie sagen, kriegen wir ihn dran.«

Laura Bocks Fratze verfestigte sich und erneut riss sie an ihren Fesseln. »Einen Scheiß werden Sie, es lässt sich nichts mehr nachweisen, und mit seinem Geld kauft er sich Anwälte, Zeugen, einfach alles, was er braucht.«

Mike schloss kurz die Augen. Er wusste nur zu gut, wie recht diese Frau hatte, und wollte ihr nicht länger in die Augen blicken müssen, doch eine Sache musste er noch wissen. Er wartete, bis sie sich wieder ein wenig beruhigt hatte, sah sie an und fragte: »Warum jetzt? Es klingt vielleicht hart, aber warum haben Sie nicht gewartet, bis Ihre

Tochter gestorben ist … ich meine …«, Mike suchte nach den richtigen Worten, »… das hätte ich noch eher verstehen können.« Wieder ließ er eine Pause folgen und sagte dann verurteilend: »Ich weiß zwar nicht, wie lange Pauline noch zu leben hat, aber eins steht fest: Sie lassen sie in ihren schwersten Stunden alleine.«

Für einige Sekunden hörte man nichts, außer dem inzwischen weit entfernten Grollen des Gewitters, bis sich aus Laura Bocks rechtem Auge eine Träne löste und sie leise antwortete: »Meine kleine Pauline hat nur noch wenige Tage, und ich hatte nicht vor, sie alleine gehen zu lassen.« Nun senkte sie den Blick, holte einmal tief Luft und erklärte: »Zu Hause ist alles vorbereitet. Hätten Sie mich nicht aufgehalten, würde ich jetzt mit meiner Süßen auf dem Bett liegen und dieser Scheißwelt entfliehen. Die letzten Tage dieses Zerfalls sind so schrecklich …«

Mike atmete hörbar aus, schaltete das Mikrofon ab und sagte: »Ich werde versuchen, dass Sie noch so viel Zeit wie möglich mit Ihrer Tochter verbringen können.« Dann wandte er sich ab, öffnete die Tür und bat den bereitstehenden Kollegen, Frau Bock in ihre Zelle zu bringen. Er selbst sagte seinen Partnern Bescheid, dass er ein wenig für sich sein wollte, ging hinunter in den Innenhof und zündete sich eine Zigarette an. Da war er wieder, der fahle Beigeschmack seines Jobs, den er eigentlich so gerne machte.

# - 51 -

Nach einer sehr kurzen Nacht trafen sich Mike, Tom und Sabrina erst um 9 Uhr in ihrem Büro. Obwohl der Fall nun als abgeschlossen galt, hätte Mike gerne noch in Sachen von Oppenheim und seiner BioGenTech AG weiterermittelt, doch dafür war eine andere Abteilung zuständig. Alles, was er tun konnte, war, seinen dortigen Kollegen möglichst viele Informationen zu liefern, was weitere Gespräche mit Laura Bock bedeutete. Allerdings war er zuversichtlich, dass diese sie so gut wie möglich unterstützten, denn es war schon mehr als Hass, was die Frau empfand.

Zwei Stunden später schloss Sabrina, die bewundernswert schnell tippen konnte, als Erste das Programm, in das sie ihre Protokolle eingaben. Wenig später folgte Tom und eine weitere halbe Stunde später drückte Mike auf den Versenden-Button, der die Schriftstücke direkt an ihren Chef weiterleitete.

Mike wollte gerade eine Zigarette rauchen gehen, als Karl persönlich in der Tür erschien, diese hinter sich schloss und jeden Einzelnen kurz musterte. Im Gegensatz zu ihren beiden Partnern machte Sabrina diese Situation ziemlich nervös und erst als sich auf Karls Gesicht ein Lächeln bildete, entspannte sie sich ein wenig.

Mike war Sabrinas Unsicherheit nicht entgangen und sie

erinnerte ihn nur zu gut an seine ersten Tage in dieser Abteilung. Karl Steinbach war zu 90 Prozent ein sehr umgänglicher Mensch, konnte aber auch ganz anders. Allerdings wusste Mike auch, was nach einem erfolgreich abgeschlossenen Fall folgte, und als hätte Karl seine Gedanken gelesen, klatschte dieser leicht in die Hände und verkündete knapp: »Habt ihr gut gemacht. Geht nach Hause und macht die nächsten drei Tage frei.« Ohne eine Reaktion abzuwarten, drehte er sich um und verließ den Raum.

»Ein Bier oben bei der Burg?«, fragte Tom an Mike gewandt.

»Unbedingt«, bestätigte Mike und fragte: »Habt ihr etwas dagegen, wenn Jenni auch mitkommt? Ich habe sie in den letzten Tagen ganz schön vernachlässigt.«

Natürlich hatten seine Partner nichts dagegen, und so saßen sie eine Stunde später in ihrem Lieblingsbiergarten mit Blick über die Stadt. Nicht nur wegen Jenni versuchten sie das Thema Mord und Totschlag so weit wie möglich zu vermeiden. Alle drei wollten den Fall erst einmal aus dem Kopf bekommen, was Tom und Sabrina offenbar gut gelang, denn mehr als einmal nahm Mike ihre verliebten Blicke wahr. Jenni spürte, dass Mike nur schlecht mit der Tatsache umgehen konnte, dass seine Kollegen ein Verhältnis miteinander hatten, versuchte aber gar nicht erst, ihn damit zu konfrontieren. Stattdessen tat sie es den beiden einfach gleich und forderte von Mike immer dann einen Kuss, wenn auch Tom und Sabrina nicht voneinander lassen konnten.

Irgendwann lehnte sich Mike auf seinem Stuhl zurück, bedeutete der Bedienung, eine weitere Runde Bier zu bringen, und sagte aus voller Brust: »Drei Tage frei ... lasst uns das einfach nur genießen.«

Im selben Augenblick, als weitere vier Gläser auf den Tisch gestellt wurden, ertönte ein kurzer Pfeifton, der den Eingang einer SMS anzeigte. Trotz Jennis strafenden Blicks zog Mike das Gerät aus der Hosentasche und erstarrte. Auf seinem Display stand:

*Köstner, schön, dass Sie wieder im Dienst sind.*
*Ich habe Sie heute in den Nachrichten gesehen und wusste, auf Sie ist Verlass. Die Einnahmen aus den Optionsscheinen, mit denen ich auf einen fallenden Aktienkurs der BioGenTech AG speku liert habe, eröffnen mir ungeahnte Möglichkeiten.*
*Wie sieht es aus ... wann spielen wir wieder einmal auf Leben und Tod? Hochachtungsvoll W. D.*

Mike legte das Handy auf den Tisch, ballte die Hand zu einer Faust und flüsterte: »Das wird dein letztes Spiel, Wodan. Ich laufe nicht mehr weg.«

– ENDE –

Lieber Leser,

ich hoffe, meine Geschichte konnte Ihnen einige spannende Stunden bereiten und hat Ihre Erwartungen erfüllt. Sollten sich trotz professioneller Überarbeitung noch Fehler eingeschlichen haben, bitte ich diese zu entschuldigen. Aber egal wie Ihre Meinung ausfällt, über ein Feedback würde ich mich in jedem Fall freuen. Bitte nehmen Sie sich eine Minute Zeit und bewerten Sie das Buch dort, wo Sie es erworben haben. Herzlichen Dank.

Ihr Mark Franley

**Weitere Bücher des Autors:**

**»Heuchler«** (Das erste Buch aus der Mike-Köstner-Reihe)

»Skrupellos« wäre ein zu schwaches Wort, um IHN zu beschreiben, und gerade als sich die beiden Kommissare am Ziel sehen, stellt ER sein tödliches Können unter Beweis. Nach dem katastrophalen Ausgang ihres Einsatzes beschließt Kommissar Köstner mit seiner Familie in der Idylle Finnlands abzuschalten.
Doch ER ist längst zu ihrem Schatten geworden ... einem Schatten, der noch lange nicht hatte, was er wollte.

**»Benutzt«** (Das zweite Buch aus der Mike-Köstner-Reihe)

Fassungslos müssen die beiden Kommissare Köstner und Groß dabei zusehen, wie tausende Menschen in den perfiden Plan eines Entführers hineingezogen werden. In seinem Spiel »Die Drei« nutzt er die abgestumpfte Sensationsgier der Medien gnadenlos aus und bringt Menschen wie dich und mich dazu, folgenschwere Entscheidungen zu treffen.

Im Laufe der Ermittlungen wird der Fall immer undurchsichtiger. Die Grenzen zwischen Opfern und Tätern verschwimmen mehr und mehr, denn »Unschuld« ist nur noch ein leeres Wort!

»BENUTZT« ist hart, quälend und hinterlässt Spuren!

**»Karla«** (Das dritte Buch aus der Mike-Köstner-Reihe)

Was mit einem einfachen Mord beginnt, lässt Hauptkommissar Köstner kaum Zeit für Ermittlungen. Wie aus dem Nichts zieht sich eine wütende Mordserie durch die Stadt und offenbart dabei die dunkelsten Seiten unserer Gesellschaft.

Opfer für Opfer verstärken sich Mike Köstners Zweifel an allem, wofür er einmal einstand, und als er schließlich die Wahrheit erfährt, steht sein Entschluss fest.

Dieser Thriller geht unter die Haut, denn es könnte hinter jeder Tür passieren …

**»Nachtkalt«** (Das vierte Buch aus der Mike-Köstner-Reihe)

Warum? Immer wieder stellt sich die Medizinstudentin Anja Lange diese Frage. Scheinbar harmlose Vorfälle verdichten sich mehr und mehr zu einer Bedrohung, die sie langsam um den Verstand bringt. Nicht nur, dass es keinerlei greifbaren Grund dafür gibt, auch ihre Glaubwürdigkeit schwindet von Mal zu Mal. Als sich dann auch noch die Polizei gegen sie stellt, liegt ihre ganze Hoffnung auf Mike Köstner. Kann er das tödliche Spiel beenden, oder ist doch alles anders, als es scheint?

21333893R00171

Printed in Poland
by Amazon Fulfillment
Poland Sp. z o.o., Wrocław